九片之瓦

馮傑 著

作家出版社

图书在版编目（CIP）数据

九片之瓦 / 冯杰著 .-- 北京：作家出版社，
2015.11
ISBN 978-7-5063-8481-0

Ⅰ. ①九… Ⅱ. ①冯… Ⅲ. ①散文集－中国－当代
Ⅳ. ① I267

中国版本图书馆 CIP 数据核字（2015）第 278451 号

九片之瓦

作　　者：冯　杰
责任编辑：丁文梅
特约策划：夏　莱
特约编辑：郭凤岭
封面设计：李　琳
出版发行：作家出版社
社　　址：北京农展馆南里 10 号　　**邮　　编：**100125
电话传真：86-10-65930756（出版发行部）
86-10-65004079（总编室）
86-10-65015116（邮购部）
E-mail:zuojia@zuojia.net.cn
http://www.haozuojia.com（作家在线）
印　　刷：北京旭丰源印刷技术有限公司
成品尺寸：145×210
字　　数：275 千字
印　　张：10.625
版　　次：2016 年 6 月第 1 版
印　　次：2016 年 6 月第 1 次印刷
ISBN　978-7-5063-8481-0
定　　价：45.00 元

美国华文散文作家　王鼎钧

一挥师造化，众卉出凡尘，无复池中物，惊为天上人。新裁，新意，文学中之新荷也。

台湾散文家　林清玄

《九片之瓦》应该是散文书写理想的典型，也许每个人心目中的散文典型不同，但在我的认定中，好的散文必须包括文字优美，站在比较高的位置看世界；二是境界高超；三是观点独特；四是情感要丰润，感觉情感很饱满，而不是稀薄或是停在表面的状态。这一篇文章给我的感觉，很优美典雅，直觉好的散文就应是如此的氛围，有时我们不一定写如此的散文，但好的散文面貌就是如此。

台湾散文家　张曼娟

整体而言，《九片之瓦》它除了是散文，更接近诗。因为就文章及文字的厚实度，《九片之瓦》的功力又更深，它是我的第一名。

台湾作家　苏伟贞

许多常见于小说的题材，如符号书写、科普类型，借由散文形式呈现，扩大散文版图，令人惊喜。《在纸上飞行》的书写策略完整，散文内容和形式把握得很好，符号化的意象表现突出。

台湾散文家　简媜

想象力丰富，能够纵横古今中外，文字轻灵多变，灵活运用，对于许多知性的材料或书籍都能够挥洒自如，能够譬喻，能够演绎，作者把权力地图化，地图童话化，表现得很出色。《在纸上飞行》的意象替一张地图定了调，地图不是纸，是魔毯，是心灵航行的工具。作者纵横古今中外，撷取趣闻史事，佐以丰富的想象，文字轻盈灵活，故能多重演绎“地图”内涵，看似繁复实能层层推展、节制，使之浑然成为一体，一气呵成，读来酣醉无比。

台湾散文家　张晓风

在目前文字普遍低落的时代，可以把文字写到如此精美，不得不承认它是一种成就。作者用幽潜的思维，锦绣的心肠，写出我们对这种建材的依恋和感恩，唤起我们每一个人对前世的记忆。很久没看到有人用如此精雕细琢的文笔来写作了，让人仿佛在快节奏的舞厅里乍闻古琴，泠泠七弦，松风送寒，令人在愕然之余，不免说一声“久违了”。文章也如瓦上生松，在小小的立足点上凝聚了天地的精华。（评《九片之瓦》一文）

台湾评论家　应凤凰

冯杰像一个职业说书人，在羽扇纶巾、谈笑风生间，细数物的长相、音声、身世、历史，妙笔生花，文字铿然有声。织成一篇篇情趣盎然的小品，充分展示现代生活情调与人情之美。

其文笔跳脱，意象丰美，近年发表散文横扫台湾大小文学奖项。在纸上“走村串乡”，能写能画，雅致脱俗，冯杰散文想象力丰富，出入古今，文章兼具童稚纯净，儒士雅趣与现代人的幽默，吸引不少评论家目光。

台湾诗人　陈义芝

《在纸上飞行》，以地图为题材，虽非新颖之举，但此作融会想象力与知识材料，别有拓展，是一篇发光发亮的好散文。面对各国各洲的形状，作者展开的形象联想，十分有趣。有关地图演义的书写，能放能收；有关地图画法，带领读者思索人情历史、意识形态、世界观与政治童话；最后映现图像时代地图之为用，并对地球变动有既科学又哲学的关注。是多么诗情壮丽的笔法！

台湾散文家　阿盛

作者选择一个常见而通常会被轻忽的题材，可谓别出心裁。从实际的地图延伸至各种层面，有历史、故事，有人物、戏剧，有想象、思考……触及面相当广，且多有独特见解，令人会心，避免了枯燥单调之弊，亦不至于只是数据堆砌。地图象形譬喻，很传神，读之莞尔。作者甚至奇思开展，联想到中医、水墨画、智谋、人性……使得平面的地图立体了起来，既生出趣味又引人思索。笔调轻松诙谐，但含有正经之义，没有刻意说教，而道理自在其中。

台湾评论家　王健壮

好散文像等边三角形。文字、叙事与意象各居一边，构成一个均衡小宇宙。《器皿记》文字如诗，叙事如低吟小调，意象如淡笔素描。作者笔下各式各样器皿上，映照的是那些逝去的年代中各式各样逝去的故事。那些年代、人物与故事，不仅是他个人私房记忆，也是时代的集体记忆，其中有物我与人我并存的呼应，也有伤痕与成长同在的辩证。在等边三角形已经倾塌，写作者视线只专注于自己肚脐眼，“宅文学”此起彼落喃喃自语，其势力已嗡嗡然若众生喧哗的文学年代里，这是罕见的 pianissimo，颇具古风的极弱音。

台湾作家　张辉诚

在台湾，能把文字像诗一般拿捏着恰到好处写散文的，大约就属余光中和杨牧两位先生，前者阳刚，后者舒柔，冯杰恰好就在两者之间，不浓不淡，他可以用这种诗化文字析理论事，也可以叙事抒情，而且风格独具，面目特殊，既不模仿谁，也不比较谁，自然而然，合该如此，因为他原本就是一位独特真性情的诗人。

台湾出版家　陈素芳

冯杰的散文识者都爱，他的作品商业性不高，文学质素强。冯杰的散文内敛，遥呼农业社会的情怀与道德观，语言有诗意，阅读者需静下心来，才能体会文章之妙。

大陆散文家　周同宾

对青年诗人的散文，我佩服，自叹弗如，又惊诧，见所未见。把传统的文章和现代诗杂交，竟然培育出新的品种，在散文的园地里长出一片奇异。通感通进了散文，一下子一通百通。联想得莫名其妙，却弄出其妙莫名。把汉语扭曲得好苦，锻造得好惨，语法学家会头痛，却扭曲出别样的凄美，锻造成了闪光的诡谲。

大陆评论家　孙荪

这位以“局外的乡下人”为荣的诗人，能够悠然自得地体味看似平庸的乡村生活，站在乡村而从容地俯瞰社会尤其是城市，在喧嚣浮躁的世声中保有一份“闲心素情”。正是这种心情让他能够有深度地和感觉记忆中的乡村相交会。乡村被人格化了，作为文学作者心目中的乡村，被大自然所置换。作家以接近“至纯”的状态，审视由自然创造的乡村的自然。他诉说的既是自家的光荣也是自然的美妙。能见人所未见，思人所未思，言人所未言。

大陆作家　郑彦英

开始就是喜欢，觉得文学优美，文字所承载的内容代表了作家独特的观察和思考，我在阅读的过程中体会着作家一个个新鲜别致的思想，我似乎看到一个荷锄披蓑的农人，一个充满爱心的农人，一个年轻而又慧眼独具的农人，行走在田间地头，与草木窃窃私语，不知不觉间，走入了草木的心灵，并把这些心灵和感觉记录下来，奉献给我们。我突然想到了古人所说的格物致知，恍然大悟，其实，冯杰是在格草格木，从中格出了生命的大道理，生活的真性质，世界的存在秩序和发展方式。

大陆评论家　何弘

冯杰内具中国传统文人的情怀，兼得中西方现代文学观念的影响和滋养，外用不拘格套的表达方式，行于当行，止于当止，有话则长，无话即短，信笔处蕴含深意，自见高格，其文富有情趣、理趣、文趣，读来别有韵致味道。

孙 荪

冯杰在文坛上一直是和诗连在一起的。十多年来，青年诗人冯杰已经是个越来越响亮的名字了。他因为诗，得了省政府的表彰和一些重要奖项，诗集出版于海峡两岸。

后来，他有了小说。现在又有了这么多散文。和已有的诗文相比，他的散文是对“北中国的中原乡村”纯粹个性化的、“我的”解读。

在冯杰这里，这是北中国，或者叫北中原，极其广大、广阔、广袤；可又很具体、很小，是一方可用目光丈量的田野，一个可以拥抱在怀的村庄，一样可托于掌中的物事。

冯杰熟悉它，熟悉到如数家珍，说道起来它，左右逢源，驾轻就熟。这是冯杰的优势。俗云熟能生巧，巧能生花。但这不是定式，只是说“能”，一种可能性。要使“能”成为事实，把优势发挥出来，还必须找到或者说练就某种方式。

从冯杰的文章可以感觉到汉大赋的思维和架构特征的影响，尽管他的文章不是走汉赋尤其大赋一路。我是说他掌握对象的方式。

对熟悉的东西，他把它们从地平面上收拢以后，“挂起来晾晒”，然后“去仔细分析”。由单个连类而及林林总总，自阳面阴面抵达方方面面，从蛛丝马迹中寻绎其来龙去脉，在事物的类别和差别比较中展示其特征。

于是，乡村的瓦成了大文章，草的俗名成了大文章，野菜的学名和乳名成了大文章，虫成了大文章，鸟的转换借代成了大文章，玉米的纲目成了大文章，马、驴、蟋蟀都成了长长的妙文，由北中原特有的词汇和方言延伸出系列式五彩缤纷的美文……表面上单调、沉静的乡村显出内在的丰富、活跃。

在很多人写过的北中原面前，冯杰的渊博，冯杰的细微，尤其他有些奇特的见解，好像并不与谁重复，却时有心眼多人一窍目光胜人一筹的地方。

这是一位长期入乎其内又不断出乎其外的人对故乡的解读。

我注意到，冯杰不止一次以“散帖”做文章题目。

这是借用书法上的一个用语。其意约等于诗歌的无题，又如在任一篇散文上题曰散文几题。但冯杰之意显然比这要深。

冯杰有一篇文章写他看见五代时书法家杨凝式的手札《韭花帖》，如醉如痴，感到帖上好像下起了五代十国的古典细雨，韭花开得如此爽朗，字里行间透出绿意，字们一个个新鲜可口到能吃。冯杰爱好书法到了这种不可救药的地步，又尤其偏爱书法中的小品册页如《韭花帖》之类，所以以之比他心目中的散文。

作者是有才情的，虽未到才华横溢，但时有漫出堤岸的情况。可能因乎此，形式要求比较谨严的诗就可能有放不进或者放不下他内心所要表达的内容的情况。于是，他诗之外，又诉之于散文，而且情有独钟于散文中被他称之为散帖的特别自由的一种。

于是，他的散文中的思绪常如他家乡河边飘荡飞扬的柳丝，文章结构则似作者家乡五月挂满枝杈的一嘟噜一嘟噜的槐花。这类散帖式的集束式妙文把感性和学识，加以整理、梳理，与想象、联想、延伸、引申相连接、相融会、相比拼，把古与今、中与外、俗与雅、乡与城、他与我，组接而成出乎意料的“蒙太奇”，见解感悟则像夏日雨后的新鲜蘑菇，出没于其间。

我想起有人评论草书的话：“晋人之妙，法度端严，中萧散为胜耳。”又想起鲁迅说汉末魏初文风“清峻”“通脱”的话。冯杰的散文有魏晋风乎？总之，是多少得了散文之要旨的。

读冯杰的文章，我还发现一点有趣，这就是一种优越感。

有一篇文章敞开了这样一个秘密：有人问冯杰怎样才能成为一个诗人，他这样回答：一个人的童年在乡村度过，长大后走到繁华的城市，然后回忆，这种回忆与怀念的过程，就是一个诗人的过程。哪怕你不写一行具体的诗，你也是诗人。

这回答的正确与否姑且悬置。可贵的，是回答者作为一个作家在心理上精神上的优越感。这种优越感的深厚而又可靠的根基在于对自身所拥有的文学资源价值的认识。北中原乡村，作为文学资源，冯杰可以说是自豪的拥有者和自觉的使用者。像乡村夜晚无边无际的月光一样，不用花一分钱就可以任意拥有随便取用。

这不光指他在文章中的知识和智慧：那种不掉书袋却纷至沓来，反常越轨的小幽默、小俏皮、小卖弄，奇文妙语矢口而至。其所以能够这样，多半来自诗歌写作的语言磨炼，也来自解除束缚后的松弛和随便，更来自作者对表现对象的熟稔而产生的自信。这后一点尤其重要。

这位以“局外的乡下人”为荣的诗人，能够悠然自得地体味看似平庸的乡村生活，站在乡村而从容地俯瞰社会尤其是城市，在喧嚣浮躁的世声中保有一份“闲心素情”。正是这种心情让他能够有深度地和感觉记忆中的乡村相交会。乡村被人格化了，不只是泛化的父母之邦，而就是姥姥、母亲、妻子、情人。进而，作为文学作者心目中的乡村，被大自然所置换。作家以接近“至纯”的状态，审视由自然创造的乡村的自然。这样，他诉说的既是自家的光荣也是自然的美妙。为此，他常能见人所未见，思人所未思，言人所未言。

在冯杰的文学活动中，散文还是“诗余”的地位，只是偶或为之，从文体的意义上，还在试验。虽然中国农民有“会推磨就会推碾”之类关于触类旁通的格言，但一种文体由生到熟，到卓尔不群，除了才情和感性，不能不赖于磨炼和体味中的不断创造。自然，随着人生历练的展开，他的人文视野也将拓展。我是感觉到了冯杰的文学潜力的。我对我的预期很有信心。

于一心斋

目 录
Contents

一把碎银

——读银记

纯度·为臣的表白

与黄金相比，银显得低调。金是高贵帝王，即使沉默也处处闪耀，银有点像金属里的丞相，典雅淳朴，谦卑做事。老虎般的黄金，在天空中飞翔的黄金，尘埃里挡不住光芒四射。而银一辈子只在世间默默行事，从不招摇。黄金则稳坐金库，老谋深算，以自己不变对应世界万变。银子则如水，流动如萍，从一只手递到另一只手，从捂热到最后凉散。

银的化学性不如黄金稳定，流浪中的银在空气里与硫相遇易有情变，第三者必定介入，特征是氧化变黑。即使谦虚为臣，这臣也一时成为贰臣，再打磨，质地可还原银白，但银史上早有染污之嫌，载入档案。这有点像历经两朝的大书家王铎。

就现实而言，佩戴银饰不易穿行在气味浓烈的场所，如酒吧、舞厅。汗水对银器最有影响，汗中含氯化物。跳舞时不易贴得太近，尤其肤肌相触更有变黑的可能。从这一点看，银饰是另一种泄密者（现代私家侦探多忽略这点）。故，金饰畅销并永远贵于银饰。因黄金闭口不言，沉默是金。

现代美女还需注意：银与金不能同时佩戴，金银同行易节外生枝。“925”代表银器的最纯度高（其实是最低纯度），这是被公认的银纯度，如黄金的所谓“999”纯度，不过这是黄金极品的夸张。银有自知之明：世上根本没有纯银，就像世上没有真正纯粹的事物一样。在历史里要么氧化，要么发黑。我这是在说银。

化学老师说：皇帝就餐前必放一枚银牌在汤里，戒备投毒。如有毒银牌自会变黑。银这时像一位以身饲毒的忠臣。化学老师还说：银碰到硫化物起化学反应，生成黑色硫化银，砒霜是三氧化二钾，提取时含硫化物，所以银器测毒极其灵验。化学老师又说：化学成绩好走入社会就不易被毒死。我说如果我压根不想当皇帝呢？老师怒：那就罚你课，站出来！

童年，我和皇帝汤盆里的那枚银器都同样显得无辜。那是因为银器纯度不同的缘故。

穿越和镶嵌·银的另一种简史

从数量上相比，世上拥有黄金者没有接触银器的人多，即使在饥馑年代，一只枯瘦如柴的手也握过一块光洋，尽管最终要流失。银元在人世间穿梭，像银河里的彗星，穿越无数故事，带着手温、体温，一块块饱经沧桑，满脸心事。银元形态大小一样，但银元身世经历不同。世间每一块银子都在演绎着人世间的喜怒哀乐，都在撰写自己的半部《小银史》。

当年我祖母为救狱中的祖父，把全部家业换成100块银元，然后，一枚枚码好，土布层层包裹。前去衙门打点。可祖父最后还是瘐于狱中。银元有背叛主人的时候。散银般的大雪里，有人最后只捎来一只我祖母送去的绣花鞋。

2009年我在台北国父纪念堂一家咖啡馆里，80多岁的诗人管管对我说：“我19岁在山东被抓壮丁，临走前，我妈给我一块手帕，里面裹着一块银元，她想着我有这块银元就能回家。”诗人眼圈通红。那块银元迷路了，在造盐的海上，在泥浆的陆上，银找不到返乡之路，母亲临死也没再见到那块本该回家的银元。动荡年代，银的光芒微弱，黯然失色。银元再擦也不能照亮一张归路的面庞。

世间每一块银元都镶嵌着一个传奇。就像现在每一张钞票上，都坐着上亿的细菌。

银子的声音

如果说世上最好听声音不是胡琴琵琶和帕瓦罗蒂，是银子之声，你一定要信。君不见历史里中国人最美妙时，就是把一块银元用中指拇指轻捏，猛地一吹，放耳畔细听。“记得那美妙的一瞬，在我的眼前出现了你，有如昙花一现的幻影，有如纯洁之美的精灵”，少年时我背诵诗人普希金情诗《致凯恩》，后来，我总得觉得应该改为《致袁大头》更妥。

对中国人来说，银元之声不仅是百米高处的天籁之音，还是十米之内的生活交响曲。银子就是土地，赋税，房屋，财富，威信，尊严。我姥爷告诉我，纯银元掷地有声，扑嗒扑嗒。成色越低声音越低，且声尖带韵。若为铜质，声尖、高。铅锡质地，声闷短促，掷地无力，像摔一匹死狗。

银元垒摞的高低海拔，和生活水平成正比。在银元时代，银子永远是通用硬件，银的光芒畅通无阻。王婆就为西门大官人十两棺材钱，最终血染茶壶。冯梦龙笔下，卖油郎为一夜情，张忙一年方攒够嫖资，“当下兑足十两，倾成一个足色大锭，再把一两八钱，倾成水丝一小锭。剩下四两二钱之数，拈一小块，还了火钱，又将几钱银子，置下镶鞋净袜，新褶了一顶万字头巾。”然后，出发，嫖娼。

空的那些
题六年前旧稿
甲午初六冯杰又记

银化装后可以开始启程。形状时大时小，在时空里流动变幻，现在转变成纸钞、英镑、欧元、美金，信用卡，数字。但功能和两千年前银子一样。可以用于升迁，运作，竞选，工程，赌博，军火，等等。一切还和卖油郎当年那一把银子性质一样。一个现代智慧人行贿或嫖娼时，同样不能挑两桶上等的好油。必须“兑足”，也必须“倾成”。

伪银时代

银子继续在一条长河里自由漂流，状若月光下闪耀的鱼鳞。

中国唐代对银器崇拜达到狂热，宋时银器才从宫廷走入民间。也进入伪银时代。我对比过：宋以前银器不落款，宋以后银器上多印有“纹银”“足银”“足纹”字样，以示纯粹。银器上还有银匠名款。这是把信誉烙上银器，向天明心。后来也有造假银者，但烙字多不规范。一个心里怀揣黑暗的人，如果去把祖宗也烙印时，手颤，毕竟有点儿心慌。

一位收藏家告诉我：是否是真银元宝只要看底上“丝窝”即可，这最有效，因为古代铸银时底部空气无法排出，有此特征。仿造银多为合金或化学制品，以白色金属或涂料合成伪银。前年，我一位在家务农的同学，对我说起一个游乡银贩子廉价售他50块银元，托我在城里找家买主，说转手就赚两倍。他伸出两指。我怀疑有诈，同学却相信自己眼力。我就把一块银元往桌上一摔，碎了。我同学的心也随着碎了。那可是他全家一年的粮食款。

现代的诚信也多是以现代合成原料制成的，易碎。世道与时俱进，可以用银来乱心，氧化。

今年是庚寅虎年，南方流传虎年必须戴手镯银饰，因为虎吃了

"银"就不再吃"人"了，老虎耳聋，这肯定是粤籍的老虎，银人谐音不分。但这些谣传却包含如下象征：

世上老虎吃不完人，只有人多被银吃掉。银大于老虎。银可以把人消化掉，从骨殖到思想。世上每一块碎银都比人永恒，哪怕你把头刮亮印到银元正面，也终要溶化。

银碗盛雪

好在世界上还有另一种纯白之银。是智慧之银。

隋唐时代的中国人就知道，马奶放在其他容器里几天就会变质发臭，而放在银器里，可长时间保鲜。如果把语言放在银器里，语言同样保鲜。于是，除了马奶、羊奶、牛奶，一面面银碗里开始存语言，放禅宗公案。时间一长，语言生枝，银碗里开出一朵朵白莲。

一时，银器成了禅宗道具。《景德传灯录》"药山还银"公案有"问佛法相当得两锭银"之语。天平的两端各放佛、银两物，孰轻孰重？面对这色空二种，政客和强盗肯定都不回答，鲁智深当年偷下桃花山，单把银器都用脚踏扁了，拴在包裹，他只带银碗银盅银盘诸器，不带桃花山上的地图、情报、诗集、核数据。

最妙的是"银碗盛雪"公案。如果不盛妙语，银碗盛雪的后果不是雪化就是银生锈。这个不易达到的心境让一块银子达到了，境界就是银碗，语言就是白雪，是一个何等澄明境界！

多亏了银史上还有一块这样的纯银。语言成色为"925"。

银器外传

这么多年我在银子里穿过。我看到过湘西苗女银饰宛如朵朵白玉兰。在西藏看到过藏银，拉萨八廓街上买过许多银器。我还看到僧人摊前一枚小银碗，古朴精致，上面铸有看不懂的梵语，松香缭绕中，银的光泽折射出一丝神秘气息。因带钱不够，就约定好第二天成交。翌日，那僧人却神秘说，昨夜做一梦，梦到达赖和班禅，你今天给多少钱也不卖了。回来路上，有人告诉我，那枚小银碗是用一位藏族少女头骨所做，藏银镶着少女身世。

在西藏有许多这样的银碗，一枚枚像高原上一盏盏雪莲花，深夜银碗能与银白的月光独语。

我在中原接触到的帽坠、帽饰、帽花，髮簪，扣饰，挖耳勺，都属于乡村小银器。我的一把长命锁就是白银打造，正反铸有“童子抱莲”“麒麟送子”文字。那些银器被我母亲一一缀上童年，一走，乳名哗哗作响。

小银器多与手工温暖有关，我看到乡村银匠使用铸造，焊接，掐丝，镶嵌，抛光五种工艺。他们一生沉浸在一块银子里，宛如在编织一年四季时光。一代，两代。

四十多年的人生年轮，让我知道银器不易囤积，银器过多就会以各种形式飞走。我们村四家地主就是因为银多的缘故，被政府镇压。同时我还知道对干净的银子要心存恭敬。小时候我偷过曾外祖母一枚银扣，不料到半夜就开始拉肚子，像银饰报复的小咒语。樱桃般大小。

十五岁那年，我开始在乡村跟当过排长的二大爷学习饮酒，演习风度。二大爷说银器酒盅最好，饮时能化酒，化毒，还不易醉。

第二天，我闯入滑县城中药店，贸然问：“这里有卖银器吗?”

老中医一惊，花镜上沿透出两颗黑少白多的眼睛：“你这孩子，小小年纪要淫器干啥?”老先生放下手中的线装《金瓶梅》。在空中眉批。

多年后我悟到，是他读书太投入。一个人读书一多，知识在脑子串道儿。有时，在世上就会银、淫、饮、隐，通感不分。

九片之瓦

第一片　瓦脸

乡村的瓦大多呈蓝色，那种蓝不是天蓝也不是海蓝，是近似土蓝。我们乡下有个词，说得准确——“瓦蓝”。这词只属于瓦的专利。

在我的印象里，瓦是童年的底片，能冲洗出乡村旧事。

瓦更像是乡村房子披在身上的一面带羽的蓑衣，在苍茫乡村没有开始也没有结束的雨的清气里漂浮。若在雨日来临时刻，瓦会更显出自己独到的神韵与魅力。雨来了，那一颗颗大雨珠子，落在片片房屋的羽毛上，胆子大的会跳起，多情的会悄悄滋润到瓦缝，最后才开始从这面蓑衣上滑落，从屋脊上，再过渡到屋檐。浩浩荡荡穿越雨瓦的通道，下去，回归大地，从而完成一方方瓦存在的全部意义，写就《乡村瓦史》在这一个时节的断代史。

瓦有对称之美，任何人看到乡村的瓦，都会想到一个词，叫“鳞次栉比”，如观黄河的鱼鳞与母亲的梳篦。这种珍爱乡土的感觉在不远的将来可能都要消逝掉。

瓦的骨子里是集体主义者，它们总是紧紧地扣着，肩并肩，再冻再冷也不松手，在冬天它们能感到彼此的体温，像肌肤相亲的爱人，贴得密不透风，正团结在月亮缓缓上升的乡村里。

瓦更是一种乡村的坚守。在瓦的记忆里，所有的飞鸟都是浪子与

瓦上流雲
對於堅守的瓦而言世界上所有的飛鳥都是浪子有的萬里歸鄉有的卻永遠行在旅程

过客，都是浮云与苍狗。

瓦上唯一的风景只有一种，那就是“瓦松”，我们那里叫“蓝瓦精”。这称呼多气派啊！那些一棵棵站在瓦上的小小生灵，因为听风观雨的缘故，已经一位位聪明成精了。

且慢，它们还是“乡间郎中”呢。在乡村药谱上如是说：瓦松，清热解毒，又名天蓬草、瓦莲草、向天草。我小时候得过恶性疟疾，久不见愈，姥姥就从旧屋顶上采到几棵瓦松，炖汁连服，止住了。

小时候我常在梦里想到，那些瓦松站在我外祖母的屋脊上，跷着脚丫，夜半在我不知不觉时刻，正一颗颗摘星呢，让那一柄北斗七星的长勺低低地垂落下来，一如在汲瓦松上一颗颗透清的露珠。

终于，一不小心，有两颗最大的掉下来，缓缓地，落在我的眼角。

第二片　瓦的籍贯

当它还没有走上屋顶时，生命里的“籍贯”一栏早就填上了，是两个粗拙的字，叫“乡村”。像一个孩子或老人用颤巍的笔所写。

籍贯属于乡村的瓦有一天走进城市，它头晕转向，无所事事，毫无用途。城市里的幻影夜色与镭射霓虹拒绝它。宁为玉碎也得宁为瓦碎，在城市没有完整的话题，所有完整的东西来到城市，都将被毫不留情地一一破碎，这里也包括情感。

对瓦的引申常常让我伤感不已。在城市里，瓦会像我一样发慌，它一定怀念哪怕是当年乡村瓦上的一株达不到高度的草。

有一片瓦迷路了。被开往城市里的一辆大卡车用于铺垫上面的器物，最后被拉向城市，当它完成自己的使命时又被远远地抛弃在公路边。城市人就爱过河拆桥，瓦看看身上籍贯一栏，早已被风的手擦模糊了。

终于，一个小孩子弯腰拾起那片瓦，在河上打起一串水漂。一、二、三、四，瓦落到对岸，被污水淋湿的瓦上岸后，看看身上籍贯一栏的痕迹被洗得干干净净。瓦无家可归，瓦像滞留在城市的乡下人，破损与伤害，从此再也找不到回家之路。

第三片　瓦的方言

在乡村，每一种草与生灵都讲自己的方言。瓦也有瓦的方言。像人对待方言的态度一样，瓦对方言刻骨铭新而又无药可救。

人怎么能懂瓦呢？你只有在雨夜，才能听到房脊上那些密密麻麻的语言，像鱼群一样游过，不时荡起唼喋之声，那不是鱼或鸟的唼喋，而是方言的唼喋。尽管你一句也听不懂，可你能感觉到那是大地上高过草叶高过树木的语言。那些语言随着风，随着雨意，随着弧线，随着姿势，向夜空上升。

在北中原黄河故道，挖河时曾在深达五米的地段，挖掘出一座汉代瓦屋顶，还有夯土墙、房基、筒瓦、板瓦，未来得及使用的瓦。黄河不规则的流动，让那些瓦屋顶明显移位和错位。

我骤然一震，瓦都是一方方干裂的嘴巴，想说什么？讲历史吗？欲言还休。

多少年里，那些瓦们在与黄河水进行交谈。在鸡啼里，在掌灯时分，它们用北中原方言，用今天仍然流动的方言，叙说或耳语。河流停止了，那些瓦有一日忽然沉默。哑巴般的瓦，把那么多日日夜夜该讲的语言都在沙里折叠起来，语言的水分被蒸发晒干，瓦只能在心里自言自语。它说，它还说。

瓦今天露出嘴巴，可是这些瓦都不会说话了，语言生锈，瓦只会像瓦一样，咧着幽深的嘴。

这就是那些操方言的瓦呵，我看到的是一排排瓦民，背过身去，给我另一种褐青色的背影，那种褐青色的语言，让我对瓦进行一次猜谜，却永远猜不透。

第四片　蓝瓦

蓝瓦属于蓝领阶层。乡村所有的瓦都属于平民，带着平民的色彩，平民的气息。

能在乡村看到过蓝色荷花，那就算看到乡村之瓦。乡村蓝瓦就是乡村蓝色荷花，在辽阔透明空间尽情舒展。只有乡村诗人才去给予蓝瓦如此高密度的意象，让人阅读乡村瓦时才透不过气来。

蓝瓦常常忆起它的表妹——那该叫“蓝印花布”吧，由蓝靛再过渡到靛青，青花瓷，黛青，都是蓝瓦的近亲。还有板蓝根，蓝花花……这么多蓝亲戚竟都在同一个村里相安融洽生活着，查一查，都蓝了三百多年了。

面对着现代信息的涌来，乡村静谧的池塘也会骤然生起涟漪，蓝瓦的堂兄堂妹们忍不住寂寞，都一一离乡出走，换了颜色，消失在村头蓝瓦温润的视线里。一眼的蓝，宛如残海。

第五片　红瓦

如果蓝瓦是珠联，璧合就一定是红瓦。

有红蓝相映，乡村的瓦们才显得“夫唱妇随”，——尽管这是个旧得令人早不用的词汇，已化石般不时尚。

红瓦若经霜枫叶，上面印着斑鸠、鸽子这些乡民的霜印。竹叶般。在乡村新房前常有这种感觉。乡村还有个常用词，叫“蓝砖红瓦”，意思是这样才般配，是衡量典型小康人家的象征，如古人种竹的标准，如今人必有的电脑网恋。

初冬的红瓦煞是好看，红瓦饮过乡村的醪酒，一方方红着脸。落上暖雪，噗的一声，炽化了。

“一只红瓦出墙来”，美丽而惊心的意象。当然，这只是我伪造的宋诗。

第六片　如果瓦们都在天空飞翔

瓦群发一声喊，开始在雨丝里飞翔。

瓦们在天空飞翔，那该如此地童话呀，瓦在天上行走，如一方方的浪。如果瓦翻过身来，则像袖珍的舟子，踩着浪的脊。“软润”，我生造的词。

这是中国版的金童话。我敢说，只有中国人才去讲述关于瓦的话题，作瓦的想象。那些瓦们只有在中国乡村的梦里才沙沙地飞翔。像飞翔的莲花，都一方方在雨中散开。起，或者落。

没有落下的瓦仍然向乡村的深处继续飞翔，去达到看不见的乡村的深度，那是乡村的心脏，飞翔的瓦就是瓦的绝版。我常常害怕有一天“一夜空城”。如瞬间对世界的态度。

第七片　无瓦的年代·小瓦大作

这是一个无瓦的年代。

无瓦的年代就是一个无遮掩无羞耻的年代，无瓦的年代是框架式的结构主义，只要柱子与形式。不要草木，不要婉约，不要简朴，不要含蓄，甚至不要人性中宝贵的“羞涩”。

可以玻璃、大理石、花岗岩。可以水泥四射、华灯降落。可以要一千双的鞋子尽管人生只需仅仅一双。可以清仓跳楼，购物治疗，看长达 80 项购货详细规则，可以让社会从物色的后期现代进入欲望无止的后现代。

可以不要一片小小的净瓦。尽管它拥有只掌之美，只有短短的一瓣荷大。

第八片　瓦痣

假设星子垂落在瓦上，敲打着瓦，那必是古铜的声音。像《诗经》里任意抽出的两句，造成瓦，落下来，碎了，碎成八个音。

美人一定要有黑痣，就像我的爱人，她说那是她携带的小房子。瓦自然也得有星子，落上就是瓦痣，就像故园的旧瓦，你仔细看，每一片上都有一颗星痣。那是瓦上的房子。

还在童年时，就听外祖母说：如果一个星子落下，地上就有一个人不在。我知道那小星仿佛携带着一个小小的魂，冰一样冷手，缩在那块小石内，正急急的赶路。误过了驿站，误了相约，只专心去投身每一方瓦，有缘的，变成一颗瓦痣。

姥姥，如今你也去了，你是天上哪一颗星子？我怎么没听到敲瓦之声？

它悬着。永远都是我最后一颗泪。

第九片　瓦魂

当我的灵魂有一天回归大地，就请瓦在上面扣上小小的一方。有你瓦的余温，还有瓦的纹络，这一方故乡的小房子，泥与水组合的小房子，草气上飘摇的小房子，你罩着我。像谁夜半耳语：

“睡吧，孩子，这叫归乡。”

器皿记

它君临四界。

——史蒂文斯《坛子的轶事》

形而上的乡村器皿：罐

器皿与制造的材料有关。乡村全部器皿都是水和泥掺和上时间做成的。器皿在时光里破碎，组合，消失，凝固，再继续作另一圈轮回。器皿不是固体，器皿是液体，器皿的过程是流动的，如器在人间旅行。

记事时我恍如就是在乡村形色各异的罐子里穿行。那是一些上釉的和不上釉的器皿，它们如川剧变脸，面目不同，大大小小，有着不同的型号。质地分别为铜、铁、锡、陶。盛雪，盛月光，盛草香，还盛沉沉的叹息。乡村的器皿是乡村形状各异的胃，在消化时光。

在乡村日子流动的缝隙里，布满了打水的罐，装粮食的瓮，盛水的缸，盛酒的坛，和面的盆，盛饭的碗，还有惹是生非或借酒浇愁的小酒盅。

少年时代在乡村经历过这样一幕。晚秋的一天，我和村里一个孩子去邻村轧花生油，回来路上油罐摔碎了，油流一地，香气浓郁。那是全家一年的生活用油啊。我们害怕回去无法给大人交差，就脱下衣服，一边哭一边用衣裳往地上蘸油，以便回家再把油拧出来。贫朴的时代，油是映照生活面庞的亮色，器皿的碎片上却沾满少年的哀愁。

到我们村卖陶罐器皿的人一年四季赶着驴车缓缓而行，村里有几家窑场，烧制须用黏土。器皿原色，素面干净，不设花，无图案，坦坦荡荡的。

我姥爷家有一方带耳朵黑罐，用于放烟草叶。他的烟草是自制的，为了节省，配方是掺一半烟草，另一半是碎桐叶，奢侈一些时就淋上芝麻油稍拌，在罐里焖两天之后烟叶就可抽用。咳嗽声里，烟草和乡村的日子一般苦涩。

还有一种叫瓿的陶器，瓿是对小菜坛子的称呼。姥爷说过，古人爱把自己著的书前写上"请某某大先生覆瓿"，就是谦称自己的书无价值，只配盖菜坛子。

三十岁那年，我也出了一本诗集，学着古人也作文化状如此写道，以示卖弄。

村里一位大伯问我这是啥意思？我解释。后来，他真就给盖菜坛子。第二年咸菜全坏了。

器皿表情：药锅的愁容

传说铁锅熬药易有毒。乡村药锅都是砂锅质地。"打破砂锅——璺（问）到底"，这句乡村歇后语在今后电脑时代将被淘汰掉，因为背景消失，让人陌生不可理解。

想一想，昔日有许多方言和土语都曾在药锅里慢慢熬制，然后在大地布满奇馨异香。

药锅不会家家都有，如果村子不大，一个村里共用一只轮流借用。

药罐会在纵横交错的小巷串门走户，谁家的门槛它都迈过，俨然是个砂质的郎中，是一部游动的《村庄药物志》，砂质版的“村志”啊。

锅可以多，但药锅不能多。药锅多了就象征一个村子阴气重，人丁不旺。在乡村里有偷锅的，有偷铜勺的，偷铁盆的，但再穷药锅是没人去偷，晦气。因此经常可以在乡村看到用完的药罐孤寂地站在窗台上闲看风景，显得无所事事，仿佛瞌睡。它其实在等待着下一家窗棂里的咳嗽声。

药锅是乡村的愁容。药锅的面庞就是乡下人忧郁的面庞。

最后熬完的药渣不能随便倒掉，必须要黎明无人时在乡村十字路口扔掉，让众人踩踏，病才能加快速度最后痊愈。这是药效之外的另一种药效。单方上不曾交代，秘而不宣。

也有吝啬不倒药渣的人家，我家斜对门有个三姥娘，家穷，觉得药渣倒掉可惜，干脆磨成碎面最后吃下。其实药熬三遍之时已如熬干的人生了。

送锅时有一种讲究，还人家药锅是不许送空锅的，送空锅是想把病给别人送去。有象征的嫌疑。约定成俗，最好空锅里放一把粮食，盐，枣子诸物，即可破解。这也是连李时珍《本草纲目》里没有交代的。

母亲教我使用砂锅熬药的方法，提前先用凉水将药泡好，从黄昏开始，用文火。药熬好了，篦出药汤。晚上喝一次，第二天加温即可服。早晚两次。

给母亲端药时，用一方包药的草纸轻轻遮着药碗，压根筷子，是怕夜空落下晚秋露水。然后，小心翼翼地从厨房踱到堂屋。

三米长的距离，三米长的草药之香，竟漫长如一生。

器皿空盛草香：马瓢

与牲口有关的器皿叫马瓢，马桶。这样的器皿满时盛水，空时盛嚼草之声。

舀水的马瓢分两种。铁马瓢和葫芦瓢。前者手工，后者天然。葫芦的一分为二，就叫瓢。夫妻的一分为二又叫离婚。瓢是乡村的天然器皿。铁马瓢则耐磨，主要喂牲口时使用。铁马瓢后面有一个弯把，可以挂在缸沿。人们有时外出长途运货，为途中更好取水，除了带上饲料布袋子，还要在驴背上挂一副黑面庞的铁马瓢，就像将军出征前必须跨上一把上好的腰刀。

乡村里骂人，有时会说“你用马瓢饮水”。千万别以为这是夸自己肚大海量，那是骂你是一匹大牲口。驴的样子。

姥爷在乡村告诉我，夏天收工，刚打出的井水绝对不能让马饮，那样能伤着马胃。得迟缓一下，再用马瓢盛舀，水面撒上秫秸段。有一年晚夏，一个馑年逃荒的女人路过我们村那间马厩，又渴又饿。饲养员叫银根，被称为一棍打不出个响屁，他刚刚打满一缸井水，那女人就拿起一把马瓢急急要饮，银根连忙往马瓢里撒一把喂马的麸皮。

那女人只好闭住气慢慢喝。银根是怕“炸胃”。

后来知道是黄河对岸逃荒的一个寡妇，要投奔道口一家远门亲戚。银根看到有机可乘，就从中自我撮合。女人从一把铁马瓢混浊的倒影里看到这男人心眼好，踏实。干脆就留下过日子了。

村里人都说：是一把马瓢舀来个媳妇。

多年后，我该喊舅的这位当年老光棍暮年垂垂，谈起来昔日那一把铁马瓢的传奇，还草香犹存。女人后来说是“反革命分子”，上吊死了。乡村每一方器皿都盛着不同的故事，轻重不一。我就推测那天情景里一定有这样的经典景头，在乡村发黄的旧事里回放：

“叮咣”一声，一把铁马瓢扔进水缸。干草乱了。马厩归于平静。

马嚼草料的声音又响。

在冬夜：流动的锡器

五斤好锡就可打一方燏壶。就是说，五斤锡可以让一个人在北中原度过乡村全部的冬夜。

在乡村器皿中，燏壶是乡村的暖具，拥有一副燏壶就是拥有温暖。但燏壶并不十分重要，可有可无，不像铁锅那样必须家家拥有。燏壶是根据家境而言，家境不好冬夜只烧一块土坯亦可取暖。我记得童年，睡前姥爷怕我冷，就将被子叠个筒状，点燃豆秸烤一下，就趁机钻到里面。美梦才是一方最好的乡村器皿，映着一泊温暖的童年。

锡是乡村最柔韧的金属，我牙咬过，落下牙痕。它和陶器不一样，无论如何失手摔打，燏壶也不会碎落，锡是可以犯错误的金属。我想，锡属于金属里的太极，以柔化刚。我小时候与锡的距离最近，那时牙膏皮都是锡的，我在村镇里捡拾牙膏皮。锡的沸点低，在铜勺里将牙膏皮熔化，再倒成锡锭，最后等待那一个异乡的“点锡匠”到来。

这是“一个人的冶锡工程”。等待里它让我知道，锡锭还可以在乡村的石板上写字，像铅笔。那些温暖的文字一个个都是在寒冷的小学散步啊。

我盼望的异乡锡匠终于来了，锡匠一年光顾一次。老头子今年带着一少年，是父子俩。在十字街口，我看到锡匠的货台子上摆满锡片，松香。那锡少年在一边呼嗒呼嗒拉风箱。老锡匠在打造锡酒壶，锡茶壶，锡燏壶。老锡匠把化锡的松香燃得吱吱作响。香气高过白发梢。

在北中原乡村口语系里，“燏壶”还是一个暧昧隐喻，是女性、阴性象征。老锡匠一边干活一边聊天，别人说，你打了一辈子“燏壶”，咋也没给自己“打一把”？这是比喻。老锡匠嘿嘿笑过，埋头叹息，说

“他娘才去世五年”。于是点锡。松香弥漫，炉火映照少年脸庞。

几年过去，再不见点锡匠来我们村。村外传来消息：

少年锡匠早已长成一个后生，每晚夜间睡觉老是给他爹要“婲壶”，说脚冷。爹就打了一把，儿子还要婲壶，爹恍然，不是脚冷，而是心冷，该给儿子娶媳妇了。得找亲戚借钱去。

乡村点锡匠忙活一辈子也没给儿子娶来一房媳妇。后来，那后生喝锡死了。熔化的锡恍惚是暗夜月光。老锡匠也看到惨淡的锡色。

形而下的器皿：夜壶

还有一种乡村不可缺少的器皿。是夜壶。

夜壶身世暧昧，从生活角度而言，它与油瓶一样重要。在乡村墙头上，总会站有一排面庞苍老的夜壶，平常日子里默默无闻，一旦有了风声，夜壶也会迎风而立，在风中呼呼作响，是乡村一道不可言说的风景。

夜壶不能歌颂，只可述说。因为夜壶的大众名字就是尿壶。

乡村夜壶从质地上分陶，瓷，铜，塑料，一般用前两种多。我在博物院看过一个“夜壶收藏展”，从汉到清。千奇百状，可谓百壶竞放，百壶争鸣。竟还有素洁的白玉壶，典雅的青花瓷。我还在资料上知道洪秀全用的竟是金夜壶，一种权威象征，一定沉重且不轻便，这真有点为难了秀全。这些壶与我离得都很远，我只说乡村陶质夜壶。

我们村里的老黑爷与夜壶有缘。他读书多，当年在傅作义手下当兵。老黑奶是溃退时从北平青楼里领来的媳妇，两口一吵架媳妇就说他是一把“夜壶”。夜壶在北中原乡村是专门骂男人的，相当于现在港台骂的“马子”。

我记得他有两则与夜壶有关的话题。

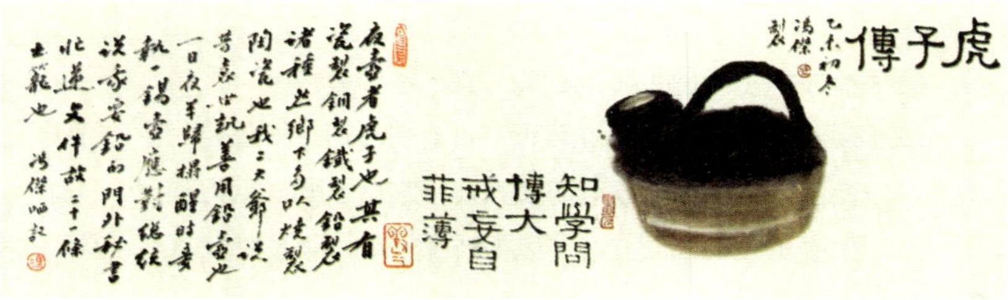
虎子傳
知學問博大
戒妄自菲薄

槑萼入口清歡在心
甲午秋觀舊畫
為之補字鴻傑

老黑爱喝酒，喝穷了，就喝那种用红薯干做的劣酒，他经常对着酒瓶喝，品一口就急急藏在床下，有人知道后盗走喝完，再兑水放下。后来他怕别人再偷喝，就自作聪明地把酒装到一把刚买的新夜壶里。这样平稳一段时间。有人知道秘密，后来给老黑爷的夜壶里真酒喝完，又尿一泡。老黑后来觉得蹊跷，领悟道：夜壶终是夜壶，夜壶再新，也不能盛酒。

在“刮共产风”的大炼钢铁时代，村里锅盆铲勺都被工作队收缴，老黑饿得半死，找到一把粮食就在家偷偷煮饭，锅被收走，他急中生智，他就支起一把夜壶煮，尽管刷得干干净净，后来想起那米饭思想里还有股异味。饥荒时代，尊严不在，生存第一。

乡村的冬天屋里屋外一样寒冷，夜间能拥有一把夜壶，就是在被子里安置的一方暖炉。

我少年时恶作剧，曾以夜壶为道具，有过在壶底钻孔或在里装蛤蟆的“夜壶轶事”。

我一向喜欢把无聊的事也扯到学问上，听一个收藏家说，夜壶最早发明者是受汉高祖刘邦“以儒生之冠当溺器”启发而成。我不同意夜壶这一起源说，我认为，夜壶早于皇帝，夜壶成名一定比皇帝成名要早，先有夜壶，后才有皇帝，皇帝绝对排名夜壶之后。夜壶最大特点是造得再好，上面也不能落款，我还没听说谁在上面题上“雅正”和“惠存”的。再好的夜壶只能甘当无名氏，锦衣夜行，这和造茶壶名家天壤之别。夜壶浅浅，淹没几多大师。

有一次，我在郑州一家文物收藏店，看到大堂的红木博古架上放一把铜夜壶。我笑。

店主急忙说：“那可是明代的虎子，真品。”

他告诉我，夜壶古称“虎子”。

我说，这雅称我知道。我是笑“虎子”两边挂的那副对联，那我不知道。联是好联，是伊秉绶写的隶书——“从来多古意，可以赋新诗”。

读手记

1 掌上启程

哺乳动物中只有人类可以自如运用手。人类进步关键靠一双朴素行动之手，而非各种挂在嘴上的思想和主义。一个人的魅力气质是从手上启程。一指独秀成峰，只掌而生风云。

2 对握

手的结构我简化为两种：手背，手面。这样一目了然。我姥姥说过："手心手背都是肉长的。"一句就勾画出手的结构和意义。

手上每一关节穴位都连着五脏六腑。翻手为云或覆手为雨，即使枯瘦嶙峋，也是一掌青山与河流。劳宫、少府、合谷、神门。手上风云交际，掌上自有江湖。

算命者说手掌有生命线爱情线事业线"三线"，纵横交叉，男左女右，左手掌的心事右手掌肯定不知。山珍中熊掌的左掌就比右掌贵，因为熊常舔左掌，浸液要多。人的手掌是否也左贵右贱？美国几位总统多是左撇子，左撇子聪明，世界击剑冠军，拳王，世上有百分之一的人是左撇子。西藏还有一谚语"左手是恶魔栖息的地方"。右手肯定比左手作恶要多。扳机、炸弹、绑架、贩毒。左手在天堂创造着善，右手可能在人间创造恶。左手开发科学，右手破坏资源。反过来一样，善恶不分左右。

手最主要功能是对握。这一特征是人和畜生区别。对握可以改变世界，写情书，签条约，打欠条，行贿，接赃，擦屁股。有时人短暂一个对握可使一个国家平衡或倾斜。

完美的对握是拇指和中指，食指次之。舞台上孔雀舞的美目就是一种对握，还有京剧里的兰花指。梅兰芳尚小楼都是对握的唯美标本，在菊坛烟云里玉树临风。对握像机器齿轮合齿，能摄人心魄和吸尽台下嗑瓜子声、耳语声、高跟鞋跺脚声。中指无名指加入，使一双手把握细微的对象更有效，比如执毛笔，奋笔疾书，可去檄讨武瞾皇帝。我小时候写字，父亲会冷不丁地从后面忽然抽笔。抽出就说明用功不力。让我在以后人生苦旅里像重视偶像般重视对握。

最重要对握该是把握爱情，“执子之手，与子偕老”。想握住爱情，必须执手。

3　手语解释

我统计过手语的作用分三种：一，手势更多作为说话时的伴随动作，为一种话语代用词。抱拳作揖，久仰久仰，擦眼泪，喝花酒……都与手表演有关。没有手介入，嘴说不生动，白费唾沫。二，手势作为一种正常时听不见或危险时的代用词。解救人质时，手语心领神会。纽约股市暴跌，手势就得有跳楼的速度。三，手势作为专业人员活动的伴随动作。如演员、舞蹈家、总统演说时的补充或取代发声言辞。卓别林的哑剧去掉手语，像一个人抽掉灵魂。政治家删掉手语，像把一个瘾君子烟枪收缴，像黄鼠狼被剥皮。手势是演说家成功的一半，善言者都是善做手势的魔术师。上下左右，装腔作势，锦上添花，狐假虎威。总统手势如反复颠倒，则动荡不安。有些手势是暧昧猥亵的借代，有一年我过广州车站，一女站墙角，对我比一个心知肚明的“看图说话”手势。人流如潮。她一定为生计所迫。

我领略到最丰富的手语，观看聋哑艺术团表演“千手观音”，12双手像12枝新叶舒展，听到叶子绽放之声，听到鸟翅收翼之声。整齐默契，天衣无缝。这些聋哑小天使们在一个无声世界里，表演出来色彩的声音，声音的线条，光的呼吸。

乡下还有另一种独特手语，是生意人在暗示。我小时候跟随姥爷去集市买马，看到牲口贩子将手伸进对方袖管，反转腾挪，黑暗中的手语。在袖管里不时拿捏，再拿捏。最后在这套独特语言里完成一笔交易，像在布袋里演一出戏剧。这些牲口贩子如果步入政坛肯定大有作为。可惜命运只付与他们草料袋子、马蹄和风中的散鬃。

4 每双手都有记忆

手是探索大自然和社会的最好一柄器械。譬如写诗、绘画，譬如刻制，譬如打草炉烧饼。手不是熟能生巧，而是每一双手都有自己的记忆。

我见过许多真实和虚构之手。保险公司的账单告诉我，钢琴家的手和我们村石匠的手绝对身世不同。米开朗基罗《大卫》的手强劲性感；达·芬奇《蒙娜丽莎》的手典雅柔美；我外祖父的手裂痕重重，延伸出来沧桑的田埂；我孩子的手像一片瓜叶，上面放几颗露水。

我看过一位老人残臂，人生最后的残山剩水，在冬阳里晒暖。老人一生尴尬，开始抓壮丁当国军，后降当解放军，再后赴朝鲜当志愿军。被俘，遣返，改造。晚年在家，身份不明，无法定位。那只手像晚秋残梗。掌上嵌有乱石般的手茧，看不到纹络，早已对握不起，像块凝固废弃的水泥。手上有烧焦的时间，有低垂折断的军号，哀伤的记忆，流血的道路，曾有朵昔日玫瑰。都在这只手里茫然。喑哑，模糊，浑浊。指甲里镶满黑泥，像梦里那道终未越过的沟壕。

我到中国现代文学馆，印象最深的是那里一个独到的创意，每扇关开的门把手上，都铸有巴金先生一个手模。每次开门都是与巴金相握。文学把手可以启开历史大门和心灵小门。

世上每双手都该自由舒展，但更多手不由己，手背也会背叛手面：譬如各种竞选时投票之手，譬如执刀不砍向对方最后砍向自己的手。

人一生原是在不同手势里度过，资料说人类能做七万种不同手势。我们每天都在用手表演天真，表演深沉，表演爱情，表演伟大，表演生活。张爱玲出手只是其中一种“苍凉的手势”。

大脑空白，手就静止；大脑激动，手就欲试。应了那句俗话“十指连心”。我在香港明星大道看到路上布满一地“明星手模”。想想她们个个如花美眷，却不抵似水流年迎面是维多利亚海湾的凉风。丝丝苍凉如手。

5 蹼人之村

我看过的手惊心动魄：六指，五指，残指，断指，连蹼。中国沿海经济开发区每年打工者误伤残指连起来可达一公里。按一千米等距离排。

现代化进程需要付出手指。

小时候姥姥笑说过歇后语“六个指头挠痒，多了一道”。如今人类做得最多的事就是六个指头挠痒，在挠各种领域。挠经济，挠文化，挠政治。以及挠长牛皮癣的后背。

天下大事
天下最大的事情
就是把筷子使好
甲午年初冬得友人
送來舊帚揮筆後
又揮筷也 馮傑又記

我们那里有一村，小王庄几户人家，他们手掌后部都莫名其妙粘连一起，生的孩子亦如此，像鸭蹼鹅掌。他们待客、担水、吃饭，都注意隐藏着手，尽量不露。传说这是村人爱偷鸭子的结果。后来我知道近亲结婚或染色体所致。

村里孩子上学，开始大家都在一块儿玩，有蹼的孩子，无蹼的孩子。一个蹼孩子和我同桌，阳光下，蹼指透明，像发叉的金色萝卜。一天，村里大人吓唬说蹼指会传染，一时都不乐意和蹼孩子坐一起。有蹼的孩子见我们就像鼬鼠怕光一样远远躲开。

不知道那些有蹼的孩子后来都消失何方？我做一个梦，蹼手孩子飞走了，飞到一个未名的地方。蹼翅交叉。在天可以飞翔，入海可以击水。偌大的天空和海洋都是蹼人自由的国度。

6　山河细节

手上最细微部分是手纹，是母亲赠予的河流在掌上穿越。十指纹状专业可分拱形、帐篷式拱形、环形、圆涡形。我母亲只分两种："簸箕"和"斗"。手纹与那些农具纹络一样。

圆涡形最完美，我母亲称"斗"，聚财。手纹和命运密切相连，有对照记，姥姥说"一斗穷，二斗富，三斗四斗开当铺"。故乡属黄泛区，过去产麦少。小时候我家到春节才蒸一锅白馒头，像朵朵盛开莲花，宛如美玉。馍熟了能看到每个白馍上都有母亲手纹，印痕上有"簸箕"有"斗"。它们装载着一家沉重的生计。

指纹是一个人终生不变的符号，是与生俱来的天然身份证。全世界67亿人没有两个相同指纹。我的手纹能与地下母亲的手纹相逢重叠吗？那些手纹上面河流断裂后，是一方方载我来到人间最后又返回大地的"簸箕"或"斗"……

一次我在中原殷墟捡到个陶片：看到上面枚烙上有手纹。我用拇指贴上试试，感觉余温尚存。三千多年那枚掌上山水没被青苔融化。暗示它要与谁重合？是来世还是今生？

癸巳记

——蛇·小龙·地头蛇的七段话题

蛇过道，大雨到。
——北中原民谚

所见

我对蛇的第一感觉：冰凉，冷艳，惊恐。我不知道他人有如何感觉。我的第一反应是毛发直立，衣领上升，头皮发麻，血液下降。会有一种滑腻，斑驳，游动的彩色意象。除了我太太因属蛇不得不与之肤肌相处外，我对其他关于蛇的元素一向敬而远之。

我恐蛇。

四十多年里，我画过虚幻的龙，说假话的人，却没有写过真实的蛇。

所做

我居住地是中国四大厨乡之一长垣，我们那里出了许多厨子，名闻天下。别人治国，他们治菜。现在政治家开始讲菜，厨师紧接着就讲治国。南辕北辙。长垣的厨子善治多种菜系，炒、炖、烩、煎，到广东还会做一道粤菜，原料就是蛇和鸡，菜名号称“龙凤斗”。

两广食客称蛇为“动物人参”。

有一年在广州，一官商勾结的儒商老板设宴，要请我生饮蛇血、生吞蛇胆，说血热胆凉，先升后降，这样才不辜负此宴的要素，枕头可以颠倒，顺序不能颠倒。

我说，那我改喝酒吧。

南方人善吃蛇肉，乐此不疲，且有饮食传承。我担心终有一天世界上最后一条蛇要被中国人吃完。但这种吃法在北中原美食家那里却如临大敌。河南人吃大碗烩面可以，喝胡辣汤可以，吃蛇就显得有点胆怯，力不从心。我一向不吃蛇肉，还拒绝吃蛙肉，猫肉，娃娃鱼肉，人肉。这种吃食选择有点挑剔而显虚伪。

一位当年在人民公社当过“伙夫”的堂兄开导我：“饿你五天，吃屎都是香的。1958 年那年，村里连老鼠都吃光了。多亏你没赶上!”

我 1964 年生，属大龙。蛇的延伸版。

所闻

蛇一直在北中原民间里飞翔，在一座村子的上空飞翔。我听到的蛇故事都与某一种神秘暗示和象征有关。

童年秋夜，我姥姥讲过北中原一个乡村传奇。

说，一个孩子在外面被一条大蛇追逐，躲不过去，就跑回家里。大人们一时束手无策，急中生智，掀开一方空瓮，把他扣住，藏到下面。那蛇紧跟着就来了，蛇闻闻天空的气味，在那方瓮边转了一圈，蛇走了。

家里人看蛇走远，松一口气，以为终于避过难关了，就掀开那瓮让孩子出来，哪知，掀开了瓮，里面竟是空荡荡的。

故事到这里就结束了。我姥姥还要去喂鸡。

面对北中原传说里的玄虚和幽空，我听后有一种莫名的不适。

我后来的文学资源和矿藏大部分来源于北中原这块土地。

所闻

我姥爷说过，蛇怕菸油。

我就推测到：蛇不吸菸。

所学

在村里，有“强龙不压地头蛇”一说，虽说是蛇，也是另一种龙。可见“本土的魅力”。

那些乡村小无赖，泼皮之类，多少都有一点“地头蛇”的成分。地头蛇也涉及村长，村支书。一个领域有一个领域里的地头蛇。你看看当下现状就会明了。

在课本上读到过柳宗元《捕蛇者说》，“永州之野产异蛇，黑质而白章”。知道世界上有一种蛇如此之毒，触草木，尽死；以啮人，无御之者。还知道苛政猛，猛如一匹斑驳的老虎。

我姥姥在春节前要蒸两锅面食，蒸馒头，蒸花糕。其中就有一种蒸面蛇，面团盘蛇，蛇眼用两颗绿豆装饰，蛇嘴里衔一瓣枣，蛇肚里装满红枣。

到了端午节，小孩子必须戴“五毒”黄兜肚，“五毒”之一就是一条蛇，可辟邪。

村里人说起十二生肖里的巳蛇之年，都说属小龙，从来不说属蛇。

所见

在北中原游走的蛇多是无毒。小青蛇、菜花蛇、灰蛇、草腹链蛇。有一种赤练蛇，我们称作“红脖艳”，被认为是村里最厉害的蛇。说人，就形容是“这人是个红脖艳”。

我有时在田野拾柴火时还看到那些土蛇游走，它们和土地一个颜色，像风一样飘走，很快消失大地深处。平时，还经常看到墙角、路边或蓬蒿之上，挂着一条空虚的白色蛇蜕，蛇蜕上面竟是鳞痕清晰，有鼻子有眼，乡风吹来，蛇蜕会像蛇一样飘动起来。

它们是蛇曾经穿过的衣服。

我姥爷说，这叫“龙衣”，是一味中药。祛风，定惊，解毒。

每年春天，我姥姥要赊鸡贩子十来只雏鸡，慢慢养大，下蛋，换盐。有一年，记得我姥姥养的几只小鸡，一反往常，暮晚也迟迟不肯上架，鸡群忙着往一块挤，听到唧唧唧唧，发出惊恐。

我姥姥看到鸡篓边盘有一条大蛇，竟在那里吸气，运筹帷幄之中，慢慢吸那些觳觫的小鸡。

上学校要穿过田野，在乡村路上，大家见到一条蛇穿过，首先要做的一件事就是双手紧捂头发，因为我们都知道，蛇在吐信，那是它在默念一、二、三或三、二、一，细查人的头发数量，头发被数完毕了，一个人也就完蛋了。

蛇的数学好。

蛇蝎心肠、虎头蛇尾、蛇影杯弓、封豕长蛇、蛇心佛口、打草惊蛇、画蛇添足、人心不足蛇吞象，等等，这都是与蛇有关的成语。我后来还对比过，凡是涉及蛇的成语多属贬义词。我且一一抄过。

还有一个成语当时见得最多，叫“牛鬼蛇神”，经常出现在看的报纸上、听的广播里。这是“借代”手法，多指当时的“地、富、反、坏、右”分子。

一年四季，我家住的小镇上也有阶级斗争动向，经常批斗人。那些被批斗者在街上游走，一个个戴着白纸糊的高帽子，我们叫“老鸡帽”，名字上面打着一个大大的红叉。

我们逃学跟在后面看，有时也随着举臂，喊口号。

我二大爷对我说：“看看，这些人都是牛鬼蛇神。”

所见

在我接受的文化里，蛇一直与阴性有关。她们是：水蛇腰、蛇妖、小翠、大青、小青、白娘子。

我们那时要走十来里路才能看一场乡村电影，黑白电影里，革命情节正在紧张地进行。有时，会出场一个妖媚的女特务，细腰卷发，叼香烟，扭扭就过来了，银屏内外都称作美女蛇。美女蛇缠绕，美女蛇要经常贴近革命，瓦解革命。

电影完毕，我回味时，有一丝惶然，还顿生一丝羡慕。大家边走边谈体会，月光里有少年起哄：啥时也能娶个女特务，美女蛇？

一路月光骤然斑斓。

这理想一直没有实现。

不过多年之后，我终于娶了一个媳妇，属蛇，没有带消音枪，也不使用密码传递情报。我媳妇好，只会在家洒扫尘除，择菜做饭。

2012.12

水做的一条绳

——读井记

井水，没有骨头

现在，如果问孩子水从何而来？大多回答是来源天上或大海，瓶装或自来水公司，很少有人再知道“井”这一概念。两横两竖，再简单不过一个汉字，就搭建一座井。在成千上万片甲骨文里，你即使不识字，也会从形状上第一眼认出。它幽静深邃，沉默不语。不分白天黑夜，它都垂落下飞鸟、麦田、云朵、月光、鸟鸣和树木的影子。井水把大地上的事情接纳，然后照自己的方式稀释解读。

一个没有井的村子和城市是不可想象的，就像一个人没有血管。一口井，它是水做的，没有骨头，却支撑着一个村庄，支撑一座城市，甚至说支撑一个国家。

井面清澈，映照世间喜怒哀乐、人间聚散离合。井还是一条通往地心的草绳。将一眼井深挖下去，通过这条水做的草绳，能抵达地心，你会听到大地肺腑的呼吸之声。一如神赐。

坐井观史

井与天空与大地与人密切相关，天上有以井命名的星宿，地下有以井命名的十二经脉，每一个人都携井穴而行，身上水声涟漪。人们像形容人来形容井，用量词“口”。井还是一个村庄的眼睛，井的量词在我们那里又用“眼”来装饰，不说一口井，而说一眼井。它是乡村之美目。

故乡井名目繁多：老井、双眼井、鸳鸯井、三眼井、梨花井。单听那些好名字就想跳。通过一口井可以穿越历史，有一年我到江南歙县，在一民居闲聊，主人说他家平时吃水的井是明代的，让我生羡慕，那是和董其昌李自成陈圆圆喝的一个年代的水。可写字、可造反、可撒娇。我尝一口明代水，晚上肚子就开始造反。在开封，我从一条叫三眼井的胡同穿过，主人说有一口宋代井，我就喝上一碗井水，恍惚间，与苏东坡或李师师打个照面。

我少年时代生活的黄河大堤小镇，只有一口独眼井，叫大笨井，青砖垒砌。它日夜望天，独有情深。父亲挑着沉沉的柏木桶去担水，供母亲洗衣，做饭，每天要来回担四五趟，木桶里摇荡着灰暗的天空，颠覆着倾斜的飞鸟。那副柏木水桶后来闲置不用，我在里面种萱草花。母亲去世，萱花上流淌水声。痖弦先生有一年寄明信片，上书：萱草是中国的母亲花。

井在北中原有四千年历史，姥爷说，天下最早那一口井是“黄帝穿井”。《滑县志》载，滑之韦城，舜时有豢龙井，专门供龙饮水。养龙不同养猪养猫养二奶，龙这东西更挑剔，不饮可口可乐，只饮井水。我故乡井水口感甘洌。

全村里对井充满敬畏，我姥爷每到春节，给牲口棚贴上“槽头兴旺”春联，还要给村里井边那棵槐树贴上“龙王吐泉”“清水长流”。正月十五早上，姥爷要围着那口井转圈，嘴里喃喃有词“转转井，不腰疼”。井专治腰际劳损，成乡村液体的药引。有一年打井，让我姥爷写井铭。“泽披全村，金井梧桐，汲之不尽，惠之无穷。”

姥姥不许我们从井上跨过，说，跨井减寿，过去有个县长把马在井边饲养，粪尿流于井里，后来养马者和马都瞎了。井水不可亵渎。小时候每当我害眼病，姥姥就取村里井水让我擦眼，感觉顿时清凉。夏天怕食物腐坏，姥爷用一个箩筐悬空井壁，第二天再取出。井成了童年时代天然冰箱。姥爷还说梦见井水大涨，是将拜相的喜兆。可是有一年我尿炕，怎么也梦见掉井里，井水也是大涨？

乡村再洁身自爱的水井，里面也要漂浮两三只身如苔色的蛤蟆，水桶下去，蛤蟆匆匆躲避水下，看着空中飞翔的吊桶。蛤蟆知道，世上所有的水桶都是匆匆过客，只有自己才是井底永恒的主人。天地虽小，可以观天。

井边的青苔

井还有五官，井边青苔是井的眉毛。

最有耐心的是井壁那些贴着水面的青苔，青苔顺着井壁向上爬到井沿，然后，谦卑地伏贴，倾听大地上的事情。井的故事青苔知道一半，另一半沉入井底。

因对井奉若神明，就有许多关于井的忌讳：忌在井边磨刀，怕惊动水神或龙王，忌在井畔种桃，桃避邪驱鬼，桃花落入井中，岂不有诬陷龙王明主之嫌？姥爷说井有神奇之能，上通天地，下达黄泉。发卡、分币小物品掉入井中是不祥之兆。取水的器物被打碎或掉入井里也属不祥，可是我记事，家里水罐大都是在井边碰碎。只有一方陶罐例外，是二大爷两口子吵架摔碎。

我们村打井，一直奉行古法选址。水源决定水的甜苦。一叫气试法：看上面有无水汽。二是盘试法：掘地三尺，置一铜盘，盘上盖草，放在离地一二寸的木架上，看盘底是否滴水。有时也置一方陶缶来试。三是火试法：燃火，烟气上升，婉转曲折，则有水。以上的道理都带

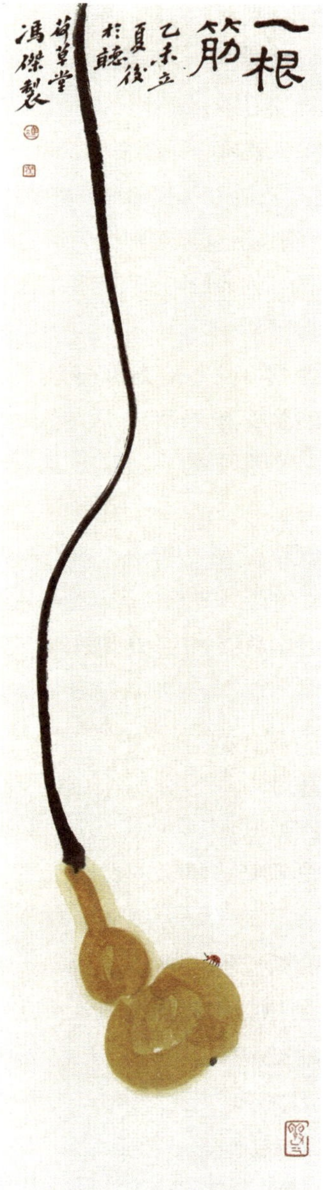
一根筋
乙未立夏後於聽荷草堂
馮傑製

着乡土元素。人们面目庄重。打井淘井时，禁止女人靠前。二大爷说过：会冲撞神明，打的是瞎井，即使出水，也是苦的。

每年定期淘井，会让我兴奋不已，除了意料中的淤泥，还有出淤泥而染的铁桶、钢笔、钱币、马蹄铁，甚至子弹、手榴弹。简直打捞一筐传奇。一方井里装着乡村黑夜的全部秘密。

有时水井还会成为超越苦难到达天堂的一条通道。有人投井自杀。但这是留骂名的。因为每跳一人都要淘一次井。直到认为晦气淘净，清澈见底。

少年时代一天早晨，我还在梦里，街上一阵喧嚣，说公社书记跳到井里。我跑去只看到井里漂浮着一块白色影像，像云彩沉底。全村淘了三天井。队长穿着黑雨靴，骂着，一边吸着“前进”牌香烟，一边要后退着下井。

有一年，一个寡妇在井边徘徊，为了喻示清白，用暗夜的一声“扑通”，来回答全村的污言。第二天，全村人看到井畔只有一双绣花鞋。整齐地摆在那里。鞋面上有一对刺绣的布谷在飞。

沉落在井里的语言

那么多方言口语都簌簌掉落井里。一口井储存多少语言、文字才可满盈？

“井中求火”被喻示为找错对象或愚昧不明事理。我以为这是禅意盎然，周梦蝶有诗“谁能与雪中取火，且铸火为雪”，井中求火亦一样能求到。“井底之蛙”喻见识浅陋之士，但那是独立王国，起码自己可以出书印报，发表言论。与井蛙谈海，犹如对牛弹琴，可没有禅心不能为之。“十五个吊桶打水——七上八下”讲的是人生悬空术，数学必须好。“井水不犯河水”喻示阶级立场。“担雪填井”则需要信仰和执着。我还看到余光中有本评论集，名字竟叫《井然有序》，恰是一口过滤文字的井。装有天空，自信，序言。

姥爷说“只有桶掉井里，没有井掉在桶里”。我少年时代逃课，竟听到阎婆惜在《水浒》里叫道：“好呀，我只道吊桶落在井里，原来也有井落在吊桶里。”往下再揭一页，听扑通一声，果然，宋江就掉在《水浒》底上。这时，远方上课铃声想起。如一阵透明紧张的雨水。

少年时代，还学到另一个有“野狐禅风格”的文学公案：说李白那首名诗“床前明月光”里的床不是睡床，而是一口井，是“井床”。诗的背景是在室外而非屋内。我这样一想，豁然开朗，全诗就解释通了。过去总觉得李白在床头挖了一口井。夜半梦游或撒尿，岂不危险？

中国诗史上与井有关的诗汗牛充栋，我认为最好的井诗是一首打油诗：“江上一笼统，井上一窟窿，黄狗身上白，白狗身上肿。”大地唯有井口不存雪，注视着雪。含情脉脉。

可见诗人后面必须有一口井做靠山。世上任何一位诗人都拥有一口属于自己的井，让他用一生时间能汲清澈的语言之水。无论杜甫、李白、白居易，无不是用一条条语言的绳子在“后园凿井银作床，金瓶素绠汲寒浆”。我还读到爱尔兰诗人希内的诗《自我的赫利孔山》：“小时候，没有人能阻止我去看水井，/还有那带桶的老抽水机和绞绳。/我爱那深沉的黑暗。那陷在井中的天空，那/水草、真菌和潮湿苔藓的气味。”井让我找到证据：天下诗人小时候都在外祖母家看过水井。从那里吸取最早的灵气秉性。然后成诗。

世界有井无数，只有姥姥家的那口最甜。

井下天地大

人事如烟似水，只有井是固定的。《易经》有“改邑不改井”。

井地、井水、井市、井邑、井陌、井肆、井屋、井栏……这些元素因井而生。我们村里有句话 :“有本事你不吃一口井里的水。”在有井的年代,“背井离乡”是一种最后绝望。在中国人意象里，井是家园的象征。那么多人为故乡一口井而厮守终生。万里归来，也仅仅为那一口漂浮在月光里的井。

有一年在洛阳遗址，我看到井成了冥器，陪葬品里有一部陶井，包括井的全部构成 : 井壁，井栏，井亭。一个人死后的夙愿是要把井带在身边。

小时候读到陈子昂诗句“三军叶庆，万井相欢”，我不解，就问老师，回答 :“就是万井之蛙，日夜齐鸣。”三十年后还觉得情景壮观，气势恢宏，一口井放一只青蛙，就是一万只。不容易。后来方知古代制度是八家为井，三百步为里，曰井田。原来“万井相欢”相当于现在全民同庆，是在天安门广场或莫斯科红场上检阅陆海空三军。

我们村里的那口井贯通江河，传说有一个人刻着名字的碗掉落井里，半年后，在五十里外的黄河找到。井有一种超越时空隧道的魅力。我还知道，世上每口井下面都有一个通道，连着乡音。

村里中医孙半仙还把水视为一味中药，叫井华水。怕我认为空穴来风，让我看《本草纲目》“井水新汲，疗病，利人。平旦第一汲为井华水，其功极广”。我学书法时抄敦煌经文，抄到“人面欲得如花色，以井华水。女服七日，男服四日”，止笔，大惊 : 这不是可以美容吗? 现代明星去韩国整容岂不是南辕北辙? 后来看《蒋介石传》，委员长“丰功伟绩”皆忘，只记着他每天早上空腹喝一杯水，才有其长寿。

苏轼对井华水崇拜之极，称为“水中金”。陆游还写诗“金丹九转太多事，服水自可追飞仙”，最长寿的诗人和我的看法一样，最好的养生就是空腹饮井水，饮我故乡老井里的水。

一天，我问姥爷王安石“爆竹声中一岁除，春风送暖入屠苏”里，屠苏为何物？答，就是井水酒。

井里的另类

一口井里面有时还住井的另类，井口管理不严，偷工减料时。譬如石板露缝，譬如环境恶化，里面就会住有井鬼。

井里的鬼五花八门，《史记》里说有人挖井得一动物，问孔子，老孔说是坟羊。以至井怪都穿着羊皮似的白衣，在井边走动、散步。像披着羊皮的狼，不断友好地邀人下井。宋人《夷坚志》里有个单方：黑豆可以治它们，“咒黑豆下井，怪乃绝不至”。我后来学物理课，分析豆属碱性，鬼一般体质属酸性，酸碱中和，鬼自然消失。但最怕的是怪鸟在井里作巢。明代有一个秀才属唯物主义者，不信，他借着酒劲，向井里扔石头，忽然有金雀自井里飞出，带着火焰，像一枚塔利班的地对空导弹，一下子就把知识分子的胡子烧个精光。

小时候姥爷讲，说有一人掘井，比通常多挖一丈还不见水，忽然听到下面有人语、鸡鸣，喧闹嘈杂，一如隔壁。停锹，于是不敢再挖。我在一边只喊可惜：如果再挖，那不就可以作地心旅行记？姥爷说，挖井有时能打到地脉。水涌出能把一个村庄淹没。

井绳·井史介入者

和一口井关系最近的就是井绳。井绳上通下达，一半可以传达井外面的信息，一半可以入井与水密语。井绳身世是湿漉漉的，上面结满记事。无论出世和入世，井绳一身都是泪痕。最后都要瘦成一把月光。

确切地说，井绳不是井史的主题，它只是井的介入者。井绳与蛇有通感，我们故乡有谚“一朝被蛇咬，十年怕井绳”。这里说的是年老眼花或年少近视。出售花镜近视镜的商店可就此打广告：戴上此镜可以迅速分辨井绳与蛇。打一条井绳需要拧入麻、棕、方言、月光、闲言碎语。而造一条毒蛇则需要动用国家机器，仿生学，生物学。

井绳的雅称是“素绠”。李商隐把井绳雅称为丝，井边辘轳雅称玉虎，“金蟾啮锁烧香人，玉虎牵丝汲井回”，他是写人生怅惘。

一条完整的井绳打磨到最后的细瘦，需要时光，毅力，坚持。一条井绳的寿命长过百只瓦罐，有时还长过主人。一段井绳最后鞠躬尽瘁了，可以入井消失成纹，还可以飞走无影无踪。

泪眼干枯

现实里平均百人在折腾一口井，到现在，时光终于超越了井，短短十来年时间，人们废掉了井，宣告它的无用、滞后。从此大地布满枯井，它们最后像熬干的油灯，再也发不出亮光。许多井都睁着一个个干枯眼睛，注视着天空，它知道，世上每一口井原本都是可以在天空飞翔的。

现代化的负面是消解资源，地面沉落，水源枯竭。大地上一口井无论前世多么幽深玄妙，最后结局都被土填平，被垃圾填平，被时间填平，被风填平，井上会长满蒿草和高过荒草的时间，大地归于平静。飞鸟掠过，不溅水影。

现在，无数纷至沓来的脚步，无数喧嚣豪华的车辆从上面走过。没有人知道，在十米、五十米地下，曾垂落过一条水做的绳子，一条清澈会说话的绳子，它一生透明，结满心事……

在纸上飞行

床和另一种童话

让我来推荐世上最耐读且包含元素最多的一本书，不是曹雪芹也不是莎士比亚，我会首推地图册。想一想，再没有比地图更耐读的书了。它的精炼度、概括度和大容量，是任何一本书用文字所达不到的。它既现实又幻想，既完整又琐碎，既停滞又飞翔，既迷离又清晰。几乎接近童话。

对，就是在纸上飞行。

我贫朴的少年是在一册薄薄地图里度过的，在物质和精神都匮乏的年代，父亲买来一册 1974 年版《世界地图》，从此它的色彩涂满我的想象。地图像一方童年积木，拆开，组合。让我知道，就像童年没有一方相同的积木一样，世界上从来没有一幅地图是相同的国家。

地图最宜想象。我小时候躺在床上，看到蒙古，金色的元宝。澳洲，一块敦实的土豆。越南，一只打哈欠的细腰狐狸，正面对蓝海，叩响月亮。尼泊尔，一截香肠，晾在世界屋脊。智利，海岸上晾晒的一条海带要飘起来。中国，由一枚海棠叶萎缩成一只公鸡。日本，清晨摊了一地昨夜散乱的麻将。台湾，一块大地番薯。美国，一只膨胀的羊奶，单等奶浆四溢。斯里兰卡，一滴水珠垂落。印度，埋在大海里的一颗萝卜。最糟糕形状是英国，像一片被海风吹烂的抹布，在大西洋边飘散。非洲、中亚这些国家的风沙太大，干脆拿尺丈量，所以国家都是几何形状，像上数学课。那里地图便是一张张魔毯，坐上传说，飞翔在《一千零一夜》里。阿拉伯半岛则是一把铲子，一个蒙头巾酋长正在煎炒烹炸着那些神奇的传说……

有比我想象还好的，就是“漂移说”的滥觞者德国地理学家魏格纳，他躺在1912年的一张郁闷的卧床上，面对墙上地图忽发灵感。认为古生代时全球只有一个庞大的联合古陆，中生代由于潮汐摩擦及两极向赤道挤压，使之分裂，逐渐成现在的海陆格局。他的“漂移论”被称为一种荒唐臆想。其实他写的可是一篇大童话。

地图的范围

无纸时代，人们只有把地图刻在石上、木板上，铸在鼎上。大禹九鼎就是把全国各地山河图形铸上，成为全权象征，九鼎上的图叫“山海图”，后来那部《山海经》是对九鼎图的注释，看图说话，后人牵强为神话。《山海经》空间概念更大，去当一部成人童话读更恰当。

地图虽小，五脏俱全。像瑙鲁、图瓦卢这些国家只有区区20平方公里，但地图照样得有。上面依然得有五线谱国歌飘荡。有一天老师讲到最小的国家梵蒂冈不足半平方公里，放风筝都不敢随意，唯恐一松手就放出了国境。我就问：“那他们敢不敢隔窗往屋外撒尿?”老师的脸马上皱成地图。结果是，我在屋里被罚站。风筝依然在梵蒂冈的天空放。

那么多大地图为最好? 这没有统一标准。我说恰当最好。间谍们肯定以地图越小越好，以藏在袖筒里或高跟鞋里甚至牙缝里最妙不过。

皇帝，总统，政治家，出版商则认为越大越好。晋时裴秀见到的《旧天下大图》用缣 80 匹，唐代贾耽制的《海内华夷图》广三丈，纵三丈三尺，修理一次，得用女娲补天的功夫。宋朝各地每逢闰年都要上报地图，如当今某些水分极多的财政报表。最大一幅是《天下图》，画工用 100 匹绢拼在一起制成，由数名粗壮大汉吆喝抬着。这样的地图象征的成分大于实用，已无多少价值，起码在我家桌上是打不开。

凭皇帝的想法，他们一个个一定还想照全国面积复制同样一张地图。因为没有高挂的墙壁和展放的桌子，作罢。

我的结论是：小于一块抹布，大于一张牛皮的地图都不太好玩。

地图演义

世上名声最大的地图该是荆轲为秦始皇献上的那张，里面裹一把刀子。图穷而匕首现。可惜那张图裹的时间太短，早早亮出匕首，不含蓄。不然，《史记》就是另外一种写法。

暴政大都对地图感兴趣。那天，荆轲见秦的道具为三：人头，匕首，地图。外加口哨伴奏壮胆。那一时刻，地图就像是地壳，打开，看到地核，最后来一场地震。他一定成了一张令秦始皇一生难忘的地图。

古今中外，一切伟人都是地图狂热者，能纸上谈兵。喜剧大师卓别林演希特勒，表达在地球仪前对世界的贪婪，欲望，张扬。几成卓氏经典段落。秦始皇也是一个地图的狂热者，公元前 221 年即位时，他把全国地图都收集起来，成为国家象征。刘邦是个把知识分子帽子当尿罐用的乡村无赖，但灭秦时让宰相萧何入咸阳，第一件事就是把国家地图接收过来，粗中有细。我小时候看戏，土匪进山给山大王献礼，其中最重要的就是地图的一种——联络图。《三国演义》里那个朝秦暮楚的张松，全部资本恐怕就是袖筒里那一张地图了。《西游记》里的妖怪，腰中大都挂一个储存着计算机图形信息的 U 盘。

我到十岁还尿床，第二天晒被子，同学在背后悄悄嘀咕，他们竟说我“画地图”。

地图的画法

绘制地图虽然不需要情节、故事、人物三要素，但一点也不亚于老托尔斯泰写《战争与和平》的费心劳神，且写实程度比虚构小说难度要大。裴秀最早提出“制图六体说”：1. 分率：区别地域面积大小的比例尺（不需诗人的夸张）。2. 准望：确定彼此方位的方向（千万不能是斜眼或斗鸡眼）。3. 道里：确定人行道里程（不要相信出租车司机）。4. 高下：高低起伏（可参考股票基金走势）。5. 方斜：斜正（不可剑走偏锋）。6. 迂直：迂回曲直（前途光明道路曲折的说教版）。以上六体互为参考运用，把比例尺、方位、距离三要素与自然表相在地图上结合。这明显和“文学创作方针”背道而驰。从这六体技术上而言，地图算是世上图案最难画的一种。

但是，你拥有这些专业知识并不能立即去操笔画图。等等，还得等一下。

首先是立场问题。中国古代画地图前须考虑体现出“天下”“中国”“四夷”“主藩”，以及中心与边缘的安排、区域大小的安排。你不能把皇帝那张龙椅摆到角落，去与鼠洞为伍。就得思想第一，主题先行。实际比例大小以人的感觉为中心概念，这一点看，地图更接近革命现实主义和浪漫主义相结合创作。

我对比过古代地图，宋代《华夷图》在画东西各国，日本、暹罗画得很小。到明代，意大利利玛窦开启了地图年代，在华近三十年里绘制十多幅世界地图，使国人第一次知道，地球是圆的。中国开始明察世界地理，但仍把别处国家画得如同弹丸小岛，这种空间比例，显出天朝大国的自我想象膨胀。徐继畬在《瀛环志略》的地图中，把中国画得占整个亚洲的四分之三。地图后来作了外交人情，《大清一统廿三地舆全图》不仅“台湾一岛以及日本以幅隘，移上寸许”，且把日本放大不小，给了“倭邦”一个天大的面子，算是对友邻示好的厚意。1930 年日本人制的《中国沿海图》，则是台湾和韩国不同寻常的大和中国相对的小。日本《大东亚战争要图》干脆把朝鲜、台湾、日本涂上同一颜色，一厢情愿认为都是天皇子民。地图的绘制在调色时更多掺上政治意味和历史记忆。一时地图唤起想象的空间，纸上想象大于现实，国王和总统们都在纷纷创作政治童话。

如果说媒体是社会舆论公器，地图就应是地面符号化的真实镜像，以金钱或感情随意放大或缩小，有点像谈恋爱时头脑发热写的情书。因此地图商和广告商的行为都不可信。

忽然想起小时候听到一个名词“地图苔”，人有病，舌苔不均匀，中医就叫地图舌。但地图长久也要长苔。长苔的国家地图需改革。刮痧。通络。放血。搬火罐。甚至要调换色彩。

地图的思想

地图是活的。地图上任何一段线条都在匆匆行走，且餐风饮露，跋山涉水。在颜色之间，线条敬业自觉，战战兢兢，如履薄冰，从不敢越国家雷池一步。那些乱麻般的线条在图里寸寸如金，每一寸退缩或延深都比黄金和鲜血重要。这点又大于变幻不定的情书。

只要有人类意识形态存在，地图就会不断变换更改。结果是地图色彩在变化，出版商在穿梭折腾。

露從今夜白
月是故鄉明
杜詩也
戊子秋 馮傑

这世界上还没有一个政党的理想和宗旨是要取消地图上的分界线。他们玩的都是小的“掌上短篇”。靠一张张形状不同包含血迹的地图起家。

颜色的革命

地图是文字说不明白的延续，是虚幻空间转变为可触的真实。《史记》年代没有地图，司马迁对色彩不敏感，不会画图，其实他说的那些旧事画几张地图就可交代清楚。在地图上能涂一抹不同颜色，就当三千强硬文字。地图一次小小的出场，都强似一百倍文字的说明。

地图的颜色、形状既是自然天赋，又是人为后天形成。红黄蓝是三原色，如川剧变脸，地图有多少颜色就开始有多少国家。

三国时代孙权有一种唯美地图，他让江南绣工以刺绣制成，用彩色丝线代替地图的颜色，挂在墙上，阡陌纵横，那感觉像一只飞翔的凤凰。即使在偏安之地，亦一如是在京城。

但这种地图实在是费时费事费资，不易精确，如果制工是个浪漫诗人，是屈原或胡适的追随者或粉丝，一时兴起都绣成红线，就有赤党的嫌疑。而绣成纯粹的蓝，绿党也有意见，况且刺绣的地图有点像一首刺绣的歌谣，美且不实用，更像现在的结婚证，存放时间一长，七年之痒，定会变质。这就得寻找一种职业的地图颜色。

最早以颜色命名的是唐朝地理学家贾耽，“其古地名题以墨，今州县题以珠”这种古墨今赤的方法，让时间与空间有了固定颜色，古今交错，这一标准我们至今还在沿用。

但世界之大，两种地图语言远远不够表达，随着国家独立，颜色必须繁多，开始有赤橙黄绿青蓝紫，像一个蹩脚画家的调色板，地图开始随着颜色乱套了。一句话，任何一片颜色，都是用人民国家民主的名义，以智谋和鲜血涂抹而来。

图例说明和地图灵魂

地图再大，也无非是河流、山脉、湖泊、运河、长城、海岸、关隘、岛屿这些单调的符号组合。但地图是一部带颜色的历史小说，从上面能听到花开鸟啼，风声雨落。

我考证地图产生的原因有二：一是科技发达，需要一张智能的图案引导。当年哥伦布如果拿一张带毛的牛皮，肯定发现不了新大陆。第二是在世界落后时，一些无聊且有趣的人整天瞎琢磨，不想写文字了，要偷懒，便产生了偷工减料的地图。综观现在的这一个“读图时代”，世界出版界不就是“字不够，图来凑”吗?

面对地图的色彩、范围，无论如何折腾，花样翻新，地图最根本的要素是要永远精确，这才是地图生命的灵魂，如果一个常胜将军行军打仗，除带一队人马，再带一幅张大千丈二匹《长江万里图》，或石涛册页，即使笔墨再好，水乳交融，肯定实用价值不大，结果损兵折将。

世上所谓纸上谈兵，必须有纸，而且不是一张白纸，必须是一张地图。面对一张上好的驴皮或狗皮，纵然是黄埔军校或西点军校毕业的大司令，也绝对黔驴技穷，口舌结巴。

地图的未来

人们走上地图，面对的是地图的今生，人们走下地图，想的才是地图的前生和来世。

世上大地震，大海啸之后，旧貌已变，万劫不复，面对三十年前童年时我曾看到的旧地图，面对古人三百年前看到的古地图，我有点心惊肉跳，想到若干世纪后，那些飘散的大陆板块依然会重新再漂来，它们梦游一般，像群鲸索源，像浪子回头，像游子归家。地图一块块纷乱交叠，鱼群般喋唼，新的鲜艳，旧的褪色，忽然，最后有一天，又复归于从前同一个板块。

像一块溶化又凝固的大青铜。地图面无表情。

树知道自己的一天

夜半　子（23:00–1:00）

只有拳足而眠的树知道：夜是从第一个露珠的内部开始启程的。

夜长有双脚，悄悄地往前触动、试探。那是时间生长的开始，时间如一棵小苗初萌。在子时，大地上最早的那一滴时间，正在露珠里成倍地扩大、延伸，涂上与周围和谐的颜色。

大树明白：在这个世界上，每一颗露珠的诞生都是一个生命的诞生，每一颗露珠的遗失都是一场生命的消亡，每一段树枝的折断，都是一条汹涌河流的折断。

鸡鸣　丑（1:00–3:00）

这时，鸡鸣之声像一粒小小的磷火，从遥远的村子里执着地掷了出来，鸡鸣划过夜空，去点亮十米深的黑夜。

树每天都能听到这种磷火的擦亮之声，树是不厌烦的，数十年在同一个地方，在相同的时间去听相同的一个声音。如果换上人，早就转身走了，树却不去转身，它极有耐心，每次它都能听出来一种新鲜，别样，与众不同。树每天此时都是咀嚼这些啼声度过的。这时，肩头上有几只早起的麻雀要急急赶路，一双眼睛忘在家里了，就盲目地一头撞在树的怀中，落在脚下。

道别鸡啼总是早晚的事情，前一天，树忽然听到自鸣钟声、手提电话声骤然响起，鸡鸣之声便渐渐瘦了，草鸡送到城市大酒店，大受欢迎。连最后仅存的一滴鸡鸣也干涸了，譬如今天，鸡鸣声就消失了。树踮起脚，遥望远处村子，炊烟隐隐晃荡，像搁浅的桅杆，正摇摇欲坠。树的心里有一丝发痛。

平旦　寅（3:00–5:00）

天朦胧未亮，离日出尚有两个时辰，树此时又开始做梦。这几天，它常做相同的一个梦，有点像梦的第二次印刷和梦的翻版：梦见一个人，挥起一柄银斧，砍向自己的肩头，流了一摊绿血。树便吓醒，出一身冷汗，看看双肩，并没有受伤，只是肩上昨夜落脚的彗星，因自己的惊恐而抖落掉了。树也奇怪，怎么能做这样的梦？平时可都是一帘幽梦，一树花草。

树想起昨天，它看到远处高速路上熙熙攘攘的人来了，扛着铁器，开着车辆，带着绳索，打着手机，轰轰隆隆从自己身边穿过，从城市到达乡村，是要把乡村古树移到城市花园和宅区。据说，这叫贴近大地，“返回自然”。那时，它听到远处那一棵棵不愿移动的树在喊疼。

树叹息道：恐怕自己的命运也为时不远了……

日出　卯（5:00–7:00）

树打个哈欠，便苏醒了，叶子一一睁开眼睛。树叶是那么多乡村绿色的邮票。在树的记忆里，邮票可是人间最小的能飞翔的魔毯，一枚枚在枝头等待寄发。这时，不但是树，包括身边的花草、天牛、七星瓢虫……一个个都充满憧憬。树的脚步触及着大地，它要去抓住泥土、花香、虫鸣，尽收脚下。树只有在这时，它才看到乡村的阳光与干净的水，在枝丫内部奔涌穿梭，去组成纵横交错向上的河流。那是贯穿天空中的另一种水系。

食时　辰（7:00–9:00）

树对大地的感觉和情感，强似人类百倍，没有人的贪婪和欲望，无砍伐与征服之心。长了这么大，树一直餐风饮露，靠自己的本领活着。

这时，有几位毛毛虫在叶子的背后躲藏起来。树知道这些芳邻对阳光的依靠和依赖，会保留到最重要时刻。它们都是自己身边的过客，当阳光下一次把它们的梦唤醒时，也许它们早已一一幻化成蝶，在空中进行一次无印痕的长征。

树心里清楚，它身上生长的昆虫与筑巢的鸟们，是靠花香和阳光的长度来计算一天的时间，在树的周围，每一种生物都有自己生活的方式与习惯，无论它们一个个是过客或者驿使。树的博大与宽厚，理解与包容，让它们一个个充满自信，仰脸可以看蓝天，低头可以视大地。

隅中　巳（9:00–11:00）

树永远谦卑，拥有一种“植物美德”，此时，它只是在一寸一寸地收敛自己的身影，独身守定。树将高处的风景让给肩头的一方鸟巢，

居高聲
自遠也
乙未初春
寫於鄭州
馮傑並記

让出壳的新鸟用稚嫩的眼睛，去尽情观察十里之内的美丽新世界。

日中　午（11:00–13:00）

树影在大地上渐渐拉长，前部是光明，背后是灰的格调。背影的灰色是树一生里唯一公开的黑暗。树有那么多丰富的个性，比如，它不传播谣言，不制造蜚语。当两个乡村情侣在树下说甜言蜜语时，树都听到了，树笑了笑，一句一句收在心底，印在叶子上，变成纹络的走向。树把听到的话咽到心里，溶入一圈圈年轮。只有天真的孩子和诗人面对那些散发青草气息的木纹时，才天真地说："这是树上的河流，这是树的皱纹，这是树说的话。"尽管没人听懂这童稚之语。

世上的"城府之士"是从来不作这种幼稚之语的，树说。

日昳　未（13:00–15:00）

树在一阵阵地咳嗽。

每到这时，它就闻到大地上弥漫的农药，化学药品的气味。像华丽排比的句子，正从人们口中涌出来。与树相伴的虫子们便在叶子上一一脱落，滚下来，扑扑地摔在地上，叶子焦黄卷曲。一枚枚叶子倒有点像人类自己划分的地图，被战火摧乱，又在重新分裂、划定。

晡时　申（15:00–17:00）

树懂得一声不吭。树在一个地方站定，树的脚趾能抓住一场遥远的苦旅，一如树上的花朵能抓住乡村消逝的时光，一如空中奔波的彗星抓住了速度。

作为一棵树，它从不赶先，从不超越什么，它只固守着这一个地方，从生到死。热爱，笃定，坚守，延伸，期待自己有一场绝版的旷世爱情，至死不渝。树常常去把一枚叶子扩大成一片绿荫，去把一时的幸福放大成一生的幸福。

日入　酉（17:00–19:00）

夕阳擦着树的肩头下滑，树叶上便有炽热的感觉，要是在山中，枫叶早就划着点燃了，毕毕剥剥。可这树是大地的赤子。

“酉时”只能让树知道：一个伟人的离座，一个时代的结束，也像眼前日落一样辉煌而惨烈。唯一不动的，只是自己脚下踩的这一块坚实宽厚的大地。

黄昏　戌（19:00–21:00）

伫立在黄昏的树知道，人最大的缺陷就是没有植物性情。人类的傲慢，自以为是的无知，在树的内心里找不到。即使到了黄昏的树也不会像人那样，急着忙碌着去写回忆录，去进行所谓的反思，去改造世界。树的叶子落就落了，叶子从不去总结与另一片叶子有何不同，但这并不证明树不会思考。

暮色垂落，大地苍茫，大树此时沉落在飞鸟与蜜蜂的怀念深处。月光升起，深如大海。

人定　亥（21:00–23:00）

说人定不如说是“树定”，大地此刻偃音息声。飞鸟至倦，游云思返，偌大世界这一时刻全部收回进一颗小小露珠的内部，四壁清凉，重新挂在树的肩头，树觉得：最后的露珠最终也要返回家园，大地归于平静。夜色像泼墨一样，正悄没声的浸上一张丈二匹的大宣纸。

树忽然想起小时候的片断，宛如童话：一个小女孩把当时还是小苗的自己放在身边，刨坑，提水，而后栽下。从那一天起，树的趾上感到有小小的触动，它记得，脚趾上开始有一颗宝石般的露珠，在缓缓上升。

树一直记到现在，在自己心中。

驿马（拟古）

> 铁驴，铜骡，纸糊的马。
>
> ——北中原民谚

结尾或引子（可略去不读）

在时光隧道里，穿行着许多匹驿马，它们飘起的鬃尾擦着时间，让时间的碎块簌簌落下，发出青铜或金石之声。驿马从甲到乙，从A到B，从乡村到城市，从开始到结束，从生命到死亡。用哒哒的马蹄去剥开一层层时间的皮肤，一匹匹，缩成夜空流星或晚秋落叶。

世上所有的驿马最后都消失在一管浅浅芦苇里。让时间溶化。

我捡拾几块遗落的马蹄铁，有厚霜裹着，却依然散出新鲜气息。有的已成化石，贴耳，听到里面敲响一团散乱的嗒嗒蹄声。一个驿人，一匹驿马，在里面叫。

第一匹　　白马　梅雨之后

我是自雨中开始启程。

自南方之南，在梅雨交织的季节。我的白鬃与雨水，让整个南方如披一面蓑衣开始飞翔。驿吏带着圣旨和秘笈，把一方精致的竹箧放在我的背上。然后，贴上三根染色的鸡翎，封好火漆。这可是十万火急的符号，从驿吏那里我知道，只有告急时才使用这样的符号。一根是一般，两根是紧急，而用三根则是八百里加急。

国家驿站共分陆驿、水驿、水陆驿兼办三种。全国有 1650 处。我只是其中之一。每个驿站都设有“急递铺”，每个铺里都有驿吏铺丁。一铺接一铺传递。昼夜四百，日行八百。

在月光或阳光里，我曾送过国家许多机密，送过阳谋和阴谋。虎符、令箭、竹简、木牌。它们都代表一种巨大的象征与隐喻。如送辣椒代表遇到麻烦；送火药是告诉对方情势紧急，马上开战；送一块结晶的食盐说明困难已妥；今天送的是一方竹箧，这是国家另一种机密。

照驿马的标准，每天须吃上好草料十斤，黄豆三斤，豌豆一斤，胡椒半两，拌细麸食盐，由驿吏伺候着。可别以为驿马是如此滋润，远远没有野马自由。我来自西域，我梦里也思念苜蓿草在大地勃动的姿势。无边无际的苜蓿啊，吐露青嫩与乳牙。一吸鼻子，我就在梦里怅然醒来。

我已到达下一个驿站。交换公文后，那方竹箧验过后又随下站的一匹青色驿马，沉入更青色的月光深处。我可以返回马厩上一个中断的梦里，去回忆我的苜蓿香草了。

第二匹　　青马　莲花

与我交替的是一匹南方的白马。

我眼睛为之一亮。这就是我梦里期待的那匹。那双眼睛温润，闪出温和之光，一见如故就是这种感觉。它的马语带有一种南方之韵。

像被雨淋湿一般。

竹篋，在月光里像一块青玉，中午到达“莲花驿”，我的主人每次都准时到达莲花驿，准确得不错一炷香，看见一个素衣女子远远伫立那里。一袭单衣像朵风中莲花。

那女子对驿吏说，我都在此等了三年，还要我这样一直待下去吗？

驿吏的鞭抖落下来。他没料到事情会是这样，口中喃喃道：本来是一句话吗。

那朵莲花咬出血了，驿吏却把那方竹篋在我背上按按，然后，挥起马鞭，又要启程。

前面就是栈道，峭壁尽头，那一颗冰冷的寒星如一枚棋子，斜斜地悬挂我的额头。驿吏急急往我后背加了一鞭，我无意往后一望，背后，仍有一枝莲花。

第三匹　　黑马　蓑衣

我是国家的传递者，因为及时到位，使国家黏合而不碎落，京城要立塑像应立几匹驿马，“昭陵六骏”应换成“驿站六马”才对。只是我们死在驿道上，瘦成白骨，那六匹马死在皇帝边，进入了浮雕。

一同上路的驿吏一路默默无言。他腰下挎一把刀，认出那是把好刀，刃上走风。一个劲催我前行，四蹄生风，脚下踩着一棵棵苍耳，红蓼，飞蓬，青蒿。听到它们被踩疼得叫唤。

转眼进入山道，隐隐听到一只箫在吹，和其他驿马不同，我是音乐之马，曾在京城教坊里待过，我听到这是《十面埋伏》。此曲多荡漾京城灯红酒绿之中，如何散落民间？

听到松针一羽羽正在落下，溅落起阳光。忽然，松林里跳出一个戴蓑的黑衣人。我在京城说书场上知道，那是侠客。

“大胆！敢劫国家驿马！”驿吏拔出腰刀。

“看看此物，就知道三年前所约。”戴蓑之侠用长剑挑给驿吏一个匣子。

驿吏失色，披蓑侠像只刺猬，刷地削断我的一束马尾，钉在树上。驿吏在我后背加上一鞭，我四蹄生风，一气跑到下个驿站。

驿吏摸一下我后背竹簏，重物还在，才长舒口气。

第四匹　　棕马　驿壁

过了端午，我在这个驿站已满三年啦。

要接替上边的那一匹驿马还没来，这时，我看到驿路上穿行着一个人，宽衣长带，这种人经常在这里出现，大都是被皇帝开除官籍的京城失意者。

驿吏也有诗人情怀，能在自己驿站见到心仰的文化盟主，令他兴奋。非要缠着诗人写一首诗留下，诗人被缠得没法，说：“我是新文化运动倡导者，就写自由体吧。”便提笔在驿壁上龙飞凤舞一首“原生态”诗：八月十五驿门开，大鸡巴小鸡巴端上来，狗鸡巴细，猫鸡巴短，马鸡巴长得能刷碗。

驿吏喝一口酒连声喝彩，好诗！哈哈，在赞扬我，调侃，颠覆，后现代，还说我能刷碗。

就想起前一年，也有个诗人从这里路过，一脸的黄昏都倾泻在他深深皱纹里。诗人皱着眉，在这里写过《三吏》，消失在驿道尽头，缩成一枚飘落的枯叶。

这时，驿道上滚来一团墨，是上驿的一匹黑马来了。我得替它。竹簏怎么那么轻？像眼前这位诗人的一句诗，我开始上路。

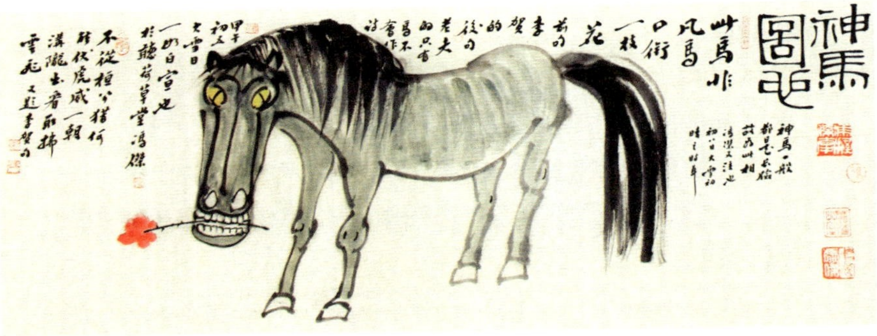

一路想着刷碗的事，蹄子踩着一颗铁蒺蒺，我一下子跌倒在地。驿吏一声惊叫，却没忘记扶一把我背上那方竹箧。那是我和驿吏的命，坚持到下个驿站，我就可以刷碗了。

第五匹　　褐马　时间之外

我接的是蹄子有点瘸的那个伙计，别看腿瘸，在我交接的时候，看到我，停止咀嚼，又看着我的胯骨，一脸坏笑。

作为一匹驿马，一直往前跑，总有一天能跑回故乡。回乡的方式并不是只靠方向，而靠时间。时间够了，就到达目的，驿马之路永远是归乡的小道。

我和所有的驿马一样，都是来自西域，不同的是，我一直想念故乡的气息，马的生命里也充满不可捉摸的偶然性。我被限制在这种轨道里无法超越。驿马跑得再快，也跑不过更快的时间。我最终也将消失在时间深处。在时间里，前头永远飘着自己雪白的马骨，像海中的雪珊瑚漂浮。一个人也像驿站的马，永远都在途中，落后在时间之外。

你所看到的只是时间摇摆的钟，而不是我背后高扬的鬃。

第六匹　　红马　荔枝荔枝我爱你

我是最后一名驿马。踏上京城青石，驿马所梦想的也就是此时。铃声叮当。碎落青石之上。穿越京城大道时，僧侣、士官、尼姑、胡商，纷纷驻足让道，有的兵士远远为我行礼。

果然是京城，气势恢宏的局面是我在寂寞驿道上无法想到的，高楼耸立，市廛贾区，鳞次栉比，各抱地势，钩心斗角。可仰视，还可鸟瞰。

我来到皇宫的马厩里，驿吏把我背上的那个竹篋捧下，验了火漆，交了公文。驿吏长叹口气："我终于能上翠华楼里，那里有个胡伎会扭露脐舞。"

我也有三天栖息时间。可以在京城吃到来自西域的干苜蓿。七千里路，用时七天，日行千里。用驿马十四匹，累伤三匹，累死一匹，跌伤二匹，寄存一匹。

临离开京城前夜，吃苜蓿叶能吃醉！从一个惹事的诗人那里，我闻到一个关于驿站关于驿马的秘密：一路与我同行的竹篋里，装的只是熟透的荔枝。

大帝国的皇帝打开时，颗颗如玛瑙，新鲜如初，上面沾着欲坠的露珠，像我们驿马的透明精液……

2006.6.6

蟋蟀手记

瞿瞿瞿瞿　两斗黄米

——北中原·蟋蟀民谣

是些关于蟋蟀在片断，零散不完整，也如它间断的鸣叫。首先想到这曲童年民谣。我主张大凡随笔，就应该一如撒米。不露人工，才能罗雀。而蟋蟀与黄米实在是“风马牛”，不知面对这个意象，我北中原的古人唱谣时是怎么扯到一起的？

蟋蟀怎么会有这样的才能呢?

——（法）布丰《昆虫记》

蟋蟀最初给人的面目温致祥和，微弱可怜，一如我们乡间半碗残存的米粥或一颗铁青色豌豆，它是乡间露水之下的布衣，过的是半耕半读的生活。一生喝露水，或者歌唱。

如果只信其一面，那就大错。

我把艾青的诗句抄下以示其悖：

在一个圆的小瓦罐里

两只蟋蟀在相斗

双方都鼓动着翅膀，发出一阵阵金属的声响
张牙舞爪扑向对方
又是扭打，又是冲撞
经过了持久的较量
总有一只更强的
撕断另一只的腿
咬破肚子
直到死亡

——《古罗马的大斗技场》

这是一场残酷无情的生死之搏，大处引申，如中国的“文化大革命”。整个运动也仅仅就是——两只正斗的蟋蟀。

谁是观者？

你如果信了诗的这一面，那又是特错。在这两者之间，蟋蟀都有着距离。世间所有的哲理都是人赋予它的，西洋学者布丰说得好：“蟋蟀怎么会有这样的才能呢？”

曹雪芹在《红楼梦》中不满地讽刺道：“这些小题目，原要寓大意思，才算是大才。”可真是致命的一击，使我这篇蟋蟀手记无从“立意”。

明明一虫一草，却都要拟人化故作深沉地挖出微言大义，要么是一位蹩脚的作家，要么是一位出色的政治家。而这两者我感觉都不具备，我仅仅是《蟋蟀手记》的作俑者，挖一纸洞，牵一蟋蟀，去穿过一条文字的小路，去进行一次旅程。下面，我文字只有开始拐弯。

它给自己微型手表上发条
它用钥匙在精致的锁里长时间转圈
——（法）于·列那尔《蟋蟀》

蟋蟀在中国的籍典中，叫斯螽、莎鸡、赚绩、趋织、蜻蛚、王孙，北京小儿称蛐蛐儿，北中原乡间则称“小素春儿”……如果不烦，我还能继续开列。这繁若星汉的名词，一如当今政府官员排座次。或一张华而不实的明星获奖名单。

中国文字上的创造性无孔不入，它推动了中国文化，丰富着中国官僚主义。从小小的蟋蟀引申到它背后的其他元素。

> 往昔金盔下，今闻蟋蟀声
>
> ——（日）松尾芭蕉《蟋蟀俳句》

蟋蟀最早的小小触角伸在《诗经》。“七月在野，八月在宇，九月在户，十月蟋蟀入我床下”。这是我所见最早的“民谣与蟋蟀”，写的是“秋风与伤感”的关系。

陆玑在《毛诗草木鸟兽虫鱼注疏》中有“促织鸣，懒妇惊”的民谣。六个字就是一出中国戏剧史上最精简的独幕剧。

把蟋蟀与织布联系起，在古典时代，给人温馨与怀旧，引发人想起质感的月光，温润的青石，朴素的家什，蓬松的干草，远征的青苔，含盐的泪水，以及比拔牙更痛的乡愁，这些都是诗质的玄虚。白居易诗“犹恐愁人暂得睡，声声移近卧床前”是对蟋蟀与乡愁的注释。洛夫《与衡阳宾馆的蟋蟀对话》一诗有“悬在一根残丝上，注定在风中摆荡一生”，也是对乡愁的注释。蟋蟀有一根残丝可依，乡愁之重，要悬在哪一根上呢？时光隧道既无首又无尾，历史与现实之间从没有距离。余光中《蟋蟀吟》：“就是童年逃逸的那只吗，一去四十年又回头来叫我。”说不定缩首在现代水泥钢铁窗下的那只，就是《诗经》里迎着十五国风而鸣的那只。它就像我一样有耐心。

海德格尔句“诗人总是还乡的”，对于乡土诗人身份的蟋蟀，它茫然不知，它充耳不闻，既无使命感又无归乡感，在这个世界上，蟋蟀永无乡愁，只会不知疲倦地歌唱。

我即故乡。

歌唱即故乡。

有愁的只是听蟋蟀的人，给这小小生灵绑上八十斤重的乡愁，无法起飞。

> 蟋蟀独坐一间小小青房
> 正在删改编写一部家史
> ——冯杰《蟋蟀短章》

斗蟋蟀始于何时，我没有考证过，但绝对是“国粹”，这也是中国对世界文化的又一大贡献，“赌”一如中国第五大发明。据好事者不可靠资料说：今天，中国北方斗蟋蟀者不下二十万人，已成立有史以来的第一个“中华蟋蟀协会”。

在乡间，斗蟋蟀是一种赌博，却可以靠斗蟋蟀养家糊口。每年农闲，斗蟋蟀者常常像一个大将军，四处“征兵”，网罗“良将”。

去乡间，我看过一帧用麻黄纸抄有《促织经》的秘诀：“白不如黑，黑不如赤，赤不如青麻头。”叫青麻头的那种最厉害，是领袖或霸王。

北中原有一个家族的故事：

民国某年，麦子就要泛黄，园主也订好了长工，就说要在第二天收割。

那天夜里，四方的“蟋蟀王”围在园主家摆开擂台，八方风雨会神州，不过都是乌合之众。园主的青麻头大显神威，所向无敌，却不知来者不善，都是有其目的：在饥饿年代，他们冲着那麦田而来。

众人用车轮战。

一摞银元压上去，

一摞银元让园主赢得。

先辈好不得意，大烟土吸得厅内芳香四溢。

一个小赌王不动声色，小心试探："小的不过瘾，咱玩大的。"

园主一阵兴奋："怎么玩法?"

"玩地。"

世上赌红眼的赌徒都如此，历史上无数飞扬跋扈者的败落也与这相同。

"我把麦地压上"。

在"拉锯战"到关键时刻，众徒们在园主双眼兴奋得昏花时，偷偷拿出身边藏的另一只"青麻头"，偷梁换柱。

自然，"青麻头"一败涂地。

第二天，由别人手持镰刀去深入那麦田易主。仅仅是一夜，且胜负关键仅仅是一只，三颗麦粒大的小小蟋蟀。可见蟋蟀扮演的角色之重要。

园主站在窗口，望着麦田中晃动的人影，瘦细的手中捏着蟋蟀，那只蟋蟀正流着淡淡的绿浆。

这是六十年前的旧事。是我知道乡村家族与蟋蟀的秘史。

人来到这个世界，都在赌，要么去赌，要么被赌。只不过所用形式与方法不同，用金钱，用青春，用时光，用生命。小到一枚"袁大头"，大到政治与国家，用蟋蟀，只不过是其中一种。

> 蟋蟀在堂　岁聿其逝
>
> ——佚名《诗经》

弱小的蟋蟀时常在感叹时光的悄然流逝。

"促织甚微细，哀者何动人。"杜甫的《蟋蟀》诗是这样写的。时光冲动着杜甫衣襟上的伤感与忧郁，冲走唐代的一层薄霜。

诗人在时光中被冲来冲去，一生只能为这世界留下一些细碎的文字，最后文字也会悄然腐烂，一如蟋蟀给予晚秋的那些鸣声。请问，谁见过声音的痕迹呢?

诗人是蟋蟀赐予在人间的声音。

我必流逝，但我歌唱。

草志（三题）

草，一些乡村版的俗名考

童年北中原的那些草蔬们，一个个像乡下人站在那里，哈着气，显得都很和善，肯定面无凶相。你喊一下它们的俗名，正在风中行走，必定都会有一棵草站定，侧耳，回头。

你叫谁?

先说常见的凤仙花，俗名叫小桃红，指甲草。

富贵人家一向是不种这花的。不健康的思想里有点认为：像比尔·盖茨骑旧自行车下小胡同，掉份子。它却能让我想到“小家碧玉”这个词。小巧的身子，斜着，倚在门框，在嗅一朵未开的花朵。凤仙花籽还叫“急性子”，一触即爆，待嫁一般。在一个城市染指年代，在那么多同一个模子般的面孔里，我再见不到一个包指甲的女孩子了。她们中间，没有一朵花知道“大俗若雅”的哲理。落后不动，就是时尚。

有个草名简直就是说乡间美丽女子。如凤眼草，想起情人弯弯的眼睛，在我面前眯起来了。“半个月亮爬起来”，凭这草名就能憧憬出她那种风姿。有种草叫小蓝，叶子可以作蓝色染料，即靛蓝。在乡间

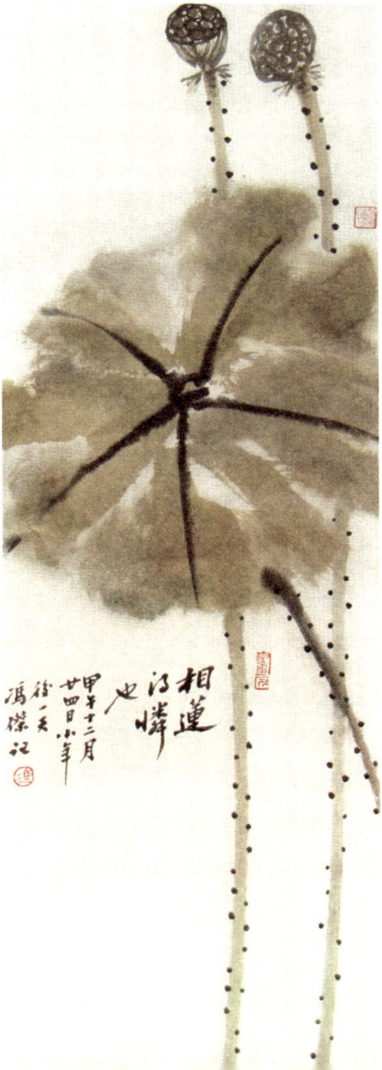
相蓮同憐也
甲午十二月廿四日小年
後一天
馮傑記

可做蓝印花布用。我现在就有一块外祖母用名字叫小蓝染就的花布。小蓝这名字带一脸羞涩，走在乡间，你对一群放学或割草的孩子照着草的名字去喊，保证有一个女孩子回头。

用乳名可染布啊。

有一种野水葱，长在河畔，名字干净，利索，就叫“一丈青”。叶梗修长。一丈青是《水浒》里的女将军，嫁给好色的矮脚虎，有点顾全大局的革命牺牲精神。像王昭君、文成公主的和亲。我看，中国女人的情感史就是半部中国的政治史。像当下的熊猫，不分男猫女猫，几成外交史。这离草有点远啦，住!

以上属草名阴性系列。有男人气质的是麦子系列。我接着说。

在我童年时，北中原乡间那时有春大麦，面白，正月种，故名。春小麦，面最白。秋大麦，又名三月黄。面青。隔年秋种，以别春麦。汉书上又称宿麦。还有一种叫“和尚大麦”，这种麦无皮尖，磨出的面为青色。这名字让人记忆最深，像一个青皮头的年轻和尚，正在乡路上急急行走。我想起苏曼殊的句子：“芒鞋破钵无人识，踏过樱花第几桥。”你为什么不去收麦子?

围绕这颗“和尚”，那时我们村里的乡间小学校长还有个故事，他出一幅上联，“和尚吃和尚”，有趣得紧。奖品是一斗谷子。两年里那时我就没听到村里谁对出合适的下联，因为一斗谷子始终在学校仓库放着。那时我小。现在你试试，不难。谷子已陈。

下面考释带有中性的名字。

猪牙草，在《诗经》卫风部里，歌颂北中原淇河两岸有“绿竹青青”里面的竹，就是猪牙草，说的是扁竹草，不是那些与竹林七贤为伍的修长之竹。听我姥爷说时，这学问来得太突然，令我发一小呆，那诗句翻译岂不成了“猪牙草青青”了，文脉暂断，一时令人真风雅不起来。

山羊蹄，因形状而名。是好意象！一棵棵，可以晒干的羊蹄子。脚印可以高挂，晾干。像现代诗人写的，“相思”也可风干，高挂，用于晚年怀念一个人。下酒。

想起一种菜叫蔓菁，名字起得雅致，像一个所谓“美女作家”的笔名，但长得却像萝卜一样，又没有萝卜看着顺眼。蔓菁一脸坎坷。大概属于萝卜的表亲一样，俗名叫“蔓菁疙瘩”。《滑县志》上对它很庄重地注释：“蓄之，可救荒年。”

不过这种救荒的蔓菁常常是没有等到荒年，就被我们那些能消化掉《人民日报》社论和钢铁的一副副好胃给提前消化掉了。

蔓菁菜有一种怪涩的味道，姥姥会做“闷蔓菁”，一道北中原乡土菜。我边吃便打嚏喷，煞是过瘾。多吃易上火。我童年时，在北中原一个叫留香寨的小村里，经常带着一方窄窄的竹牌子，长约四指，去生产队打谷场，代领姥姥、姥爷去领应分配的那一堆菜蔬，到站后与另一方竹牌子来一个“对照记”，严丝合缝，即可领走。菜蔬里面有椒，菜瓜，苔菜。其中就有蔓菁坎坷的面孔。现在我看不到你的脸了，你躲在哪里？

站在童年那岸，一片迷蒙，一棵棵带有乳名的草们，还往这边观望。叫菜窥。

“草铺地”

不是说一种动态。这名字与干草和麦秸有关，是“干草铺在地上”缩简以后的叫法，还有一种包含大地的气势。草铺地，其实是一种北中原冬天御寒的大草袋子的俗名。

记忆里，流逝掉的那些往年岁月似乎要比现在寒冷（就像一个人记忆里的萝卜总是甜的一样）。一到冬天，北中原冬天的风沿着枯瘦的屋檐一路号叫，像越冬的马队走在羊肠小道。第二天，会看到屋外檐下垂挂着长长冰凌柱，我们叫琉璃喇叭，摘下吮吃，咯嘣咯嘣的声音。

北中原乡村的屋内屋外透心凉，都是冷的，是那一种无处躲藏的通冷。小时候印象最深的是第一次在姥姥家过冬，一条被子上再盖一条蓑衣，上面压两块烧热的土坯。我夜半喊冷，姥爷就在脚头再加一块土坯。

“草铺地”应该这时候出现。它是一个村庄冬天御寒的主要道具。

每年立冬过后，父亲要开始提前“装草铺地”，用于铺在我床上，让一个冬夜发暖。我们把这种过程叫“装”，父亲做活细致，装得非常均匀。我家的那面是深蓝色的一人高大袋子。里面主要装麦秸，是当年新麦秸。父亲说过：旧麦秸不暄，还有一种陈年味。

刚铺上“草铺地”的夜晚，家家对孩子而言是个狂欢节，我会在上面跳，叫。热闹大半夜。有时第二天起来，喉咙发干。父亲说是初次睡草铺地的缘故。北中原冬夜，梦在顺着麦秸悄悄蔓延上来，爬进去那一个散发着麦秸气息的暖烘烘冬夜。

“草铺地”是一个散发暖意的代名词。对于一个贫朴人家来说，那是一个巨大的温暖的符号，它透出来我们这些小人物平常生活里的暖意。有它，似乎一个漫长的冬夜就安定好过了。还是心里不冷。

感谢那些温暖的干草和麦秸，一棵棵，呵护着我们一家度过漫长的冬夜。

母亲那时在一家乡村被服厂当临时工，一天，她回家说：同厂里一位女工，要给家里的孩子们缝制一面“草铺地”，为了节省布，就捡拾厂里一块块废弃的砂布，浸泡，搓揉，洗净上面的细沙，后来竟缝制了一面丈二大的“草铺地”。

那得需要多少块小纱布才能缝制那么一大块？母亲说，大概要捡

移白石芋法栽自家
鴻傑又注
最是鄉愁憶舊時
丙申補字也
鴻傑並記

上几百块。透出羡慕。我惊叹，要是我能拾到这么多，恐怕冬天就已过去了。

母亲就见过那样的一方大草铺地。像是象征一面“家的旗帜”。

我们家的“草铺地”原料用北中原土布，海蓝色，是母亲与外祖母在乡下染的蓝棉布，厚实耐用。装上金黄的麦秸，现在想起，恍如一片蓝海，接受着暮晚最后的夕阳。

到了初春，草铺地里的旧麦秸自然是要倒掉的。有一年晾晒那面压扁的“草铺地”，竟倒出来一窝慌张失措的小老鼠。它们何时进驻，我全然不知。一尾尾粉红颜色，放在太阳下，阳光穿透，骨骼透明。

童年时我爱作那些五颜六色的梦想，譬如：能种上一种东西，像种萝卜一样，到来年春天，能长出一个一个巨大的草铺地，再不用父亲一把一把装制了，直接就可以铺在床上，送给乡下每年冬天来临时为“草铺地”发愁而浸泡砂布的人。

后来到十五岁，我才看到杜甫竟也有这种类似想法，不过他是给天下寒士送房子，比我气派多，境界高（今天的房产商绝不敢读杜诗也有其原因）。我可以发誓，有这梦想以前我绝对没有看过杜甫那首诗。

在乡下，最适合做“草铺地”的充填物计有豆秸、茅茅草、芦苇缨、旧棉絮。经过对比，最好的还是那种新年下来的干麦秸，不经意间，就能闻到散发的一丝太阳的味道。在这种干净的气息里，闭上眼，这时什么都会不再想。

草垛的表象

草垛是乡村酝酿温暖话题与发霉旧事的床。有时还储藏乡间简朴而匆忙的爱情。

我说的都是麦垛往事。现在你会什么也看不到的，除了满目高楼耸立。

收麦打场之后，多余的麦秸需要整理归类，跺草垛也需要技巧，首先要求基础厚实，其次四角照顾，不能心急，匆忙。不然跺不甚高就会倒塌下来，像一个为时不长的临时政府，因施政纲要的不济。我姥爷，舅舅，都是乡村跺草之高手。邻居聘请，再繁忙他们都乐于帮忙。

草垛用桑叉隆起来了，一座一座如浑圆的蘑菇，田野的乳房，其实它更是乡村夏天麦子的陵墓，麦子死了，一生精华被榨干，只剩下干枯的肢体，就像乡村无依靠的老人，最后的结果都聚拢挤在一起叹息。

在流逝的时间里，草垛会慢慢缩小，命运大多如下：无非是被路过的行人掏出一把垫了湿透的鞋子，被寒冬夜行人取暖，被驴嘴顺坡捎带过去，被铺在炕上御寒；更惨的是整体被漫游的野孩子一把火点着，红色的翅膀携带着草垛起飞，消失得无影无踪。

草垛刚开始时新鲜，方圆十米，弥漫草香。草垛一老就用处不大，在雨中发霉，在风中咳嗽，最后沤粪。连口述回忆录恐怕都来不及。

草垛上面无风景，一般不会长雪莲、灵芝。鸟类宁可在场地边散步，也不在草垛上筑巢停息。草垛看着外表平静，其实水静深流，开始发酵乡村故事。于是，有人开始从草垛里拾到散币，杏子，李子，发卡，竟有一天，村西头的百亮媳妇在她家草垛意外发现一件红兜肚，她像撩起一团火。她家草垛并不雄伟，主要原因是在十字路边，四通八达，地利好。百亮正在田里趁雨后撒化肥，教训媳妇赶快收起来，说点玉米才要紧，媳妇恼了，咕哝道“又不是你掉的”。

乡村的草垛大都发热过，但不昏脑。

有一年我从我家的草垛上滑下，什么东西扎我一下屁股，一看，是草垛里的一只刺猬。它们在以垛为家，都生活了近一年。我一屁股就把它们经营一年的房子坐坏了，现在想想，近似小市民一辈子攒钱购了房，装修，置家之后，忽然遇到一场始料不及的地震。

以我们村为例，2006年以后的乡村大多不再跺草垛了。收割机过后，一干二净。最后路边顶多挂一幅“乱烧秸秆，罚款两千，处理村长”的象征性标语，勉强作借代手法，隐喻昔日草垛的辉煌。曾有过麦垛。

后来看到史蒂文斯写《坛子轶事》一诗，评论家的解释让我一头雾水。说它是艺术带来的秩序与形态，是超现实主义。我笑，我说：没错，他只是写美国的一方草垛。我是诗人，你们如何阐释我不管。

他只是移到纸上一方草垛。

> 它君临四界
> 这只灰色无釉的坛子
> 它不曾产生鸟雀或树丛
> 与田纳西别的事物都不一样

看来，一个人一辈子在村里得有点想法。每个人得在心中勾出一道轮廓，造一樽坛子，哪怕你实现不了，必须得有，在那里冠冕堂皇地照耀着，就比如一方北中原的草垛，必须要立在村头，必须在时间里坚持，必须承受风雨，尽管最后它还是让那些骑马的风一一拽去。

乡村黑白

——露天电影的五个片断

一　立杆

在一方空荡荡场地上，先立两个高高的铁杆，四边用尼龙绳固定着，压上砖，这时中间才能去扯上影幕，黑边白底，像一方垂挂乡间欲行又止的孤帆。

立杆是乡村露天电影里的首要一项基础，高楼万丈从地起，是万里长征第一步。你不能正在放电影之时，让列宁斯大林毛主席这些伟人站不稳闪了腰，忽然倒下。严重的话，说不定这是一场预谋，有反革命的嫌疑。

提前去立杆扯线干这些杂活的，都是村里热心的“义务人员”，他们知道，早一点将杆立好，就可早一点放映电影。

不料，一匹1970年北中原乡村的草狗大胆，翘着后腿，划一道白线，要在刚立的杆上留下自己最新鲜的区域记号。

臊气立即弥漫乡村的夜空。遮盖影幕。

二　占位

电影场地会像庙会一样热闹，充盈着泥汗之气，烟草之气，熟稔之气。必须早一点去才有位置，带的坐具为凳子、马扎、蒲墩、砖头。太前仰视，太后模糊，以坐在不左不右的中间最好，但有弊病，若电影正中间演时一泡尿憋急，倒是个大问题，等你好不容易挤出来，尿完再回来时，鸠占鹊巢，位置早被别人在那里填空了，主人易换，正看着银幕，张着嘴嘿嘿在笑。

大一点的孩子便出了主意，要在中间挖尿坑，预备中间尿急了好有个出路，恐怕灵感来自影片《地道战》。

果然是好。

刚开始的尿坑还以使用价值为主，到后来就成一种艺术了，比赛挖花样。有方形的，圆形的，椭圆形的，甚至后来还发展有复杂一点的连环通道。

暮晚，乡村孩子们放下饭碗，要做的头一件事就是去挖尿坑，几近现在的行为艺术。

第二天，有起早捡粪的大人被绊倒，便骂。低头看昨晚散场的场地，大坑小坑，麻子脸一般，像昨晚电影上日本鬼子挖走地雷后的坑痕，一片狼藉。这种实战景象倒是我们当初挖尿坑时所没有想到的。出了意外效果。

三　加演片

乡村露天电影演了数年，常规片依然是《地道战》《地雷战》《南征北战》《列宁在十月》《列宁在1918》，百演不厌。甚至演到一定情节时，后一句的台词大家都能背出，替列宁讲话。

后来，又不断频演阿尔巴尼亚的片子《第八个是铜像》。毛主席说，阿尔巴尼亚是欧洲的一盏明灯。

我想，那么远的路，一盏明灯能端到我们乡村后依然亮着，需要多少桶菜油啊。舍不得，也不容易。

那时，我们北中原乡村农民吸的就是阿尔巴尼亚草烟，骆驼图案，八分钱一盒（多少年后知道，那每一个烟圈都是有巨大的代价）。

当时，我们村队长李蚂蚁的影评总结是：

中国的新闻简报
美国的搂搂抱抱
苏联的打打闹闹
朝鲜的哭哭笑笑
阿尔巴尼亚的
——莫名其妙

但每次“加演片”是必演的——《新闻联播》。这是露天电影永远的加演片。宛如人首。

毛主席经常在里面出来。伟岸，线装书，瘊子。

四　乡村放映员

他们像乡村来回穿梭的候鸟，自行车后座是两个装拷贝的铁皮箱子。里面装着黑白影片，装着苏联的十月革命风云和中国的革命风暴。

放映前，免不了要先讲几句套话，说明演电影的缘故是谁家婚、丧、嫁、娶的答谢。有的人家生个小牛犊也要演一场电影。这是队长家。一村人是沾了一头畜生的光。

在乡村之夜，在放映员熟练的手下，黑白影片刺刺啦啦响着，一个巨大的光柱连着银幕，故事在黑白胶片上翻版着。里面还有乡村无数颗灰尘升腾，飞蛾在硝烟里忽高忽低。

觀望
在雲層裡你向這邊觀望在岩石的暗影裡你向這邊觀望在欄杆重疊的背後你向這邊觀望
鴻傑

在我的印象中，放映员的“飞鸽牌”自行车有一点特别，蓝漆车梁上，用旧的电影胶片密密麻麻缠了一层，起有保护车漆的作用，倒有“监守自盗”的嫌疑。

这细节令乡村的人们煞是羡慕。

有好事的后生甚至要借来试骑一下。果然是不一样，好像能携带着电影里的黑白故事在乡村飞翔。

五　跑片

最让人揪心的是“跑片”。

有时一个新片子要同时在几个村里轮流放映，放了上集没有下集，来不到就只好等待。轮流转的片子叫“跑片”。从城里到乡村，有专门的“跑片员”。

实在等得不耐烦了，大家干脆让放过的片子再重新放一边。感觉依然新鲜。已过午夜，星子都登上屋檐高高的瓦松了，村里已听不到马嚼夜草的声音。还不见片子从邻村拿来，有人坚持不住，打哈欠。球！回家睡觉。

但更多人在乡村巨大的露水里坚持。

便有乡村鸡鸣，几乎已到了黎明，仍不见人来。转头一看，放映员早伏在机子上打盹，散落一地的无主的小凳子也在瞌睡。

第二天，方知道，送片人一路匆忙慌张，骑着车子，不小心一个跟斗跌倒路边沟里，压倒一丛蒿草，腿也摔断了。

（补）：事件

两个姑娘到邻村看电影，电影散了，结伴回家。

雾气上升，露水下降。无名的大夜鸟在黑暗里悄然飞翔。

忽然，一双大手从后面抱住她们，双双被强暴了。弱小的花朵被夜风吹折。在乡村少女眼里，天塌了下来。世界像一块黑石沉落。

其中一个姑娘想不开，回去上吊了。另一个咬着牙，活了下来。在她记忆里，隐隐嗅到当时一丝羊膻之气。

那是唯一的一截飘在乡村夜风中的小小“药引子”，若有若无，在噩梦里。

于是她就留意，后来，知道全县只有小李庄的人杀羊，再后来，知道小李庄一个叫李小求的人杀羊，再后来，知道了李小求……

她决定嫁给李小求。

蜜月刚过完，杀羊汉李小求乐极生悲，就死了。刚过门的新媳妇哭得冷冰冰地。她婆婆觉得蹊跷，多一心计，终于发现儿子死于一捏“信”——乡下人对砒霜的称呼。

新坟上的花圈还新鲜呢，过了“三服”的孝衣还没脱下，新媳妇就被捕了。

这是一个与黑白电影有关的乡村复仇故事。县里公安调查员在记录时，心惊肉跳。觉得记录簿上只剩下一纸膻气，一捏砒霜。

兔子的故事

——兔事荟萃

养兔史

八岁那年，一个亲戚自乡下沾一鞋泥，送来一双兔子，让我饲养。我们那里运送兔子，都是拎着一双兔耳朵而行。像现在淑女拎包。

在院里地下修穴一方，把兔放到里面。兔子最善打洞，开始往四周扩张折腾，不几天，就打出来一大堆土，由我再从兔穴里二次把土清出。最后，洞口砌上一圈青砖，扣上盖子，毕妥。可以说，这方精致的兔穴算是我和兔子共同完成。

父亲说我怪有本事的。还没容我反应过来，又说，要是把这功夫用到学习上不就好了？

兔子生育频繁，我家这一对成年兔子每月都要生下一窝，每窝六七只。学校里哪一个同学和我关系密切，我都要赠送一对兔子以示交好，就像现在政府出手大方给友邦送熊猫。我打的是兔子公关战。靠兔子结交了不少好友。不料后来降级，同学数量增多，兔子数量下降。有次还额外主动送一女同学兔子，那兔子有双红宝石般的眼睛，却被美人冷静地谢绝。一个学期里我都觉得自己好没面子。成绩下滑。

兔子不择食，馒头，麸皮，甚至桌子腿都敢啃。但最爱吃的是麦苗，蒲公英，苣苣菜。小嘴昼夜嚼个不停，有时兔粮告罄，我夜半就得去偷割村外田野里的麦苗。担当着破坏生产的罪名。参与者最后我都要送以兔子。我骨子里有个美德：凡在一起闯天下者，我一向均富贵，不吃独食。

情系兔头。上学前要到兔穴里放一把萝卜，才紧赶校园铃声。上课时候，心里嗵嗵跳。老师说，我们要为实现共产主义而努力奋斗。我心里惦记着那一群兔子。我们长大要当红色革命接班人。我心里惦记着那一群兔子。

父亲怕影响我学习，最后明智地把老兔们一一都提到门口集市上，卖掉了，得款三十。放学后我看到兔穴空空荡荡，兔子消失，难受了一个学期。

现在看，父亲当时决定是对的。

兔子理想

那时在北中原黄河滩里，会经常行走着一种身份独特的人。每个村里都有几个这样的人。

他们整日扛着一杆自造的长枪，腰里跨着火药葫芦，装满杀气腾腾的铁砂，有时还牵一条细狗。扛枪者每天的任务就是在乡路上行走。然后穿林越沟，大步流星，把露水趟响。兔子三十里外都能闻到弥漫的腥血之气。我们称作“打兔的”。逃学后大家曾悄悄地跟在这些“打兔者”后面，以壮声威，却常被他们哄赶走。

心生不平，就在后面吆喝，谣曰：“打兔的，兔打的，不让你爷干啥的？”还押韵。

望着远去消失的背影，枪影，顿生英雄情结，心里羡慕极了，我的理想是长大也去扛枪打兔子。威风！

秋后的一次上学路上，我迟到了。看到医院门口围一圈人，面色涂满紧张。想凑热闹但挤不进去。透过来消息，说是一个打兔的打枪

“坐铳”了（就是出故障枪膛爆炸，自己把自己打死）。用车子拉来时那打兔者已经不行了。

且慢，我们那里还有一个打兔的竟被兔子打死的事。说起来有点像四刻拍案惊奇。

邻村一个打兔者追赶一只被他打伤的兔子，那只逃跑的兔子最后掉到一口田野废井，打兔者想节省一点火药，把兔子淹死。就取下长枪，倒过来，执着长长枪管，用枪把猛捣井里兔子，往上挣扎的兔子躲闪，兔爪慌乱中触动了枪上扳机，只听嗵的一声枪响，一团浓烟冒出井口。恰好击中面庞。井上面的打兔者被兔子一枪打死。

这两个与兔子有关的故事出现，我以后理想破灭。

兔肉以及天下第一兔头

县城里游走来卖兔肉的小贩，吆喝“五香兔肉”。常把家兔肉掺到里面，号称野兔肉。野兔肉比家兔肉筋道，好卖。我知道一个分辨“家”“野”两者的诀窍：只管看里面能否吃出来几粒铁砂。如果“咯嘣”一声，有铁砂硌住牙齿，就是野兔肉。不过等你吐出一嘴带血铁砂时，买兔肉的人早已骑车远走出村。

后来公安局在全县开始没收民间火枪，怕民众作乱（据云，三十年后的现在广州已实行菜刀登记实名制）。村里人再捉拿野兔时，就开始扯电线电网，电击兔子。兔子往往会有自己固定的兔道。一个酒友电到几只兔子，用佐料把腥气拿了，炖满一锅，约我分享。席间说前天电昏一只野兔，一剥肚子，里面还有几只小兔，微微跳动。我想吐。说，你把电网收起来吧，起码等到兔子生完再电。

以后我便不再到他家吃兔肉。老想着肚皮里跳动的那几只小兔子。

有一年，我旅次四川都江堰，闲逛，在青城山下，辜负着风景，

樹的堅守
只要在一個地方耐心等着就有來臨的兔子
壬辰年初試筆
馮傑製於

吃一种“酱兔头”，麻、辣、香、筋。吸一口涛声，佐以梅子酒。那时刻，“兔头天下优”可以和“青城天下幽”相对。临走我也没舍得给酱兔店老板说这一创意。两年后，大地震，从此，再没有吃到那么出类拔萃的兔头了。

动物世界里，兔子是温和的动物，一向弱小，胆怯。但是，兔子急了还咬人。

兔嘴的象征

我们村里有个风俗，怀孕的女人不可吃兔肉，一旦吃兔肉，将来生下的孩子会像兔子一样豁嘴。这种孩子都叫三瓣儿。村里有好几个“三瓣儿”。有一个叫小豁子的。除了嘴之外其他都比我优秀。打架我打不过他，开骂时，我就说他娘当年偷吃了兔腿。果然他脸一红，败下阵来。这是靠文艺的力量。

我姥姥知道后，就让我以后不要再这样骂人。那孩子本来就落下毛病。忌讳。骂人不揭短。

小豁子四十岁时，在乡下还光棍一条。那一年我去看他，先恭敬递上一颗香烟。

一群兔子干什么职业的都有

乡下的兔子吃萝卜。

城里的兔子吃烧饼。

这是我当年写的几句动听的歌词。

我推算一下，属兔子的人计有曹丕、嵇康、写《世说新语》的刘义庆、周瑜、岑参、孟郊、苏辙、米芾、胡适、李宗仁、乾隆。这群兔子里干什么职业的都有，群兔喧哗。这些都是成功的兔子典范，没记载的兔子肯定都很落魄，流落于荒野。多像韩非子而言“兔走触株，折颈而死”。我们村里属兔子的农民一个也没有上谱。我二大爷那么有本事，属兔，也没有上谱。

“狡兔三窟”“兔子不吃窝边草”，都是说的兔子的智慧和兔子的房地产经验。古代的兔子遵守游戏规则，现代的兔子互相吃窝边草。“兔死狗烹”“兔丝燕麦”都与兔子无关了，而与人有关。还有那句“兔子尾巴长不了”，也与人的尾巴有关。

有一次，我问二大爷：兔牙嚼得香不香？

他骂一声：话说颠倒了，小兔羔子！

速度的故事

兔一般是在童话和寓言里才肯出场，后面且多伴以大灰狼。

典型的故事是那个乌龟兔子赛跑，误导着一代又一代孩子的价值观。向上，向前，当第一名。我却认为那只兔子倒有一点率性而为的艺术家风采，它只享受过程，不考虑结果。沉稳的乌龟倒显俗相。林语堂说，只有傻瓜才当第一名。他才是兔子的知音。

“虹影迴分银汉上，兔辉全写玉筵中”，“兔起乌沉”。兔是月亮的别称。当年人们幻想月亮上有吴刚、嫦娥还有一只兔子，多好。他们宁静，平和，简单，寂寞，与世无争。到后来人间的好事者花着纳税人的巨款，终于绞尽脑汁坐航天飞船上去了，放眼一看，月亮上一片荒凉，鸟不待见，兔子不拉屎，啥都没有。没有啤酒，没有麻将，没有报纸。倒像跌到底的股市。空空荡荡。我看就不如古典时代只让人惦记着那一只兔子。对于人类而言，有时想象比达到更有意味。一张中国画里最丰富的恰是那些留白。人类不需要只求速度的现代化，人类需要慢。

登月计划的成功宣告一个人间童话的破灭。兔子退位。

疯狂的现代化逼得诸神窘相，也只有退位。

我从此得到一个野狐禅式的启发，那就是，文学与奥林匹克的“更高、更快、更强”精神无关。守文学之树，待兔子文字。不过速度你必须放慢。

“雄兔脚扑朔，雌兔眼迷离。”这是一千多年前一个很要强的小女子眼里的兔子。如此迷离，怅惘，思春。让中国一千多年后属兔的人，心向往之。

2010.12.5　客寓四川广元

画龙话龙俺都不点睛

> 见龙在田，利见大人。飞龙在天，利见大人。
>
> ——《易经》

养龙的职业

1987年，这年属兔子。

属兔子的这一年在北中原发掘出六千年前一条用蚌壳镶嵌成的龙，号称中华第一龙。历史上有一种专门养龙职业。舜时有一人叫董父，擅养龙，舜听说此事后高兴，善！当即赐董父姓豢龙氏。后夏朝又出一个刘累，开始跟豢龙氏学习养龙，为帝孔甲养龙，十分卖力，孔甲说好，好。善！就赐他为御龙氏。

这事不是我信口开河，《国名纪》上记载："董姓豢龙在滑之韦城。古城内有豢龙井。"韦城就在我的老家北中原滑县境内。童年我在这里割草，放羊，赶牛，玩鹌鹑，玩鹁鸽，只是没玩过龙。历史车轮辗转到我跟前时，早已没文字记载养龙具体方法。

我后来还是陆续找到龙的影子。

中国十二生肖中，龙排第五。虎须鬣尾，有鳞若鱼，有角仿鹿，有脚能走，想飞就飞，能游泳，能隐现，能翻江倒海，能兴云降雨。

青龙与白虎朱雀玄武三位掺和一块是“四象”。又用来指帝王和其物：龙颜、龙廷、龙椅、龙袍。

我知道还有“龙须面”，面汤必须加醋，加葱花。

西方龙和东方龙原来不是一条龙

这么好的龙为何西方人不喜欢？

西方龙和中国龙是两个概念。西方龙被想象成一只巨蜥蜴，长着蝙蝠的翼，身披鳞片，蛇一样的舌头，能喷火；想象成一条大蛇，尾巴带刺。《圣经》里称龙是古蛇，又叫魔鬼，也叫撒旦。蛇或龙都是邪恶的象征。可见东方西方文化中两条龙概念不同，差别甚大。西方龙带恶意，与东方瑞兽完全不一样。以至让对中华文化不了解的西方人误解：中国人崇拜龙的行为是崇尚邪物。

这是两种玩龙方法不同造成的误会。

中国龙共分四种，有鳞者称蛟龙；有翼者称应龙；有角的叫螭龙；无角的叫虬。数千年，龙已渗透中国社会各个方面，成为一种文化凝聚和积淀。甚至成了中国象征、中国文化象征、中华民族象征。每一个炎黄子孙都有“龙的子孙”称谓。

我上初中时，校园里正流行侯德健那首《龙的传人》，隆隆隆隆，龙龙龙龙，老侯一边弹吉他，一边唱，倾倒一边美女。我也学唱，隆隆隆隆，龙龙龙龙，是一夜激动。身边无美女。

后来，一同学身上刺条龙，想学《水浒》里史进，差两条。征兵那年，初审就被刷掉了。

成语里共有几条龙

早在八岁时，父亲开始让我抄写成语，以壮声威，望子成龙。

我喜欢里面的“叶公好龙、攀龙附凤、龙蛇相处、画蛇添足”诸类。我还查到成语里一共有 12 条龙在穿梭。我抄的这些成语多面庞灰色，它们与龙多少有点牵连。

步入社会，我对待世界态度竟是叶公好龙。

纪实龙

平时看书最喜巧言令色，怪力乱神。那就且听属龙的蒲松龄先生先来说龙。

他在“聊斋”里一共摆弄过两条龙。

之一：博邑有乡民王茂才，早赴田，田畔拾一小儿，四五岁，貌丰美而言笑巧妙。归家子之，灵通非常。至四五年后，有一僧至其家，儿见之惊避无踪。僧告乡民曰：“此儿乃华山池中五百小龙之一，窃逃于此。”遂出一钵，注水其中，宛一小白蛇游衍于内，袖钵而去。

之二：章丘小相公庄，有民妇适野，值大风，尘沙扑面。觉一目眯，入含麦芒，揉之吹之，迄不愈。启睑而审视之，睛固无恙，但有赤线蜿蜒于肉分。或曰：“此蛰龙也。”妇犹惧待死。积三月余，天暴雨，忽巨霆一声，裂眦而去，妇无少损。

说得有鼻子有眼，有名有姓，涉及政治和医学，老蒲让我明白纪实文学的写法。

我们北中原乡下到二月二这天叫“龙抬头”，做的面条叫“龙须面”，烙饼叫“龙鳞”，饺子叫“龙牙”。这天必须要理发，要龙抬头，理发店这天价格高涨。

龍馬也
馬八尺為龍
就是說凡人也
可成龍
龍年大吉
馮傑

我父亲是在这一天去世的。我属龙，我哭我父亲，我抬不起头。

属龙者当皇帝几率大

天下属龙的人很多，书上说，属龙者当皇帝几率略大，这肯定让属老鼠和兔子的皇帝不高兴。

我粗略知道，属龙者既有清开国者皇太极，还有回天无力的嘉庆。属龙者有宋真宗、司马炎、朱元璋、蔡元培、林肯、凯撒大帝、麦克阿瑟、铁托、邓小平、普京、魏忠贤、霍去病，这些龙都有帝王相，气宇轩昂。有属龙的一些闲龙们，如尼采、纪晓岚、李商隐、大和尚弘一、吴昌硕、罗丹、弗洛伊德。有周围凡俗夫子的伪龙者，譬如隔壁卖豆腐的王师傅，卖移动手机的王冰冰，骑车游动卖垛子肉的宋老三，到北京天上人间当三陪女的赵小三，小镇著名钉鞋匠马长礼，会治胃下垂的兽医白天池，做合记烩面的厨子魏保栓，传销办假证者张为民，杀猪匠刘小森，还有写字匠冯杰。

后来我姥爷告诉我，“马八尺为龙”。

我理解这句话意思应该是：诸位不分出身，人人皆可成龙。

看一下龙的优生学

所谓“龙生九子”，并非恰好生九子。九表示极多，是虚数也是贵数。龙有九子这个说法由来已久，民间传说“龙生九子不成龙”，可见龙子地位低于龙。历史上不说，现代除了朝鲜祖孙三代执政，其他国家首脑龙亭里的龙子多不从政。故在建筑装饰中，常把九子放在一些不显眼处。下面不要嫌麻烦。

一子囚牛：喜欢音乐，多见于胡琴上，排行老大。是古代的音乐家协会主席。

二子睚眦：喜欢杀、斗，闹革命，多见于各种刀柄吞口，装饰兵器，用在仪仗和殿守等处，显得威严庄重，排行老二。譬如武老二就喜欢打虎。

三子嘲风：好险，好望，多见于屋角，形体似兽，排行老三。喜欢登高望远的先生都想写诗抒情。譬如“蜀道难”“北国风光”之类。

四子蒲牢：好鸣，好吼，见于钟上。钮蒲牢虽贵为龙子，但老四胆子特别小，遇到庞然大物的攻击，吓得就大声吼叫，擅长发表声明，是个银镴枪头，固把它铸为钟钮。

五子狻猊：生性喜静，喜欢烟火，好坐，见于佛座，形似狮。《水浒》里有一位好汉邓飞，双眼赤红，就叫“火眼狻猊”。

六子霸下：好负重，见于碑座，上古时它常驮着三山五岳，在江、河、湖、海里兴风作浪，大禹治水，历立功迹，后为防止它野性不改，便让它驮石碑，上面刻着它的功绩。它意为这样就可名垂千古。

七子狴犴：平生好讼，有威力，见于狱门上方，公正无私，仗义执言，辨明是非，街牌和肃静回避牌的上端有它，庄严公正，形象似虎并有虎威，排行老七。但现在打官司没有百万就干脆闭嘴。

八子负屃：平生好文，见于碑文两旁，它甘愿用自己的身体去衬托文学珍品。老八有点像书腰和精装封面。宜入作家协会。

九子螭吻：生性好吞，见屋脊两端，它属水性，用它作避火之物，螭吻背上插一剑柄，这里有一传说：“螭吻是海龙王最小儿子，龙王死后，其兄弟间争夺王位，哥哥本事不如它，比试中拔剑把它钉死在屋脊一端。”这是历代王朝“龙子龙孙”们争夺王位骨肉相残见证。它是龙形的吞脊兽。老九的落荒可怜啊。

还有个版本是：一子狴犴，二子猰貐，三子狻猊，四子獬豸，五子鼍螭，六摩羯，七子獍狁，八子狰狞（人面怪兽，龙身狼蹄，面目狰狞，好恐吓他人。像中国“文革”时候的路线斗争)，九子貔貅(好财宝，喜欢金银珠宝，敛财)。有一年我在深圳旅次，有人告知，腰挎貔貅进澳门赌场都不许。这宝贝只进不出。它腚后没有屁股门。我一看，果然。

传说中龙还有点性淫。与牛交合，生麒麟。与鲲交合，生蛟。这些优生现象你一般看不到。我只看到在北中原乡下马厩，马和驴交配，生骡子。骡子和骡子交配，不生。

不点睛

一千多年前的大腕时尚画家张僧繇说，画龙最好不点睛，艺术混沌粗糙一些好。可以画蛇添足，但不要乱加眼珠子，不然，好画和美文都会飞掉，空留柱子和白纸。

譬如，我这篇文章。

2012.1.5　客郑

乌鸦口语词典

周围，二十座雪山
唯一动弹的
是黑鸟的眼睛
——史蒂文斯

宫　寒暄

哇，哇——哇——哇，哇——。在我的乡村版乌鸦口语记录中，这是最常听到的声音。寒暄，是北中原乌鸦使用最多的口语之一。在人类的喉音牙音舌音齿音唇音五音之中，喉音近似乌鸦的喉音。一个乌鸦站在树梢对另一只树上的乌鸦发出信息。此语调特征是声音浑厚，中间有短暂停顿。接着，再发出另一声音，是两个相同的单词；相当我平时写文章用的顿号，或情人电话中间的“嗯”“啊”。元曲的“枯藤，老树，昏鸦”是最佳的寒暄写照，元代的乌鸦最会聊天。徐悲鸿早年画的彩墨乌鸦《四喜图》（我经常与鹊混淆），实际上就是一幅近距离的《寒暄图》。双方在宣纸上拱手道好。若两岸对话。

口语是有时代色彩的。后来，两只乌鸦再见面，会先问好：吃过否？喝汤否？

可想而知，乌鸦在饥荒年代，一定有对历史时光深刻的记忆。口语的声音之上也有时光的印痕。宋代曾有“唱喏”习惯，《水浒》里多有“唱个肥喏”。宋代的乌鸦大都是都会“唱喏”的。而今天我们退化成 OK。

再以后，两只乌鸦见面，开始这样问：离婚否?

再以后。上网否? 持卡否? 博客否? 出散文集否?

信息太快，再再以后你就该去问乌鸦……

石涛一向主张笔墨当随时代，就是说墨汁得随着风向跑，而乌鸦的口语亦当随时代。

商　闲聊

我在乡村大地上考察过乌鸦的口语，通过录音，记录，分类，比较，得出这才是最多常用的一种。此口语唯一特征就是“啰嗦”，近似政府公文报告。在秋后大地之上，无数乌鸦在聒噪，相当于人类当下创造的一个聒噪世界。聒噪博大深奥，奥妙无穷。

对于鸟，人或者鸟人来说，这是一个闲聊时代。学科上有青铜时代，白银时代，到黑铁时代，然后就是今天的闲聊时代。“不说无聊之事，何以遣有涯人生?”这就是闲聊的魅力与其博大妙处。世上的女乌鸦和男乌鸦都同有这一嗜好。如同我这变相的乌鸦志。

秋忙过后。农闲之时。阳光像花朵一样在大地之上一览无余的开放。乌鸦们成双成对，或三五成群，开始闲聊。一派和谐的景象。其实所有的鸟都知道：鸟生如梦，何不闲聊?

在乌鸦的口语世界中，闲聊已几近神聊。因为神聊，能进入忘我之境而忘记周围的事物，同时也失去了警惕和戒心（其实乌鸦的肉是酸的，并不好吃，连我们北中原乡村的猫都不屑与乌鸦打交道）。

我没有考察过其他鸟类（其他鸟声可能也有自己独有的规律），在五年的时间里，我只记录了乌鸦的方言，知道乌鸦与人类互相感染，通感，一样聪明。和人类唯一不同的一点是：乌鸦不是一边嗑瓜子一边闲聊。乌鸦不看晚报。

我比较过，它们在闲聊时，城市乌鸦的口语和郊区乡村乌鸦的口语是不一样的，仔细对比，竟让我有点发笑：城市乌鸦的口语显得急躁，有点不安，急于匆忙表达；乡村乌鸦的口语相应调低，温和一点。像方言，有地域关系的划分。口语也受着环境的影响。莫非城市的乌鸦有前瞻性，也议论环保和大气臭氧层?

那一天，听着风中乌鸦的口语穿过，我坐在田间的地头，便假设：一只乡村的乌鸦来到城市，面对汹涌而来统一的普通话，它的方言土语该是如何表达? 乡下的乌鸦一定口吃，结巴，腼腆，黑脸膛发红。

我知道，语言有着霸权性，也欺小。人能使方言伟大。在荧屏之上，蒋委员长和毛主席们永远从容地在讲他们的方言和口语，旁若无人。小人物得讲普通话，便于人听懂。

角　嘲笑

表达嘲笑的只有一个单词：哇——！哇——！

乌鸦的基本口语之一。

一只乌鸦在别的乌鸦衔食漏掉之后，在别的乌鸦被狗撵之后，在捉虫子不小心跌足之时，会用这一口语表达心情。声音与寒暄大致一样，声音较短促，显得兴奋，还有一丝得意。在乌鸦口语词典中，它使用的时机和环境相连。

有一年下雪，大约三尺深，比小便洞都深。我出门时“扑通”一声滑倒，忽然听到枝头一只乌鸦发出“哇”的一声，我知道那一定不

鳥亦說
海我無邊天作岸、山登絕頂我為峰、誰都可以引用的大話、吹吹又不交稅
丙戌年末畧鄭鴻傑并記

是问好。我这时竟想到鲁迅小说的结尾，就有乌鸦的一声啼叫。乌鸦在嘲笑整个人类。

对于乌鸦来说，嘲笑是释放压力的手段之一。乌鸦只会嘲笑别的乌鸦，它永远不会自嘲，这一点，乌鸦就不如人略显高明一筹。

徵　谩骂

一个人一生中如果不找点谩骂之事，就好像好日子里没有高潮一样，晚年自传定数会有下降。必须得有阶级斗争。尤其是文人与政客，历史上不记录一些风花雪月的琐事，就等于一生白活。一只乌鸦也有同样的感觉，每一只乌鸦都有事业心和使命感。一只乌鸦的寿命一般五年左右，英年早逝的不说，已有高寿的乌鸦则老骥伏枥，志在千里：均想指点江山，安邦济世。于是，一只乌鸦与另一只乌鸦对骂是乌鸦生活之中的自然快事。像文坛政坛鸿篇巨论的一来一往，显得有作为。而有作为的乌鸦大都有一副有为的嘴巴，习惯叫乌鸦嘴。

乌鸦的谩骂是要找场合的，田间不行，地头不行，时代背景显得不空旷辽阔。时势造乌鸦。这种口语的表达一般在饱食之后，适合站在方圆十里都能看到的最高树梢来表达。适合站在城市的最高楼之顶。实际上是两个村的乌鸦最善谩骂，它们各自站在自家的村头。以农村包围城市。

也有站在纸上的，不过那是另类乌鸦。近似知识分子。八大山人用一泊水墨养的几只乌鸦，也是纸上的另一种非口语式谩骂。我扯远了。

哇哇哇，哇哇哇。三个口语并列。是三只带动词飞翔的乌鸦。

羽　争论

与谩骂口语的风格大致相同。但显得短促激烈。

乌坛自然也有主流与非主流之分。一只乌鸦争论不起来，一只乌鸦只会独立觅食，思考，冥想。两只以上乌鸦才会产生意识形态方面上的问题。我在村中一棵大杨树周围观察过数群乌鸦的争论，有时它们是力量对等时才争论，必须百花齐放，百家争鸣。这种大规模的活动对于争论双方，充满着热烈性，持久性；对于一边的旁观者，也有浓厚的可观性。

有时争论的情景则是一只乌鸦对四五只乌鸦，这种状况的结果悬念不大，我在田野只见过三次。最后一定是大打出手。拥有真理的乌鸦落荒而逃。

第二天，我早早起来，还想继续观察，太阳已经照常升起来，太阳每天都是新的。官应老病休。那一只落魄的乌鸦迟迟没有露面。可能出席另外会议。

五音之外　抱怨

抱怨是常有的。如人间层出不穷的冤案。

在乌鸦的生活中，抱怨多属在做好事被误解情况下。如衔一块好肉送给另一只乌鸦被认为是过期的腐肉，往一只瓶子里丢石头被认为是想喝水耍小聪明，更怕的是送给女乌鸦被别的乌鸦视为调情和性骚扰。等等。最大的误解则是人类说乌鸦的鸣叫是不祥之声；好心未必好报，这些都可制造出抱怨口语的前提。

一般是只有独只乌鸦在抱怨，很少有两只乌鸦的。营党结社的乌鸦顾不上。这有点像闺中怨妇，姿态很低。怨妇词的产生多与孤独的乌鸦有关。唐宋明清，在不少画卷里，我看到一只乌鸦在无边的哀怨里低低飞翔，大于落款。

五音之外 警告

面对腐败的乌鸦，面对错误的乌鸦，哇！哇哇！哇！声音比较激烈。两边是单词，中间连贯。多是在群乌鸦对单只乌鸦的情况下发生。大有党同伐异之势。

有一次，我把录下的乌鸦之声放给一位音乐家听，这位朋友听到后点头，赞许说：

听懂了，听懂了，你这是四季刮风的声音吧？

还是五音之外 歌唱

世上的乌鸦最终要回到歌唱。

张继的“月落乌啼霜满天”就是说的乌鸦在歌唱。月光小夜曲的前奏，不，是狂欢之夜的前奏。一只歌唱的乌鸦超越一座寒山寺。

乌鸦是歌唱大地与和黑暗的歌手，它们歌唱黄昏与大地，咏叹子夜。这是乌鸦最欢快的口语。且使用频率最多。一只乌鸦一天平均要发出五百次叫声，而歌唱之声则占三百次靠上。占比在60%还强。

有一年，我在内蒙古昔日皇家围场的一片大草泽上发呆，夕阳西下，看到成千上万只乌鸦在歌唱，像一团团黄昏的泼墨落下，溅起无数朵黑色的荷花。这是雄壮的大地合唱团，壮观之中让我还有一丝感动。这是大地黑色的歌手，尽情抒情的乡村大地歌手。我就往前走，想接近融入它们，我前行，它们却后退，我前行一米，它们后退三尺，我进一尺，它们退十寸。在最欢乐的时候，乌鸦也不忘防备人类。

我奇怪：一年一度的著名的奥地利春天之声音乐会，为什么不引进中国乌鸦介入，让乌鸦与人类一同尽情同声歌唱呢？

曲终　叹息

乌鸦是黑的。

盐是瞌睡的泪

盐呀，盐呀，给我一把盐呀！
　天使们嬉笑着把雪摇给她。
——痖弦《盐》

一

盐的灵魂是咸的。

在我的眼里，盐是有生命的，它以液体或固体的形式在世界上活着。盐像瞌睡的水，更是瞌睡的泪。

盐的魅力是世上任何一种物质无法替代，盐的白色是黑暗里折射的亮光，没有盐的世界让我无法想象，那将是何等沮丧。就像世上一个躯体没有生命，一个人生命里没有爱情，一个人有爱情没有信仰，有了信仰而不会流泪。

没有盐的日子将是有气无力，淡而无味，百无聊赖。《水浒传》里李逵整天叫喊的口头禅就是“口中淡出鸟来”。我认为这个“淡”，就是无盐症状的表现。小时候我还看过京剧芭蕾《白毛女》，里面的主人公逃到深山十年，餐风露雨，就是因为吃不上盐才头发变白，貌状近妖。这里，盐的成分带有了高度的阶级性和政治性。

二

在时光隧道里，我们能看到那一块块小小的晶体，穿梭于世界每一个角落，盐在时空中不断回旋。消瘦，壮大。溶化，凝固，凝固，再溶化。它反复无常，出神入化。以单一的白色能呈现出来一个万花筒般的世界。如今，盐的用途已超过 14000 种，上至制木乃伊追求的永恒，下至铺路融雪时稍纵即逝的片刻，盐充当的角色无处不在。当它来到我们平民的日子里，自然成为家庭重要一员：乳名叫“柴米油盐酱醋茶”里的老四。

上帝有时也得吃盐。盐在历史上赋予了特殊意义，这种意义远远超出它与生俱来的自然性。盐不但能保存物质，避免腐烂，避免伤害，还能保存精神。《圣经》上有“这是给你和你的后裔，在耶和华面前作为永远的盐约”。伊斯兰教和犹太教都是用白盐来封存契约，因为它是不可改变的，印度的军队起征前用盐起誓。可见除了腌制胡萝卜、泡菜之外，世上的忠诚、友谊、坚贞，也都可以用盐来封存，装在坛里，无论其形状如何，能让本质永不改变。

古希腊盲诗人荷马将盐称之为“神赐之物”，柏拉图把盐描述为“对诸神来说尤为高贵的东西”。原来是盐离神距离最近，上帝伸手可触，就像少女去掏身边的一块口香糖。

佛教主张素食，而素食并不是一个无盐世界，而是与盐的和谐相处。

在中国文字里，盐字是一个象形文字（鹽）：左上边是大臣，代表朝廷官员，右上是盐水，正在制卤造盐，下部是盛盐工具。这些组合，让“盐”字本身成为一种象征，代表一个国家对盐的控制与垄断。可见盐的立场坚定，总是与国家站在一起。

在建造国家大厦的基础与结构里，除了兵士之血，百姓之泪，宦官的甜言蜜语，皇帝的精液之外，更坚固的一项不是黑铁青铜，而是雪白之盐。

因为有盐，掩盖了国家弥漫在宫廷里的恶臭，因为有盐，掩盖它内部果酱一般的腐败气味。一切不好的东西它都能从容地去腌制。

三

世上那些粗糙或精细的颗粒，在纸上铺就一些白花花的带着“盐色”的故事：

美洲的历史就是一部连绵不断为盐而战的流血史，谁垄断了盐，谁就拥有权力。

在 18 世纪法国，每年大约有三千多男人、妇女、儿童会因为抗盐税而被判死刑。

印度圣雄甘地 60 岁那年，手持竹杖，皮包骨头，迎着滚滚热浪，每天步行 20 英里，行走 25 天，到大海边去捡拾盐块，他用这种非暴力形式，公开蔑视反抗英国盐法。途中，甘地还织布、写演讲稿、在夜半月光下写信，能看到信纸上涌起的白盐，折闪出月光的温润。

当年拿破仑从俄罗斯后退时，马匹需要喂盐，医疗需要食盐，士兵需要食盐。原来成千上万的法国人并非死于战争，而是死于缺盐。让那些叱咤风云的人物感叹：没有食盐的战争是一场使人处于绝望的失败之役。

非洲甚至通过盐来分辨富人与穷人的“味道”：富人享受到白净的细盐，穷人只能拥有低下的黑盐。

墨西哥征服史上有这样散碎的文字记载：“2000 块非常白净的盐，是在模子里提炼出来的，只用于墨西哥贵族的消费。”我肯定吃不上啦。

欧洲最优良的盐水泉总是让那些象征宗教的修道院所拥有，像他们自己拥有着上帝一样，能替上帝说话。这时，盐与上帝成了两个亲密无间的牌友，输赢不计。

在中国，从古至今，盐也一直为国家控制垄断，它是支撑国家大机器的重要梁柱之一，时至今日，我还常坐着县城的盐业车，穿行在黄河岸边去查私盐。可见世上有史至今，“盐贩子”与“民主”统统都被列入“违法”范畴，盐只可用于平民安定的腌制，不可借题发挥。

盐晶莹的颗粒和民主的透明一样，还能导致最庞大政权的崩溃。在我所居住的北中原长垣，古属盐碱地，当年唐代“大盐贩子”王仙芝就是在这里聚集更多小盐贩子们“起义”。然后有了黄巢。溶化在史书里的盐水汹涌如潮，从此使大唐帝国动摇，不可腌制，走向衰败。也就是说，大唐帝国是败于盐的，是败于一颗小小的盐粒。皇帝万岁，但他不知道盐是易燃物，通常发出蓝色火苗，毕毕剥剥，闪耀出忧郁之蓝。

中国艺术也离不开盐的腌制。正因有“盐枭”的嚣张，才推动了国家艺术史，是江南盐商的富有，助长了以郑板桥、金农为代表的“扬州八怪”们能在艺术天空如群鹤戏天。能溅得兰动竹摇，那是因为在洁白的宣纸下，有一层更洁白的盐在垫底。

金圣叹还将盐作一颠覆世俗的道具，临刑前他写一纸，随手送给了刽子手，刽子手窃喜，以为是一宝物秘籍或旅行支票，刑毕，躲到一边悄悄展开。上书：“盐与胡椒相食，有豆腐味。”他把一个颠倒的世界放在缸里，以盐寻开心。

四

盐后来上升到哲学，就失去洁白，开始复杂了。

当盐充当“形而上”的角色时，就不只是单单能吃，老子所言“大味必淡”之语，将盐上升到一个最高之境。以后如果哲学里面没有放一把盐，那就经不起推敲。《道德经》有盐的高度，含有盐的精神，但言盐而不见盐，才是盐的灵魂。在盐史上，让李耳成为不贩盐却是最大的盐贩子——“哲学盐枭”。而佛学教义的盐是真水无香。

我第一次在父亲的线装书上，看到一个与盐有关的词，让我感慨，它竟叫“煮海蒸盐”。

像“精卫填海”一样，那种明知不能而为之的举动让我忽然感动。

那是何等壮观的景象。仿佛世界上都支起了一方方大锅在日夜煮盐，人们把黄海、东海、南海、日本海、地中海、死海、里海、印度洋一一放在锅里，把大西洋、太平洋也放在锅里，这一时刻的世界，熬盐的人们精制而专注，像一个个执着的孩子，只顾埋头在提炼白花花的盐了，全然不顾与盐同时代的，竟还有刀、枪、剑、戟，以后还有火药、铀、核。

五

有一年，在青藏高原的青海茶卡盐场，我见过中国“最大的盐”。那里，公路是用盐铺的，盐连着云彩，连铁轨也铺在盐上，四周都是盐山。我身边、脚下、头上都是盐。呼吸都是咸的。那时，我算第一次“大开盐界”。

盐一定还与繁衍与生殖有关，海洋鱼类之所以要比陆地上的动物多得多，我认为那一定是得之于咸的缘故。在我们北中原乡下，就有“咸儿酸女”之说，你想生儿子，那就得经常大口吃盐。如过屠门而大嚼。

在我小时候的故乡，盐魔幻未测，竟拥有不可告人的神秘。面对乡村夜空中一只只划破月光的黑色精灵，外祖母告诉我：老鼠在夜间穿行，若偷吃了盐，就能变成会飞的蝙蝠，一步登天。我才知道，世上的黑蝙蝠都是偷吃白盐而脱胎换骨、插翅成精的。高升得有道具。

有一天，我问村里一个大人：咸鸭蛋的来历？

他摸着我头，挺认真告诉我："是一种专门养的咸鸭子下出来的。"

这答案妙不可言。我至今还信。

六

盐在我家乡有"大盐""小盐"之分，像两个孩子，一大一小。大盐就是海盐，属上品，来自海上。小盐是刮当地盐碱土熬淋所制，质量次之。我外祖父就曾卖过小盐，用以谋生。

我们全家经常吃的是那种不太纯净的黑盐，记得有一年通货膨胀，众物暴涨之日，父亲骑着自行车在大街辗转，感到所有的物质都靠不住，最后只到县城的盐库里买了两大袋黑盐，储存缸里，以备后患。父亲说："盐最实用。这够全家吃十年的。"可惜，父亲没等到吃够十年。

如今的盐颗粒均匀，并且加碘，包装精致，但在井市之间，民众多对化学添加剂惊恐和不信任，许多人怀念昔日黑盐——那些原色的离我们遥远的海盐。

我看到过世上最古老的拉丁散文全书《农业》，那是加图写于公元前 2 世纪的一本实用乡村生活指南，他如此写盐的重要意义："把白菜切碎，清洗，晾干，撒上盐或醋，没有比这更健康的方式了。"其实，我乡村的外祖母早就教育过我的人生态度："把盐去掉，再没有比清水煮白菜，百吃不厌了。"这帧箴言显得更透明晶莹，它内含的平淡精神，影响着我以后一生的处世方式。

盐给我的最深印象就是腌咸菜。对我们家来说，它比《国家宪法》更显重要。

父母在世时，每到时令蔬菜下来，他们就搬出来那些乡村的坛坛罐罐，腌萝卜、腌芥菜、腌蒜薹、腌姜芽、腌黄瓜。那才是生活的保证。父母腌得最好的是韭花，将五月的韭花骨朵掐下，一一装坛用白盐封好，十天后启封可餐。后来，我读过古人杨凝式著名的法帖《韭花帖》，总会恍然想起父母腌制的那些韭花，盐便也一时涌入眼里了，溶化成液体的盐了。

盐再好，对我而言，也不能将时光与亲情永远凝固封存，盐这时竟会忽然换成另一种姿势，它以液体的形式出现，盐或者去换成记忆里的一场大雪，在时光里有始无终地飘落。

七

一天，我曾做过一个与盐有关的梦。

那一时刻，盐霜、盐雨、盐粒、盐池、盐场、盐河、盐湖、盐井、盐田、白盐、黑盐、红盐、蓝盐、黄盐、紫盐、青盐、凝固的盐、穿衣的盐、飞翔的盐、驿站栖息的盐、淌水的盐、愈走愈瘦的盐、与冬雪同行的盐、流汗的盐、呻吟的盐、冒雨回家的盐、父亲的盐、母亲的盐……十万盐花入梦来。在那一时刻。

醒来，嘴里含的竟也是咸的，是泪。

盐以固体的睡相入眠，醒来时，它变成液体，就是水，还是泪。只有它能梦到我正在梦盐，盐能看到盐的内容。花开花落，花落还复花开。在盐的一生里，从液体到固体，从固体到液体，从灵魂到肉体，从肉体到灵魂，而世上生命何尝不是一次盐的再生与翻版？像是灵魂的轮回。用手指蘸一下，灵魂也是咸的。

对于世界，盐是瞌睡的水，对于我，盐却是瞌睡的泪。

看我姥姥在乡村淋醋

山西陈醋、镇江香醋这些经典资深老醋，排行榜上的名声即使再大，也一直渗透不到我们北中原这方顽固的厚土。一来路远费钱，二来口味不对。这两种醋的风格一个浓郁，一个香馥。北中原乡党们密密麻麻的味蕾整体拒绝。我看到本土坚硬固执的外壳。

我们家吃的醋一直坚持是一个品牌——姥姥在乡村自己淋的，风格清爽。三十年如一。

中原食醋色逊色山西，香稍差镇江。但在我们村里，家家都会制醋。乡土单方自备，带有醋的传承性，能编“乡村醋史”。

现在想起来，这些手工制作之法都可列入民间工艺范畴。属“乡土艺术”，该为非物质文化遗产。那时，穿行乡村的毛驴们都驮着满满一车车上等好醋，铃声零乱，蹄声发酸。只听那发酸的吆喝在纵横交错。吆喝是这样：

“——谁要醋？——酸掉牙的醋！”

原料·去其精华，取其糟粕

基本原料：红薯干，高粱壳，谷糠。

它们最后都将变成醋糟。醋糟的结局最后是与畜生为伍，“不齿下喂”——喂猪。

红薯收获下来的时候，姥姥将红薯切成红薯片，在苇箔或屋顶上摊开晒干，好的用于卖掉或食用，坏的才用于以后制醋。据姥姥说，若用好红薯干去酿醋，还出不来那种味道呢。近似文章的“误读”。姥姥这是在为坏红薯找价值道理，有点“挟善入寇”。这是贫穷乡村的另一种“顺其自然”。

北中原晒红薯干的时节，远远地看，田野、墙头、房顶，甚至树杈上都有。整个乡村像贴上一片一片银箔，白花花的。当然这不全是为了淋醋。属主粮之一。多少年后，一个来自中国北方的女孩子说，“第一次看到时，我还以为你们河南人是在晾鞋垫子呢。”

那时，我姥姥就要开始淋醋啦。

道具和夜声

家里有一方专用的瓮缸，是姥爷在乡村集会上买来的，酿醋专用。

瓮缸深褐色，看着外表就不太聪明。以不变应万变。一岁时，它高过我的头顶，七岁时，它低过我的腰。我长瓮不长。与平常瓮缸不同的是，瓮底下钻有一孔小漏洞，正好能插上一截削尖的黍秸段，便于下醋。那是“醋道”。

夜间，便听到“滴答”“滴答”的声音。宛如醋漏。乡村之夜布满醋滴落盆之声，后一个声音在紧跟前一个声音，不紧不慢，像一个人在乡村之夜徐徐走路。声音滴到月光或夜色里，若乡村的星子稀疏落下。能溅起多少年后的乡村记忆的一种，就是北中原午夜“淋醋”之声。

在时间范围，留香寨十二时辰都是酸的。

护醋的天使·醋蛾

乡村第一遍淋下来的醋最酸，属上品，魏晋六朝诗文。第二遍次之，中品，唐宋文章。等到淋第三遍时，下品，早就清淡如水了，胡适以降的现代白话诗一般。这时的“淡”有点像乡村众多的亲戚，双方顶多走两代就不必再勉强走下去了，需要慢慢淡出。不然代代相传，全国人民都要连成庞大亲戚了。三遍醋必须淡。

当时乡村的亲戚，大都要吃我姥姥淋的醋。一种味道，有时也能成为统一的“村味”，是整个乡村里的标准。

有一天，我打开那一方醋瓮，看到上面布满一种密密麻麻的小虫子，它们忽然被惊，飞得一屋子都是酸气，我也惊叫，就用扇子去驱赶，姥姥说，这种蛾子是护醋的，缸里能有这种蛾子，说明这醋的质量淋得是上好的。叫醋蛾。好虫。

这倒显得有一点乡村传奇与魔幻。

更出乎意料的竟是一截桑枝

姥姥淋的醋好吃，不全是红薯干、高粱壳、谷糠的和谐。主要有一个搅醋秘方。

在淋醋的过程中，需要合理搅动，醋才不至于坏味。

姥姥告诉我，醋最爱干净，容不得异味。淋醋时如果用筷子、棍子、小勺、手指去搅，都会变坏醋味的，只有一种：用桑枝去搅醋。其他树枝宜坏，必须桑枝。

淋醋的日子里，姥姥曾让我去野地找过桑枝。

在田野本土树种里，我认识那些桑树，一叶叶是蚕的卧床，在夏天，它们枝头还会挂满紫的红的桑葚，如绿叶里闪现的星星。桑

舊夢
癸巳秋
馮傑

树像人一样有韧性，乡下人用来制农具，叫桑叉，我在乡下却制过弓，击雀。

后来知道“桑梓”是“故乡”这一意象的翻版，让游子们拿去通用。“维桑与梓，必恭敬之”，《诗经》里说的。“桑”就是故乡啊，起码是二分之一故乡。多年前我姥姥就将一枝“故乡”轻松地用于搅醋了。那些桑枝如今回忆起来，身世一定也是一身酸楚。

醋之外

说醋是饮料行不通。

饮料是当今孩子们的常饮之物，名目繁多，享受繁多。最畅销的外国饮料是由一个中国诗人首译其名的“可口可乐”。产品质量不如说翻译得更好。它所含成分却不包括醋。

酸碱中和。我的童年曾让一丝醋浸泡着。

我上小学那时，每到盛夏时节，教室窗外两丛木槿花盛开，乡村小学校最流行的避暑方式是捎带一瓶醋水，挎在腰间。队长家孩子才挎军用壶。课余偷偷饮一口，说是提神，避暑，有益学习。我带的旧酒瓶里是自配的，配醋，配糖。比例是：1 糖 2 醋 3 水。自然比别人的好喝，因为醋是我姥姥淋的。

后来有别的同学纷纷效仿。一时人人腰挎一醋葫芦，若山西传说里的童子军，缴枪不缴醋壶。

上课时，化学老师出场，摊书，陡然皱眉：“咋一教室醋分子味?”

贫朴年代，醋是我童年饮料，甜，有点酸。现在再也吃不上我姥姥出品的家醋，心里却更酸。

惘然录

十三岁以前的书法姿势

一天，父亲把一张过期的《参考消息》报纸折叠起来，再折叠，还折叠。这样重复五次。一张报纸最后叠成 32 个暗格，然后摊在桌上，让我在上面写大字，规定每天午饭后，填满一张方能上学。这情景出现得有点陡然。

《参考消息》上登的多是越南打败美帝国主义、苏联修正主义犯我领土之类的国际大事，再重要也得让我在上面练习“永字八法”。

乌黑的墨汁压盖着国际风云。有时正写着，看到报上照片，停笔，忍不住就问：“西哈努克怎么又来了？还带着诺罗敦，像走亲戚一样勤。”

父亲非常严厉，会说：“写字要专心。”

后来才知道：诺罗敦·西哈努克是一个人。这名字饶舌。

每天午后，都有数位同学等我一同上学，只好在窗外静静地趴着，等待。密密麻麻，像一群屋檐待食的麻雀。不耐烦了，他们就出主意，让我只选笔画稀少的字写。杀掉时间。

于是，我在窗里面马马虎虎填那 32 个暗格，多是“大小人口”或“口人小大”。

父亲看到，心里明白，只好就写几个样字让我临。

父亲的字属于那一代人随手都能出手的应用字，畅熟而有功力。他教我起笔，回锋，收锋，顶针，握笔时掌中还要有能放下一个鸡蛋的空间。但我却认为：执笔方式无所谓，只要能把字写好就行；故至今也不得执笔之法。以后知道古人还有五指齐握的执法，倒像用刀去杀秦始皇。

一天，父亲从小镇书店买回一本集体创作的新魏笔字帖，内容是“批林批孔”。那时墙上写标语多用此体。父亲说，新魏笔最有功力，此帖上的字算写成熟了，让我也学。

我一直没有学会，总觉得新魏笔有种怪味，不是正统，特别那撇、捺，如乱伸着脚，不流畅，就像看某些人的长相，看一眼一天就不舒服，安能对面交往？

后来父亲便让习柳，习颜。甚至赵孟頫。

我练的更多是《草诀歌》，这像不会走就想先飞了。记得开头几句是“草圣最为难，龙蛇竟笔端，有点方为水，空挑却是言”。那是父亲保存下的一个黑底白字册页，拉开有七八尺长。黑白分明。

父亲常说，这是王右军写的，王右军这人写字了不得，好。

我对父亲说，王右军就是王羲之。

后来我觉得这可能是后人托书圣之名去编的教科书，想到“书圣”向来是不会写这些草字入门的小东西，就像我，不屑于先写楷而就入草一样。

现在想起，我那时的写字，收获的不是章法、技巧，更多是感受到那种书法的环境与书法的姿态。

村里人说，我们家族里过去的堂号叫“春风堂”，出过“耕读传家”之类的人，家道昌盛时，也是骡马成群。这是后来听说的。到我父亲这辈已经十分贫朴，幸运地划为“贫农”。倒免去日后许多麻烦。我奶领着父亲要过饭，父亲有微薄薪水时就供给我姑上学。

有一年秋天，父亲领着我，到北中原他生活的老家故土冯潭村，去见一位有学问字也写得好的大伯。大伯连抄的药方也用小楷，如唐人的《灵飞经》一般；临走时，他还给我翻出来墙上捆的一些字，让我选。在布满蝉声的院里摊开一地古典的阴凉，我选了一幅，是清代刘春霖为我“祖太爷”写的一幅中堂，想必是那时文人间的应酬唱和之作。纸已破损虫蛀，开头的几个字还让热爱书法的虫子填肚子了。字是典型的“馆阁体”，工整、好看、实用却无变化创意，刘春霖是中国最后一名状元，慈禧钦点，颇有书名，他是离我们不算远的河北肃宁人。后来一次书法会上我还引申猜测：像启功先生的那类字一定也专业写过“馆阁体”。

以后，我还临过“瘦金体”，觉得那字金钩银画，有装饰味，一如风吹杨柳，就像我曾在河边经营过的一道道长长鱼钩，锋利得能钓住金色鲤鱼。

长大后，更多看宋人“尚意”的那类字，如陆游、米芾、蔡襄，甚至蔡京。最喜欢苏东坡那种漫不经心，从容自在又吊儿郎当的字，我私下称为“散步字”。

我能写字，可能与当时父亲推行的“书法强权政策”有关，从《参考消息》开始，那是首次所谓正儿八经地摆出的“书法姿势”。

现在社会上写大字，纯粹是一种形式上的艺术，70年代那时写大字，主要还是社会使用。最常见的应用功能就是写标语、写“大字报”、写打倒刘某或邓某。

一天，学校里开展“批林批孔”运动，反对“师道尊严”，学校党支部的滑校长要求每个学生写一张批“师道尊严”的大字报。吓我一跳。怕听错，敢批老师？回去后家长不揍自己才怪呢，因此，怯怯不敢动手。得把这事核准再说。

果然。

那些平时不填32个暗格的同学，怯场，手颤，也想让我代替，

紅與黑
搨印那些紅憶裡的聲音
丙申初於聽荷草堂
馮傑

此情可待
荷葉生時春恨生荷葉枯時秋恨成深知身在情長在悵望江頭江水聲

我极不情愿。后来同学对我有言语上的贿赂，或者有一把枣子之类。我便另外多写了几张，然后落上别人的名字。

等全校都贴在墙上展览时，我写的几张“大字报”却都是一个模子里出来的。药效一样。

那时节，校园开满一簇簇粉红的木槿花，朝开夕落。蜜蜂正嗡嗡地繁忙穿梭，肯定不是在批判老师。

以后再写字全凭兴趣，乘兴而为。自己觉得什么好就写什么，在我的书法之路上，我没有得到名师指点，都是硬着头皮直接与历史上的大师对话。但大师不理我，考验我。也走了不少弯路。到现在，也没有折腾出什么名堂。仅供题名。

十五岁以后，在黄河边小镇上我把精力都用到逃学，打架，偷瓜，游泳，甚至想写小说挣钱这些自以为是的“大事”上，志大才疏，好高骛远，疏远了写大字。

我就忽发奇想：要是我当时一直把大字写下去，每天都能心不乱地认真去填报纸上那32个空格，念《草诀歌》，坚持到现在，是不是早就超过王羲之，已成“书仙”了?

二十多年以后，我抄写过一个手卷《古诗十九首》，两丈四的洒金宣，金碧辉煌，送给一位来自北国的朋友。展开时，那些字需要起身在室里转两个弯。友人收字时，窸窸窣窣，一边卷一边说：“这种卷字的感觉，忽然让我想起小时候，在蓝色江边，我同父亲在收渔网。”

陡然是另一个奇妙又伤感的话题。我不知道如何回答。

订书的锥子之疼

70年代末，那时的文艺杂志种类还不多，不像现在，波光粼粼，过河之鲫，多达万种。

在黄河大堤脚下的一座小镇邮局上，父亲给我订了两种“最高级的”杂志：《解放军文艺》《人民文学》。在文化单调的时代，这恐怕是小镇上唯一一个订户订两种杂志的个例。

从上面，我读到老舍的《正红旗下》片段，蒋子龙的《乔厂长上任记》，徐怀中的《西线轶事》，刘心武的《班主任》。读到封面上袁运甫、袁运生弟兄俩那些创新的壁画，封底上陈逸飞早期那些充满革命理想主义色彩的油画（父亲恐怕也没有料到，他的儿子十多年后，也能在这两种昔日订的杂志上面发表作品）。

这两种杂志算是我最早接触到的当代文学杂志。

每到年终，除了整理营业所的全年账表单据之外，父亲要做的另一件事，是让我把订了一年的两种杂志各期找齐，他整理后磕齐，分成两叠，上半年，下半年，最后订成合订本。

父亲是这样订书的：

先把书磕整齐，用书夹子夹好固定，然后，用一把自制的锥子开始穿眼，再用一支大针把线引过去。使用的棉线我们叫“纳底绳”（母亲纳鞋底时用的）。为了结实，小锥子要穿三个眼，上、中、下。书脊上也要攀上线绳。为了美观，两个接线头不在封面处结合，要盘在杂志后面，系个死扣，最后用剪刀剪平。合订本便装成了。形式像古人装订的线装书。

父亲在小镇营业所当会计，经常装订账表、单据、传票，工序严格精致，把杂志订得工工整整自然不在话下。我们搬了好几次家，从小镇到小城，从城东到城西，那些合订本杂志让我一一带着，像骑兵的草料袋，每本都不舍得丢下。如今它们在书柜里站着，一声不吭，沉浸在旧事的怀念与手的余温里，看线穿过。

以后，由我自己开始去订书、订杂志。

我是照着父亲的方法订的，这习惯保留到如今。有时，我寄一些厚厚的书稿时，也用这一把小锥子，在头上揩一下油，扎洞，穿线，去穿越琐碎的文字和自我感觉良好的语言，一条时光做的细细小绳，在文字里穿针引线，像是在做一份坊间手工活（作家其实未尝不也是一位文字的手工匠？仅为妥帖）。

抽象，具体。感觉装订杂志是在装订厚厚的旧事与时光。

有时订书时刻，订着便走了神，会骤然想到父亲在小镇上订书的旧事。锥子、棉线、灯光、白发、恍惚。袭来一丝伤感，像锥子之疼。忽然，棉线便错位了。

现在，我书案上还放着那一把小小的铁锥子，父亲生前使用过的小锥子。它无言。沉默。一层红铁锈还包裹着旧日的时间。裹着灯光和月色。

小锥子四指左右长，铁头、木把，像乡下一柄晒干的小菖蒲棒。只是那柄木把已经风干裂缝，上面缠的一圈圈线绳早已脱落，线头空荡荡无援的垂落，如此无力，在等待谁的一双手，能重新去系上。或者，它也想说话。

在一座老屋记忆里的上游

怀念父亲时，竟让我一时找不到文字的入口处。

父亲去世八年的时候，我回到昔日同住的那一座旧房子，还感觉到老屋里每一个缝隙、每一方瓦片都有父亲的手温，四壁上粘贴着父亲的声音。恍惚昨日。父亲去世之后，我没有勇气专门去写一篇关于父亲文章，我是怕疼痛一旦打开就收留不住。只有让哀伤在平时的文字里一一冲淡分流。

父亲就这样永远离别？是永远啊。

旧房子上每一棵瓦松都有自己的记忆，它们会梦到老屋，我也梦到过父亲。

有一天，我终于见到了父亲，我就喊道："爸爸，这些年我和我妈都想你啊。"醒后我哭了，才知道，这时，连我的母亲都已去世三年了。时空交错，恍兮惚兮。

父亲一辈子操劳盖了许多座房子，为生计全家像候鸟一样在搬来搬去。我能记得的房子就有四座：滑县乡下一共两座，县城郊区两座。当然，这些房子都是一些朴素简单的青砖瓦屋，根本不能和现代房地产商的作品同日而语。在乡间盖有两座瓦房，外祖父家的那一座还用了部分土坯，叫夹生墙。梁檩椽都是取材于早年老家种下的树木。椿、榆、槐、桐这些说乡音的本土树都成了组建房子的一员。哪怕盖一座简单的房子，父亲都要提前数年做准备工作，结果还是挂一漏万，捉襟见肘。

我20岁那年，父亲又要在长垣县郊再盖座蓝砖青瓦房子，用于我以后成家栖息，安置跟随我们一同生活的姥爷、姥姥、祖母。

从买地到拉砖，从打地基到上梁，父亲都一一在现场过问。甚至一枚铁钉，一截麻绳，都要找父亲。我们老家有个说法：说一个人要想一天不心净，就去请客，要想一年不心净，就去盖房。父亲却是几十年都没有心净过。十几岁他就从家乡出走，他在异乡漂泊了几十年，父亲总想有一座自己固定的房子，像漂泊的水手有一天能打造一座自己的木船。这愿望就要实现了。

上梁那天，按照北中原的乡俗，这是盖房日子中最重要一项。必须贴对子，父亲就让我毛笔写字，我用红纸写上"青龙扶玉柱，白虎架金梁"。父亲把对子贴在大梁身上。安门安窗时，框上是写"文王问门何时安？周公答曰今日好"。这些都是当年姥爷在乡下教我的盖房专业吉词。上梁时间必须掌握在日头当午，父亲还让我点了一把五百响的鞭炮。特意为每位泥瓦工匠都另外发了一盒香烟。

瓦屋盖好了，青砖蓝瓦，那是掺和着泥水和旧梦盖就的一座瓦屋。

装着父亲多年的心愿。他终于能把一家三代人都安置在一起了。让我们一家从此有了遮蔽风雨的场地。老屋是系着全家的一方老巢，即使漏雨，也终是自己的家。姥姥有一句话说，“金窝银窝，都不如自己的狗窝。”何况这是一座上好的青砖瓦房呢。上面还时常有飞鸟流云。

刚开始搬进屋里时，瓦屋里的地面泛潮，父亲就买来一车细沙子，一锨一锨均匀摊开，母亲在一旁校正指挥着，父亲自己在三间屋中铺了一层地板砖。父亲腰痛，缓缓站起来，要好长时间才能恢复过来。

瓦房子盖好后，我们住在里面，能看到窗外面下雨或落雪。我还能读杜甫苦旅的诗，听外面的风。

那时，父亲还在距离县城 9 公里的乡下小镇当银行会计，他经常要骑着一辆旧自行车，在城乡之间来去返回。自行车像一只骨骼枯瘦的鸟，在乡村公路的林子里穿梭，一年四季，把时光磨亮。

有一年冬天下大雪，乡村公路上结了一层冰，脾气不好的祖母固执地非要回家，父亲骑车怕摔着我祖母，就让她坐在车后，父亲赤手推着自行车，竟是冒雪一步一步推了 9 公里。回到住处，父亲的后背都湿透了。

父亲管理我们姊妹四个，极为严厉。童年时我最惧怕的人就是父亲而不是毛主席。在父亲一生之中，无论生活里有多少难过的坎儿，父亲总能一一打发过去。父亲耿介，不去求人，不事权势，这注定要默默当一辈子乡村小会计，这种性格影响着我。从我记事起，37 年的时光里，再难没见父亲流泪，我只看到父亲哭过一次，那是在我姥姥去世后。父亲知道姥姥的分量，姥姥养育了我们一家三代人啊。父亲那一次哭了，是一个男人撕心裂肺的干号。

母亲生前说过：你父亲一辈子受苦，退休本该享福了，就不在了。你父亲属羊，世上在冬天出生的羊都是寒羊，就是受苦命。

父亲去世入殓那一天，他静静躺在棺材里，要钉棺材看他最后一眼时，我强忍着不哭。我在棺椁里他身边放下一支毛笔、一本我写的书，还有一个本子，上面我写有一段话，那是只有我们父子两人知道的一个相约，永远埋在了地下，世上没人知道。那一刻真是天上人间事，生死两茫茫。我送最后的父亲。

当这一切都做完，我一人才能找到一个无人的地方，蹲下。号啕大哭。

我们北中原那里讲究土葬，老人去世后以入土为安，大地上的泥土当年为父亲盖房子，现在又要覆盖着父亲的身躯。父亲最终也成为土地的一部分。大地包容一切，包括人世间的生死离别，父子情怀。

世界上的每一座屋只是暂时憩息生命的一方驿站。

在老屋里我想，每一个人最终都要千流归海，在入海之时，每一条河流是否怀念它背后的下游、中游和上游的某一段落？一定会的。每一座老屋的记忆里也都有属于它自己的上游，屋有，每一个人同样也有。

素色·土布织就的民谣

我经历的那些北中原民谣如织就的棉布一般。一匹一匹地在大地上晾晒，有时在乡村阳光下面，折射出来你想不到的几种颜色。

从成色和质地上论，民谣是土布的颜色。而现代流行歌则是金属和玻璃的颜色。爱尔兰当代的大诗人希尼在《歌》一诗里，忽然有一句——“有土语的泥花”。

他说的想必就是自己小时候听到的民谣。

民谣弥漫人间烟火的味道，成分多为民间元素。民谣是用口语的形式传递的，因此，同一种民谣有许多细节不同，村庄不同，还有着“口语版本”口味的不同。

不管时间如何流走，只要我在，我就能回忆起来每一个逝去的亲人他们那不同的声音，但我却无法把这些声音转化成准确的文字。就像我不能把那些流动的民谣转化成固体的文字一样。

如今民谣除了文字上的记录之外，它们早已从口语里消逝得一干二净。文字记录的民谣早已不是语言的“原住民”。

从我几年里收集的民谣里选出来五条。它们曾多年挂在旧日的一个小本子上。它们泛着暗黄的色彩，它们不说，它们无语，它们固执，它们情愿让自己消逝掉。牺牲自己，去成全时尚。

之一·小老鸹

小老鸹，黑鼎鼎，上姥娘家住一冬，
姥娘看见真喜欢，妗妗看见不待见。
妗妗妗妗你别瞅，小麦开花俺就走。
走山上，有石头，走河里，有泥鳅。
娘嘞兄弟俺嘞舅。

如果非要总结，去把素色的东西上升到说教的高度，肯定不准，只有概括如下：这里说的是一种亲情和自立精神。后一句里还饱含对人间世道的一丝悲意，是少年的哀愁。

之一·小门搭

小门搭，呼唧唧，
谁来了？二姑娘。
做啥吃，要杀鸡。
鸡说我皮儿薄，杀我不如杀只鹅。
鹅说我脖儿长，杀我不如杀只羊。
羊说我四条腿儿往前走，杀我不如杀只狗。
狗说我看家看得喉咙哑，杀我不如杀匹马。
马说我跑来跑去让您骑，杀我不如杀匹驴。
驴说我拉磨磨面让您吃，杀我不如杀头猪。
猪说我吃您一斗豆，两斗糠，拿刀见阎王。

从二姑娘到阎王，中间没有密切的联系，好在只有一截民谣搭桥，民谣是软的，民谣战战兢兢，让它们一一走过来。民谣在递进中行走，不敢顶风而行。民谣走过来了，民谣却要结束。早先我还写过一首诗，叫《民谣的桥》。

之一·小老鼠

小老鼠在哪睡？墙窟窿里睡。
铺嘞啥，花铺底，盖嘞啥，花盖底。
枕嘞啥，花棒槌，呼呼噜噜打鼾睡。

单纯的童话色彩，干净，简单，没有所谓的深刻意义。就是一张简单的土布，展开晾晒在那里。

之一·小麻鸹

小麻鸹，叨石磙，打发老头去卖粉。
买来粉，你不搽。打发老头去卖麻。
买来麻，你不搓。打发老头去卖锅。
买来锅，你不烧。打发老头去卖刀。
买来刀，你不切。打发老头去卖铁。
买来铁，你不打。打发老头去卖马。
买来马，你不骑。打发老头去卖驴。
买来驴，你不套。打发老头去卖轿。
买来轿，你不坐。腌臜妮是赔钱货。

一素抵天下
乙未初夏於中原 馮傑

一位乡间艺术高手在耍嘴皮子，语言在行走，语言在路上绕了一大圈弯路，最后又回到自己家里。归故乡，经由语言。

我们村里当年有一句话“夜里想了千条路，起来还是卖豆腐。”那不是语言之路。

之一·木掀板儿

木掀板儿挖胶泥，
挖出一个大闺女。
啥时娶？腊八娶，
谁抬轿？二疙料。
谁使车？她干爹，
谁铺床？她干娘。
谁吹灯？小蜜蜂。
嗡嗡嗡，嗡嗡嗡。

后面的蜜蜂之声像国画里的留白。潦潦草草，不说了，到此为止。不然肯定是绵绵无尽时。

民谣时代终将消失，流行与时尚正在统一这个世界。这不是民谣自身的悲哀，这是社会和艺术的悲哀。时代的潮流来啦，我们谁都阻挡不住。何况民谣柔于钢铁。

想起那样时候：

一地的月光，竹篾凉席，外祖母的蒲扇，流星纵横，一声惊叹，西瓜籽，悬挂的壁虎高过星辰，刺猬的咳嗽。

亲人不在，意象不现。

另类河流

年画的一些延伸

老灶爷卷门神，话里有话。

——我姥爷的一句乡谚

北中原春节多贴本土木版年画。

我姥爷在战乱年代，曾同其他乡民一道，自黄河之北，推一辆土语叫“拱地牛”的车，带着全家前往开封逃难。后来有的滑县乡民落户开封，在那里经营水烟或贩卖年画。

木版画在中国版画史上能占一页，朱仙镇算中国木版年画的鼻祖吧。《东京梦华录》说过那时的热闹：“近岁节，市井皆印卖门神、钟馗、桃板、桃符，及财门钝驴、回头鹿马、天行帖子。”那时宋代充满文化，庙堂的与市井的。明末清初，朱仙镇木版年画作坊达三百多个，如现在京城的艺术家工作室；每年销往各地的年画都在三百万张之多，一如现在盗版书，这样推算，靠版画糊口的人之多就可想而知了。

我们乡村春节时的门神、灶王爷、纸马、灯笼，都与那些木版年画有关。有当地本土作坊印制的，有朱仙镇印制的。在乡村弥漫的雪花中，穿梭行走着钟馗、敬德、秦琼、关公这类大人。线条坚硬。秉性正派。大红大绿。五谷丰登。

有时不小心灯笼一斜，就烧糊关老爷长长的胡子。版画骤然喊痛。

最有意思的是说：在中原豫西灵宝那一带，年画加盖上县印后能防盗。但天下没有白吃的午餐，何况又是政府的午餐，每张盖县印要纹银一两，县府官吏因此暴富。这真是他妈的“海客谈瀛洲”。

我们北中原乡民不信。贴门神是贴门神，防盗归防盗，两码事。

我认为木版年画的魅力在于拙朴，这里有点像豫剧与河南话。而杨柳青年画，桃花坞年画则明显雅致，是“细画”，没有朱仙镇年画的厚拙，河南民间版画是“粗画”。鲁迅也收藏朱仙镇年画，先生称“朱仙镇木版年画朴实，不染脂粉，人物没有媚态，色彩浓重，很有乡土味，具有北方木刻年画的独有特色”。先生生长在细雨鳜鱼里的南方，想必对这种北方粗拙的艺术颇感新奇。

这种中原民间艺术也不时引出乡愁。当年中原籍诗人痖弦在台湾时，曾在信上颇有闲心地告诉我：他祖上就是卖朱仙镇年画的，赶牛车。

至今，他说在加拿大私宅住处，还贴着我从中原寄给他的朱仙镇木版年画，看着，如回到南阳杨庄营乡下。

正宗的木版年画都是用手工制作的，要求技术性很高，有多少种颜色得刻多少块，哪怕一段线条，也得占一块。朱仙镇的乡村画匠一直坚守着祖传章法。1997 年春节前，在寒风里，我曾同好友初次去造访朱仙镇，在作坊里看到那么多块雕版，像无数次重复开放的莲花。花开花落，花落还会再开。那些上好的梨木板都浸油风干了，在风雨里，它们在一朵朵花纹的散步中似乎永远不会再走样。

五年之后，我又同走黄河的诗人孔令更、丛小桦一同去朱仙镇拍了一系列专题照片。那里的艺人说：现在手艺都没落了，当年炉火纯青的老艺人面对那几百块梨木板，就是闭上眼睛也知道哪道线该柔哪道线该刚，从不会印错的，可惜今天继承下来的艺人早已没有，连颜料配方都失传了，过去印木版年画的八种颜料都是用中药植物所制的，现在只剩下两种。

其他六种颜料呢?

早已在历史的雨中和泥里跌倒了。没有一双温润的手去搀扶，颜色倒地，再也爬不起来了。

现在许多人从没有见过我小时候在乡村贴年画的方式，那过程你也想不到。

年画是这样贴的：北中原那时住房四壁多是土墙，用麦秸掺碎麻抹墙，倒也平整。每到春节前贴门画、灶王爷时，我见外祖父先把高粱秆从中间破开，截成许多二指长的高粱段，压住年画边缘，然后，每个高粱秆上再用一个尖尖的枣刺，往下一按，算是完成了贴画的全部步骤。这里有一个细节，没有使用一颗铁钉子。

对于贫朴的北中原人而言，外祖父可能认为：张贴门画用好面做糨糊与铁打的钉子都是极为奢侈的事。也许那些质朴的年画只有用这种简单的方式才显得般配。说破了，还是条件不好。

今天已经有钉子了，起码有十颗之多，五颜六色，而我却认为已无什么门画可贴。如今家家过年贴得金碧辉煌的，膨胀出门框。多了一个个充满暴发户般的喜悦和不安，少了一种简朴和充实。

外祖父在乡村集市上卖过年画，不过已是后来有革命意义的新年画。年画是我姐姐在五十里外的长垣县城新华书店为他批发，每年春节前，将批发的年画捆在自行车后，我姐送到乡村再由外祖父零售。有时批发的只有中间的门神，没有两边的门对，外祖父就让我去写两边门对，由他配成套，再带到乡村集市上出售。

養志稐神好古
樂道依經守義
溫故知新
就是不讓你放炮
丙申初春於聽荷草堂 馮傑

我那时还在一个小镇上学，就从公社书店买半刀红纸，裁整齐，成门对形状。叠成七个暗格或八个暗格。后来写熟了，就不再叠格子。

写时先用各种字体试写，再由外祖父投入“市场”。乡下带来的信息是：用隶书写的那种最受欢迎，尤其是那种用黄广告色写在大红纸上的隶字，因为醒目别致，大家都喜欢，可以套用现在的广告语“供不应求”。以后所有的对联便都用隶书去写了。其实，隶书是一种偷懒的字，我姥爷不知道。

我外祖父在乡村集市上对乡亲们有点自豪地说：“我小外甥写的，才十三四岁的人。”

可惜我没有把那时售出来的门对留下一副，或让姥爷打折，我买回一对，可以看看那时写了什么狗模狗样的字，竟让姥爷能在乡间引以为豪。

门对年年经霜，那些隶字花落谁家？都如梦一样飘逝，在北中原飘摇的雨中。现在对于外祖父，我能做到的是在一通冰凉的青石碑上写上温润的墓志铭，仍然用隶书，如写在对联上的那种。

在北中原的乡村，我曾骑着一辆旧自行车，冒着蒙蒙小雨，到留香寨村北边一个叫河门头的邻村，去找当地最好的石匠为外祖父锻碑。那是一块从浚县大坯山下拉来的青石，对于那座山，外祖父当年曾领队朝山进香。他当过村中的“会首”。

在乡村细雨中，打一把旧油雨伞，罩着那一通石碑，雨在上面润过，我在下面蘸朱砂写，仍用隶书。

乡村石匠还告诉我一个他多年掌握的秘诀：先用一瓣大蒜在碑石上擦擦，字会更显。

那一时刻，离年画是多么遥远。抬头看看，乡村沧茫，一眼的雨水。只有一只布谷鸟在南边的村子，仍讲着我童年时的方言。

手牌的两种打法

规格：长二寸五分，宽一寸。

我说的这种民间纸牌如今乡间无人去打，过去，在北中原是常见的乡村游戏。打这种牌者有个明显范围：多为清一色的乡村老太太。属于“老年文体”。

乡村年轻人从来不屑一顾，认为打这种牌土得掉渣，不时髦，远远不如打麻将气派，麻将砰砰叭叭，声音清脆，有动感，有情节，三十六计，赢得快活，还有“好牛肉切上三五斤”的节奏。（当然，输时可能输得也有节奏吧，此处不提。）

乡村手牌风格却一派如水。上善若水，急不得，只能当作慢慢去折叠乡村时光的一种手段。熬到一定年份才能出手。

这种牌虽小，也能称得上历史悠久，我就在乡间索源。它起源于古代叶子牌，唐人们先打的。也许当代诗人边出牌边写唐诗。这改造后的乡村手牌是木版所印，上面人物拙朴，造型简洁。我们那里离开封近，以黄河为界，有“河南”“河北”之分，那牌自然就像一幅幅袖珍型的开封朱仙镇版画，只是没有着色。黑白版。有一部分是本土制造。

纸牌有点近似明代陈洪绶木刻“水浒叶子”，线条融入北中原民间艺人的刀法，显得还有点笨拙变形，远没有陈氏绘画线条的流畅。当然，明之后，再无艺人能与陈老莲相比，他是一个有性情的大艺术家，他热爱美酒，热爱美女，热爱气节，热爱祖国；他还懂得含蓄留空白，《水浒》那部皇皇大书让他嚓嚓嚓嚓几刀，从容地只刻了三十六幅，咣啷一声，就封刀了。见好，就收。

关于纸牌，我在乡村里所听到中原传说是这样：

当年官府要缉拿梁山主要首领，那时宋代皇帝们还没染上玩电脑的癖好，不能上网通缉，就先利用民间叶子牌游戏，这是当时最流通的新闻媒体。将梁山人物图像及悬赏银两、数目一一印在一张张叶子

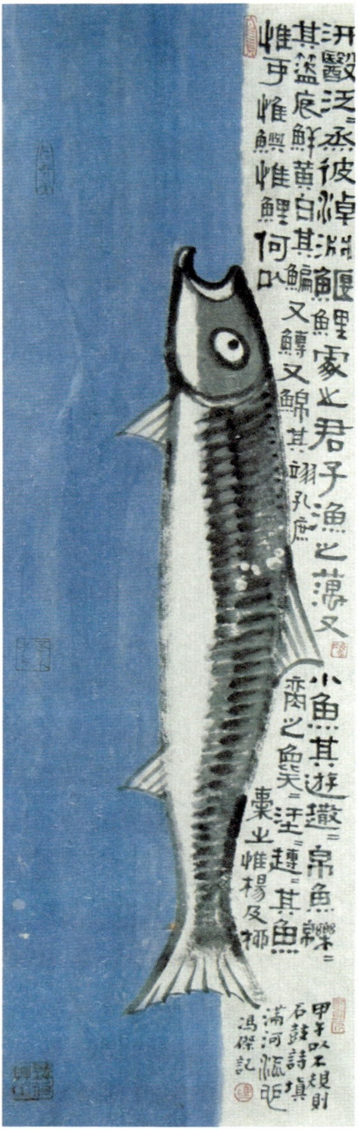

牌上用于流通，好让人民群众辨认举报。这比21世纪的美国总统布什为缉拿伊拉克50名要员印的扑克牌要早一千来年，我记得美伊之战中，“美联社”称此为布什新发明，现在我看起来，纯粹有点扯淡。

乡村手牌分万字牌、瓜牌、饼牌三门，每门从一到九各四张，另有老千、五驴、纸花各四张，共计120张，是个中国人常用的吉数。如一部经典长篇小说固定的回目。

若手牌一张张走进书斋，当今天的藏书票也绝对够格。

一万　燕青

二万　化荣（应为花荣）

三万　大刀（想为关胜）

四万　才进（应为柴进）

五万　李逵

六万　李俊

七万　秦明

八万　朱仝

九万　宋江

图案上九位先生大都有胡子。胡子是雄性荷尔蒙的象征，可见胡子在人生或事业中的重要性。乡村坊间艺人为了图案简洁，好用刀刻制的缘故，将名字都一一作了简化，如柴进简为才进，花荣简为化荣。识繁写简的先例。

其他还有五瓜、六瓜、七瓜、八瓜、五饼、六饼、七饼、八饼。图案有点抽象，很不好认，风格都为民间装饰纹，像中原蓝印花布上的图案。有一张牌上的图案竟是木刻的鸡与鱼，像中原仰韶遗址出土陶器上的那些图案，我问过姥姥，她说那叫“一瓜”，打牌时可当“根”使用。

玩法一般为四人出场。三人二人也能玩。无聊时一人还能玩（我认为）。

先将牌洗好，由庄家起首牌，每人九张，然后轮流起牌，出牌，同门三张为一组，称一圃，任何一张瓜牌都可作根，配成三组即为赢家。

那些好汉们在梁山忠义堂里有高低之分，若低头缩进牌里，每一张级别就无高低之分了，国家缉拿的犯人都是平等的，像如今说“法律面前人人平等”那句话一样，全看你如何将牌排列组合的技巧了。如三万的大刀关胜，尽管祖上传下的那把青龙偃月刀厉害，杀牛如兔，但最终得排成“三四五万”或“一二三万”，才能发挥自己作用，否则你就永远不能过关斩将，只能像他老子那样败走麦城。按规矩，一张孤单单的牌得左右并联一起才能发挥效果；一把散牌不行，是一盘散沙。你连不好还不行，这有点像《三国演义》里曹孟德听了馊主意去把三条船连在一起一样。

打这种乡村手牌简单得如去晒干一株蒲草，我认为是“乡村老太太的艺术沙龙”，连乡村的糟老头子也很少涉及，不知这里有无“段位高低”的意思。反正在北中原我从没有见过男人们粗糙的大手去执这种小巧的纸牌。起码我村没有。

乡村纸牌在平常的店中还买不到，多为坊间私印，有两种卖牌的方法：一种是在北中原乡村集会上，多由卖艺说书的瞎子艺人，用棍子夹着一张样牌，以示此处卖牌。此处无声胜有声。另一种是走村穿巷的艺人，骑辆旧车，见到有老太太聚群处，便吆喝一声“有牌——”，立即闪身。

总之，卖这种牌有一丝神秘感，可能主要还有贩卖赌具之嫌，终究不能如党的政策文件一样，可以对外大张旗鼓。尽管它只是一副小小之牌，还没有列入“精神文明建设范畴”。

最后再说赌资。

就少得更提不到话上了，乡村外祖母们的赌资多是每人十颗黄豆或十颗玉米，纯粹娱乐，是为了打发乡村时光。有时打着打着，也刺激一下吧，建议咱打大的，赌钱！于是每盘输赢赌资一分钱。

一天下来，能赢一两毛钱都算是大胜，输一两毛钱也能列入滑铁卢之役。要知道，当时乡村打一斤干草才能卖一分钱，而一斤干草则需要八斤青草才能晒出来。

姥姥说过：有时她们也敢当大的，大的都高达二分呢！

我笑了。

如果不去看生活深处的苦难与沉重，乡村外表的时光显得也是一派从容，如晚风中秋草的散步。男人们披蓑戴笠在田中干活，老太太就支一架木桌打牌，或在蒲团上，或在乡村蓝砖上。一边还有小孩子在沙地乱爬，满嘴是泥。牌打得到忘我之境了。乡村充满熟稔的草的气息。阳光干净如洗。也一贫如洗。如一张未印的纸牌。

姥姥生前曾对我母亲交代过：到时牌可不能随我走呵。那意思隐隐暗示：过日子整天打牌终不是一件正事。

姥姥生活得如此简洁，不带走世上一棵短短的乡草。

当年在姥姥下世的棺材里，母亲只放下篦子、手帕，那副牌没有放，就由我母亲保管着。后来母亲交给我收藏，我摊开看看，那些乡村手牌们一张张望着我，只要去刻上“EX · LIBRIS”的标志就可直接当我的乡村藏书票了，但我终没有舍得去用，那上面有外祖母的手温，还有手纹呵。

我发现有的纸牌图案边上竟还写有“八瓜”“九饼”之类的小碎字，一问母亲，说是当年我妹妹在县城陪姥姥打牌时标上的记号，怕出牌时记不准。

乡村手牌只有两种打法，我以上写的这种叫“干挺”，另一种外祖母没有告诉我。我想，永远也不会再知道了。

摆什么鸟谱

> 河在流
> 黑鸟肯定在飞
> ——史蒂文斯

我先列出一份名单：

棕胸佛法僧、十二黄、寿带、伯劳、大鱼狗、绿林戴胜、戴菊、大鸨……

这份名单恐怕给人第一感觉是：都是黑道武林上的各路高手，或是三教九流里的掌门人，美国中央情报局案头的“塔利班”名单。

其实都是鸟，鸟，不是宋代那个“鸟”，是北中原乡村飞翔的鸟。

先说棕胸佛法僧。从字面上看，像一个穿芒鞋持钵器的僧人，是威严执着的苦行僧。在雨里，在雪中，他在讲经布道，弘扬佛法，一脸虔诚，正迎面向我走来。

十二黄。如古代的“十三太保”“十二恶少”之类的纨绔子弟，在武侠小说里常常出场，欺行霸市，调戏民女是必不可少的项目。而现代的“高衙内们”项目涉猎更多，有过之而无不及。它真名叫太平鸟，本事无非也就吃点小虫子，虚担了高衙内的名声，与“十二黄”这个太子党的称号恰恰相反。

寿带。鸟类中最吉祥的名字，许多画家把它与白头翁画在一起，取长寿祝福的美意。这种鸟在大观园里一定非常有市场与空间，可以讨个头彩，在我们这些下岗职工的失业者那里不行，我们都是些平头百姓，日夜得为生计奔忙，顾不上时时挂一条长长寿带去饱眼福，就让那些为富不仁的达官富豪人家挂去吧，我们是些只配听风声与草为伍的草民。啊呸。

伯劳。像个戴笠的农民，在我的北中原大地上穿梭，要是站着再肩一把铁锄，在田埂上走动，那就更像了。它叫伯劳，从名字上给人印象朴实无饰，像我故乡的平民，穿一衫布衣，朴素得都洗发白了，透着原来旧色。只是现在我很少见到如此的“伯劳”了，那个形象只站在我童年记忆里。眼看就要消失。

大鱼狗。这是走动在水上的狗，行云流水，风行水上，像乡村水中的侠客，是翠鸟的别名。齐白石、李苦禅、陈子庄、崔子范笔下常常出现它影子，用翠绿色画最准，加点蓝色，嘴被夸张地放大，仿佛可长达丈二，像张飞蛇矛。应了故乡那一句俗语“一斤鸭子八两嘴”。我少年时也画过，嘴的长度画得必须长过身子，学李苦禅的，他线条有一种拙韵，能看数次。

有一年在乡下鱼塘边草棚中我睡着了，忽听一声脆叫，惊起水波，养鱼的小孩子流着鼻涕叫道：“鱼狗！鱼狗！”等我醒来，鱼狗早已在水上消失，别说狗头，就是连狗尾巴也看不到，只听到它留下的一丝“非狗”的清音。那就是翠鸟。

地上因为有人咬狗而成新闻。水塘因为有这匹水狗而古典。

绿林戴胜。一如《水浒》松林里冷不丁地冒出来一条好汉，也是神行太保戴宗家族里的一员。如果穿上两个马甲，这鸟也会在树林里穿梭飞行，日行八百，传递机密情报。如果穿上四个，日行一千六，属于“加密”级别；六个马甲就穿不得了，那会擦出一串火花，把背上的羽毛能烧糊。连带着胡子、屁股。

这鸟在飞行，它忽然在枝头停住，原因是看到一群孩子正在故乡杏林里装模作样地舞枪弄棒，模仿上演着一场“劫生辰纲”。在那些一地凌乱的枣子里，在让风摊开的课本里，有少年时代的我。戴宗这时在《水浒》里远远地还没有出场。

叫戴胜的鸟特征是头上插一把花扇子，打开后，上面还有花斑，扇面如洒金笺，如果写上几行字，该是一首五绝，用孟浩然的最合体。因为全身臭烘烘的，它还有一个拿不出手的小名，叫“嗅咕咕”。我们当时只知道小名，知道它有如此庄重大名是以后的事。这就像如今的高官小时候叫“狗剩”“二蛋”一样，出人头地后，就不能再喊“二蛋”了，得庄重点，文化些，叫“戴胜”。

再说戴菊，连着说，就仿佛是戴胜的妹妹，却不是做强盗勾当的，一看就像个小家碧玉，是极本分的人家，即使它去做生意也做不成大买卖，铀开发、核武器、“飞毛腿”导弹一类与它无关。戴菊就只配去过自己的平常日子。

在这个鸟世界上，安宁与平和才是含量最大的幸福，对于鸟从来都是如此：只是有时大家头脑发热，常常意为自己会“人定胜天”，那是暂时还没有感觉到安宁与平常的妙处。

最后我说大鸨。头小，颈长，尾短，不善飞，却能涉水。从来不去“涉江采芙蓉”，它却没有如此风雅。常看到它在水上走来走去，目的是找点小鱼小虾。

不知怎么，后来语言就走斜道了，竟成了开妓院的女人的别名，移花接木，偷梁换柱。可真委屈了这只好鸟。

以上算是乡间部分鸟名录，随意道来，不是参照政治游戏规则按姓氏笔画为序排列的，目前鸟们还没因名次等级闹情绪。等我以后有心情时，会选些“出鸟意料”之外的名堂，再说些鸟语，讲给鸟人们听，不，是爱鸟人听。

葵花·葵花与鬼

每年春天，在北中原田野我都要种植几棵向日葵。我少年时种下的葵花枝茎粗大，如臂。向日葵是乡村里最大的花朵。我们这里叫“照里葵”。像一个男人的名字。姓赵。

在乡村小学，我最早唱一支歌，就是《我是公社向阳花》，当时像唱诗班的信徒一样不知道歌词。后来才知道，向阳花就是“照里葵”，北方叫朝阳花，南方叫望日莲。统一后叫向日葵。

2002 年秋天，我在东北大地旅次，我看到苍茫的空间骤然出现一大片葵花田，一望无际的壮观，像摊开的炉火，随着火车开始奔跑。只有辽阔的大地才配开有葵花。同座的一位姑娘说，俄罗斯就把它当作国花。我不免遗憾，这么多年里，瞻前顾后，中国就没有选定出来自己的一种国花。

向日葵开在我们村里成了“村花”，开在我家就是“家花”。北中原的向日葵只是阳光的驿站。大片大片阳光聚集在葵盘里，栖息，第二天从葵盘上出发，又要远行。世界上远行的阳光最后都要消失，它已经不能返回太阳。

向日葵成了大地上阳光的翻版，一版一版，涌向更辽阔的北方。

我曾经观察过北中原田地里生长的向日葵，它真是回绕着太阳走动的大地花。花盘初开时，随着太阳从东向西转，等太阳下山，黄昏来临，花盘又慢慢回摆。几天之后，花盘盛开时，它就不再转动，固

我只向大地低頭
癸巳初於聽荷草堂 馮傑

定一面，最后面朝东方。我就想到向日葵最是文学里的那种“拟人”，它的花语是“沉默的爱”。它是暗恋，注视着你，崇拜着你，只是不语。难怪在一个狂热年代，它能达到登峰造极。朵朵葵花向太阳。我少年时在学校编写板报，班里有几个学生就得画几朵葵花。我们都是小葵花，毛主席才是大太阳。大地上的葵花被人为地在摆治愚弄。

葵花一身是药。花盘水煎服，竟可治头疼、头晕。葵花自己随太阳旋转却不头晕，竟要治疗别人，可见它最清醒，头晕的终是人。

有资料说向日葵明代才引入中国，最早的《群芳谱》一书里说的“丈菊”就是葵花。也是说葵花和宋以前的诗人都无关系。苏东坡没有嗑过葵花籽，白居易也没有嗑过葵花籽。蒲松龄却嗑过葵花籽。

在我的葵花记事簿里，再后来，葵花果然与“鬼”有了联系。

我刚上班时 18 岁，在一个乡村营业所的院子里住，一同住的还有另外两位青年光棍同志，我也属于其中“一棍”。院子大，空旷静谧，是植物的世界。这一年秋天，我在院子里种的几棵向日葵有一棵竟高达三米，茎上布满粗粗硬毛，花盘硕大，快长熟了，里面葵子却逐渐减少，一片一片，像被人偷吃。一问另外“两棍”，竟都不承认。

这一段日子里，接着发生更奇怪的事，每到夜半时分，院子里的那道晾晒衣服的铁丝会无缘无故响起。到第三天，我闭着气，铁丝再响时，猛地把门拉开，开门看时，空无一人。

月夜无风，每夜都是这样，就有点蹊跷了。那时我正在灯下看刚出版的《毛选》五卷，同时还偷看《聊斋》。蜡烛光在狐狸精的行间穿来穿去。再往深处一想，心里就有一点发怵。

我把这一现象悄悄告诉临屋同伴，他脸一白，断定说：可能是鬼。

一怔。我知道他是在吓唬我。

他说他也知道困惑这一现象，只是没敢先给我说。我刚上班，怕吓着我。

鬼倒不怕，只怕有歹徒盗窃营业所公款，那就失职。基层金融部

虛驚一場
老夫因職業敏感
原意為是牛魔王呢
癸巳初春半江 福傑

门不断有这案例。当时青春热血，刚写过一份入党申请书，知道世上无鬼。于是两人壮胆，就嘻嘻哈哈约定，说要捉鬼，油炸下酒。

定在这天黄昏，心里想着这事，就把酒慢慢喝到半夜，门外面还没有动静，于是，闭窗，熄灯，伏在玻璃窗后要看个究竟，窥鬼。树梢上驮有月亮，院子一片银白。想想，竟有一丝发怯，世界上本没有鬼，可万一有出乎意外之相呢？

“只要你心里没鬼就行。”同伴毕竟比我大五岁，为兄，为赌友，为预备党员。

夜半时分，月色朦胧。一院子还是银白，银白上又铺一层银白。几乎要瞌睡了。这时，终于看清了这样一个景象：

一只黑影爬上墙头，速速又从墙头绕回，接着，爬上那一道晒衣铁丝，轻车熟路，向那几面成熟的向日葵盘子小心翼翼地爬去。铁丝道路太窄太长，压弯下去，黑影还未爬到对过向日葵盘上，尾巴失去平衡，就掉了下来，这才引起铁丝哗哗作响。

那黑影落地，吱吱叫几声，跑走。

铁丝尽头，葵花盘在月光下张着嘴。狠狠饱吸月光。

2009.8.6

两个人的铁铺

> 他在那儿为形状和音乐耗尽精力
> ——西默斯·希尼《铁匠铺》

出我家门口，往右拐，就有一个小小的锻铁铺子。表情灰色。

一老一小，打铁的是父子俩，脸也是铁块一般黑。老铁匠脸上多一块青痣，像连环画册里的“青面兽”杨志。俩人整日腰里系着一方围裙，脚面上戴着一块黄色油布，煅打铁时，油布上就落满点点火星，像虫噬的一片秋叶。有的火屑溅到他们裸露的胳膊上，让我惊得都倒吸一口凉气，他们却一点也不怕烫，浑然不觉，一人一锤，仍在“叮当”“叮当”，不紧不慢，从容地敲打着錾子上那一方通红的铁块。在他们身边流过的小镇日子也像一块铁，就这么不紧不慢被敲打着。

我站在一边，看那块由红变黑的铁块被这父子俩抻来抻去，拉长，拉短，再拉长，或揉圆，感觉父子俩打得得心应手，那一方铁块就像我少年时在河边把玩一团柔软的红胶泥。

三十多年前的一泊炉火依然通红，依然能照亮父子铁匠的面庞，以及少年时代我消瘦的面庞。

铁匠父子是从山东省东明县乡村那边过来的，我们称“河东”。刚开始时，老铁匠打铁，小铁匠拉风箱，后来买了一个自动鼓风机，可以不要风箱，两个人便能同时打铁了，仍是不紧不慢。“叮当”“叮当”散布一地的锤声。我升级了，他们还在敲打着小镇单调的日子，日子就像一块疲惫枯瘦的橡皮，因为擦错字太多的缘故。

那少年铁匠年纪比我大不多少，胡子还没我多呢，竟会偷偷吸烟，“火车”牌子，八分一盒。有次，还递我一颗，我不敢，怕我爸揍我。后来我知道，老铁匠打铁的目的竟是为了攒钱，让小铁匠在家能娶上一房新媳妇。

以后我上学，在小镇的学校，到初中时，偷偷看课外书，在纸张里能又看到了一次打铁的场面，是一册发黄的《世说新语》里的一场打铁，打铁这粗活竟也能入书啊！

里面说的也是两个铁匠，是嵇康与向秀，他们将打铁作为一种纯粹的行为艺术，在金属有节律的撞击声中，据说是表达着对一个世界的厌恶。有一天，大司马钟会来了，在晋代的一棵大柳树下，有了一场沉默的对峙，最后，钟会还是怏怏而去。

那时，嵇康吐出胸中的厌恶和鄙夷：“何所闻而来？何所见而去？”

钟会答道：“闻所闻而来，见所见而去。”

绕脖子的话这也是打铁吗？那时，我就赞叹伟大的嵇康，从不去尿谁的那一壶。我也想学，但没地方尿。

不过这种如岩壁耸峙的峻洁品格，只能使得以后《广陵散》里的韵律高过了锻铁的声音。那是绝唱。一个在弦上，一个在錾上。

这是我读到文章时的最初感觉，那时年小，不懂更深的含意，就想象那一方魏晋时代定格的画面真好：一棵柳树，一个铁匠，炉火通红，向秀在一旁把风箱拉得呼嗒呼嗒响，炉火旁边是几缕柳丝在舞动，飘摇在晋代的微风里。

喜欢这样文章的学生注定不入主流，更不会是“三好学生”。我终于为自己找到了成绩不好可以开脱的理由。这两个古人打铁可不是为过日子，不像我家门口的两个现实的铁匠。

有一天，门口的铁匠铺像被一阵旋风刮走了，像一枚小小的秋后榆叶，在风中消失得无影无踪。

别人后来说，这父子俩在山东老家，牵扯着一桩人命案子！竟是负命潜逃呢。

我发呆。那一时刻的太阳像一炉倾斜的炉火。这样沉默实在的打铁人，怎么会去打人？何况去杀人呢？不可能的事。

这道题注定无答案。一切都过去了，这是三十年前的少年往事。像一张做旧的黑白照片，发脆，发黄，发暗，易碎，印下的是北中原旧事。

对了，我忘记了印象中铁匠铺里最重要的细节：

那就是父子俩不打铁的时候，用腰间的围裙擦擦汗，要蹲下来，双双开始抽烟。一根烟轮换着，一人一口。空气里有滋滋响声。这时的铁匠铺子四个木柱子上，挂满锻打好的镰刀，铲子，斧头，铁钩，小锄子……这一些平常的铁具，让北中原冬天的风一刮，它们一块哗啦哗啦地响，像滑县明福寺砖塔上的风铃之声。

关于驴的一些家什

上好的驴料

驴料在我们村里分两种：青饲料与粗饲料。这如城里所分的中餐与西餐。也属乡村“科目分类”。

青饲料是众驴们的口福，我们割的青草、农作物、新鲜秸秆和胡萝卜缨、块茎，照乡村标准，都可列入此类，属上好佳肴。多汁，新鲜。一如集市上的时令菜。驴一定说：既吃就吃时令菜，当兵要当八路军。

但这种好日子不会长久，一年四季里用粗饲料时间更长，多如干草骨碌、秸秆、秕壳、干苜蓿。

北中原乡村更多是喂驴玉米秆、麦秸、豆秸、花生秧这些农作物。驴没事就开始磨牙，如人在闲时讲闲言碎语，生风造雨。驴一脸严肃。青石槽上常见被驴嘴磨出的润光，手一摸，是一种“温凉”感觉。若乡音土语的温润。

所有的饲料在喂以前都得“铡”，要一律铡成二指长的草段，我们叫“一刀切”或“干草骨碌”。两人抬一方大铁铡，一站一蹲，交替着在用铡。我上小学读《语文》课本，上面也响过“咔嚓”一声，那是少年英雄刘胡兰被山西反动派的大铡刀铡去头颅，那年她 16 岁。我对铡刀的印象一直很坏，但是我们村在河南，没有山西反动派，只有一方大铡刀在深沉着脸，黑虎一般蹲在乡村，整日用来铡草料而不是英雄刘胡兰。

白天时间铡干草最合适，光线好，看得清楚。也有在月光下铡草的，那是为了节省时间，这得靠乡村经验。铡手们挥起铡刀，唰的一声，铡着齐齐的月光。恍惚之间，铡断的月光也在乡村喊痛。有些人因大意分散精力成了倒霉蛋，常常不小心被铡去手指。在北中原乡村，被铡去手指的大有人在，让他们成了“八指头陀”或“九成宫”，在乡村集会上经常看到。虽说同样都被铡过，他们终不会如刘胡兰成为革命英雄。刀的两种铡法，目的一样，但性质大不相同。

光上粗料不行，时间一长，驴会挑剔，还须掺上另一种精饲料。玉米、大麦、黄豆。碾碎后的玉米糁，主要做冬季饲料，对驴而言，玉米可以抗寒保暖，驴冬天吃玉米的效果不亚于如今电视明星做广告穿的“北冰牌”鸭绒衣。

大豆、黑豆同时也喂，一般做局部香料，撒在槽内干草上，做食粮内奸主要是诱惑驴们去吃粗料，它起一种鱼饵作用，如引燃的导火索或核弹头后面的推动器。要不，整个冬季垛得高高的干草就无法处理。有时机会好，乡村的驴们也能吃上豆饼和花生饼。这些上好的驴料在我的文字中统统都为驴们拥有，而现实中，实际都成了“人料”。这些所说的细粮驴更多吃不到嘴，全让人偷偷吃掉了。

“大伙食堂”年代，我们乡村那时弥漫着多种的谚语，性质相当于《诗经》里的“风”部。如“小孩小孩快快长，长大要当司务长”，“一天吃一两，饿不死司务长，一顿吃一钱，饿不死炊事员”。关于和驴有关的乡村饲养员的谚语则是：“只要还有驴料，就敢和你来猋。”

“猋”是北中原方言，意思是可以和你比试，坚持到最后。可见，饲养员多是靠掠夺贪污驴料过活的，如现在政府官员受贿贪污。不同的是，现代官员贪量大，且不小心别人还能供出。那时驴却守信，替人保守着乡村秘密，它即使再愤怒，顶多也是抬抬蹄子，把“驴圣”

伸出来，绝对不会到反贪局或检察院写信举报。

驴毕竟无文化。没有文化的驴是愚蠢的驴。

在北中原乡村，驴是永远没有上好的驴料。乡村有一句俗语说得最准，“吃驴料，干马活”，可以看到驴子的待遇与结果。

这话还可视作乡村现实中的某一象征。

嚼子的黑魂

为了便于驾驭，有时要横放在牲口嘴里一条小铁链，两端连在笼头上，驾手可以自由控制。这就是嚼子的作用。

嚼子本来该是属于马们、骡们之类的大牲口专戴的，如白领阶层随身携带的鳄鱼皮手提包，属身份专用品。有时乡村的主人会面对那些胆汁气质爱提不同意见的驴子，也顺便捎带上一副，用于从肉体上控制。这样，“马嚼子”一时倒成了“驴嚼子”。在“驴口不对马嘴”上通用。

我在乡村曾看到为驴子放嚼子的过程。

话说一匹驴子要蹺蹄子，想弹劾提意见，主人发觉后就怀恨在心，决定为它放上一副铁嚼子，到集上找铁匠打制一副。驴子正在石槽前吃草，便拿出来那一副让它嗅嗅，看看，先消除恐惧感，生铁的气息开始弥漫。这时再轻轻移向它的口部和颈部，用铁嚼子轻触驴口，将手指慢慢撬开驴嘴，然后，趁机放入。

装完后，再用缰绳牵引着在乡村空地做前行、停止、拐弯、后退这一系列动作，同时配合口令训练，那种乡村的吆喝声，只有驴子与主人双方所能听懂（大地还能听懂）。

一段时间后，再嚣张的“在野党”也会有所“收敛”。

驴子从此有了一副紧箍咒制约，如党章或宗教的要旨。驴便成了乡村舞台上的孙悟空，那是一生的烙印。有一天，等到乡村驴子鞠躬尽瘁，死而后已时，才能去掉那一副铁嚼子。生铁的气息在厩棚内外逐渐消失，开始充盈一种熟铁的气息。这时的铁嚼子湿润一如墨玉。成了乡村唯一在时间里流逝而不会生锈的一块好铁。因为曾经浓缩着一块小小的黑魂。

小鞍、夹板和沉重的镫

小鞍与夹板是驴身上必备的道具。丁零当啷的一大串，如成功人士出场赴宴或开会前必备的道具行头，要携带多种信用卡、贵宾卡。不同的是，人们是外出享受或休闲，驴带这些器物上身时十有八九是使役与劳动。劳动不但创造了智慧的人而且还创造了优秀驴。

镫在乡村驴背上一般不常见，除了偶尔情况，一般骑驴者不要镫，主人两腿空荡荡地悬挂在空中，像两条摇摆的打手或傀儡政府，同时一块摇摆在驴肚子下面的还有一条宝物，大得让男人惭愧。

因为不用镫，我在乡村常看到魁梧之士骑在小驴背上，像大国欺压一个弱小民族。看着就很不般配。

镫只有在马身上才叫珠联璧合，浑然一体，尤其是马能拥有一副亮锃锃的银镫，就像美人执一枝舒畅的荷花。若放在驴身上明显累赘。驴与人身外一切，都是多余与“赘疣”。包括两边的小布袋。

驴能穿几种服装

是说驴皮。如果有闲心的话，你还不妨仔细观察，会知道乡村驴们也是色彩缤纷，灰驴、白驴、黑驴、粉驴、青驴。它们也像舞台上穿不同颜色服饰的模特儿，自乡村出场。

城里有人喝着咖啡统计过：张曼玉主演的《花样年华》里，主人公在哀怨排箫声中从始至终旗袍换了23件。相比之下，我们乡村驴子的衣服显得略少，大致拥有以下几种色彩的衣服。

粉色。这种驴是粉鼻、粉眼，白肚皮。我们村的饲养员是位老光棍，他称之为“长垣三粉驴”“燕皮驴”或“黑画眉驴”，它全身短毛、长毛都呈黑色，只有眼圈、嘴头和胸腹部下方为白色。像卧在一泊雪地里刚起来，染上一片雪。每天早上能看到走了一夜乡路的小粉驴，粉嘴上沾满一层薄薄白霜。风一吹就融化掉了。

黑色。我的乡村邻居拥有一匹此色驴子，驴在他家称为“黑乌头”。出工时，就会说：“带上乌头。”像说孩子。我的标准：黑色是充满高贵典雅气质的一种色彩，属于贵族色，这种小驴子像披了一匹黑缎子，从脖子到屁股沟上一律都是黑。

苍色。这种驴身毛为青灰色，头部和四肢颜色浅或呈白色。照我们乡村的习惯，如果是在小型驴中，有这种色泽是好看的，若是放在大型驴中，乡下人就认为是不受欢迎的一种毛色。就像是孩子小时候撒娇可爱，老家伙再卖乖时便显得索然无趣。

青毛。全身被毛为黑白混生，随着驴龄一年年苍老，年龄增加，资格增加，白发便也随着增加，它们都能混到老干部疗养院里，终于暮色垂老，也可以回首往事，或口述自传了。

况且我们乡村的驴不虚伪，它不像城市里那些坐机关的人士，为了遮掩本身的年龄可以去染发，焗油。

银河色。也是驴色。疑是银河落九天，唐人般古典。这词汇只是我们乡村一个土语符号。还有称作“银红”或“米色”驴的，全身为淡黄或淡红色。有另一种叫“白银河”的，全身都是白色，皮肤为粉红色，终生不变，像它的驴脾气。这种“白银河”的驴我在乡村至今也没有幸目睹过，但我的姥爷肯定地说：

“那一年就有过!”

以上这些多彩缤纷的衣服，让我们北中原的驴模特儿般一一穿着出场。

现在乡村走动出场的，更多能见到是那种灰色，确切地说叫“鼠灰色”，驴们以这种色彩出场的具多。让它们在灰色中有了一道“背线”还有“虎斑”或“鹰膀”。别看驴小，却能集中全部动物精英的那一部分。

“色即是空，空即是色。”我讲了这么多驴色，还不如《心经》里一语道得透彻明白。“驴就是草，草就是驴。”

出家人与驴有缘。八大山人的页册落款常常落上“驴”或“个山驴”字。好在我故乡的人对驴子毛皮色彩要求并不多苛刻，它们只要能运物贩粮，干活出力就行了，读不读佛经无关紧要。村支书说过：这又不是当兵选军马，如果是选军马当兵，以上这些杂毛颜色的驴们断定是不能入伍，连第一关都过不了。

我说以上这些服饰与张曼玉那23件旗袍无关，说的只是乡村一张驴皮。世界地图一般展开，一张一张，组成北中原色彩交叠的印象。

耳语

若被其他驴子听去便不能叫作耳语。

耳语的主要目的是，杜绝第三匹驴子偷偷听到。属“驴隐”范围。

一般能讲耳语者，多是同槽相处者。人类称为“芳邻”，在马厩里可称“芳驴”，若有漫长距离则无法耳语，两匹各拴在对岸的驴子，即使姿色再好，皮肤滋润，另一匹驴子也只能发出频率巨大的嘶鸣，以示求同。但绝对称不上耳语。

乡村耳语多与秘密有关，以及暧昧、隐私、偷情、诽谤，甚至马厩内外流动的传谣，还有光棍汉饲养员这主人翁不可告人的乡村秘密。性、色或食？

“耳语”除了内部拥有一条秘密的小通道，在外部形式上只是一种“象征”。讲耳语能证明两者关系非同一般。面对会场上黑压压人群，此时断然不会耳语。想一想也是，天下能讲耳语者无非以下几种：

1. 妻子，闺中密友。

2. 恋人，情人。

3. 同贩毒走私，杀人越货的同伙。

驴与人不同。在北中原，如果有群驴出场，你就会能看到两匹“密驴”在交头接耳，先用鼻子嗅嗅，再互相摩擦嘴巴。

别以为这些举动单调机械，其实那是在讲耳语。只不过这些美妙的“驴语”我们无福祉听到而已。

在驴子那些微妙的耳语上，正悄然消失掉许多乡村话题，那是一些记事的绳索、能组成乡村史志的片断。一时像它们硕大耳边的乡风一样，消失得早已无影无踪。

驴的长相

即使还未落笔，第一个极自然地浮上我眼前的词汇便是——“长驴脸”。

这是驴给我的初步印象。中央台有一位极红的主持人，就是这种长相。我不点名吧，尽管那是一种“福相”。三国时，东吴诸葛瑾的脸长，孙权开玩笑，将其名写在驴脸上，儿子聪明，在其父名下加上“之驴”二字，由于机警白赚了一匹驴，驴价三千。这是我小时候听外祖父讲《三国》里的。

我是个靠印象而判断的浮浅者，哪知长相还是一门学问？不然，

在我的印象裡
毛驢在鄉村吃
粗料干重活
多少年裡我一
直同情那一匹被
好事者運到
貴州讓老虎
吃掉的毛驢
癸巳之初
於聽荷
草堂試

烤火的方式
不僅僅只用篝火還可以用
愛用鄉愁
丁亥年春 馮傑

在我门口街道上那么多靠占卜算卦的谋生者早就失业了。

我在乡村住的时候，生产队饲养员叫李马虎，是我敬佩的一位老师。他在白石灰水涮的草墙上写过一首诗。歪歪斜斜。诗曰："上看一张皮，下看四肢蹄，前看胸膛宽，后看屁股齐。"列入"王、孟"派有点牵强，但可列入"新乡土派"。

我断定，这即使不是一首"反诗"也是"黄诗"。再问，知道那是看驴相的乡村秘诀。他看到我求知若渴，便开始为我卖弄"相驴经"。我推断他也懂相人的"麻衣相"。

他告诉我，选驴也要眼大有神，双眼皮者优先。

那不是与选夫择婿一样？我说。

"比选婿更严。"他嘿嘿坏笑，"其他还有额、项、咽、背、腰角、臀端、尾、肘、胫、阴筒、睾丸……"尤其最后两项，公驴睾丸还要两侧对称，左侧要稍大。（为什么要稍大？他没告诉我。我觉得他有北中原乡下人那种狡黠精明，故弄玄虚。驴总不能当场掏出来比试一下吧。）

他说，好驴应该皮肤紧密，富有弹性。眼有神、耳竖立、鼻孔大、槽口宽、前胸宽深、背腰平直……我忙让他停住，此说已越来越不像选驴，像是评论一个人"思想品德良好，无前科"。可惜他这些"驴识"如今无用。

"最重要的一项俺还没告诉你呢！是看年龄。"他让我看石灰墙上写的另一首诗："有诗为证。要问驴龄有多大，请看下面三对牙……"哪三种？切齿、臼齿及大齿。越说越专业化了，我决定止住。

便对他说："如果让我选，就一个标准。"

"啥？"他为我能终于有感悟而高兴。

"哪匹驴便宜选哪一匹。"

月光转身而去

> 有的人是因为他写诗，所以才是诗人。而有的人则是因为他是诗人，所以才写诗。
>
> ——瓦莱里

上帝首先创造了乡村，然后人类才去创造城市。

中国的乡村除了苦难，则又充满了佛的灵光。

人的一生尽管斑斓复杂，但童年决定了一个人的一生。童年影响着一个人的气质和他对这个世界的态度。

有人曾问过我，怎样才能成为一个“诗人”？我说：一个人的童年在乡村度过，长大后，因生计走到繁华的城市，然后回忆，这种回忆与怀念的过程，就是一个诗人的过程。哪怕你不写一行具体的诗，你也是诗人。

当然，这仅是我的“定律”，不一定适合别的那些优秀的诗人。

我小时候生长在北中原的乡村，到现在仍然生活在乡村。当年我的一位北国挚友说过我的写作，是一种“没有距离的乡愁”。

在乡村，其实有的时候我也非常向往城市，我知道城市的现代信息与文化密度是乡村远远所不及的，但我每次来到城市，常常有一种“难受”的感觉，有一种举措失当，慌张迷惑的不适应，也许这里有着

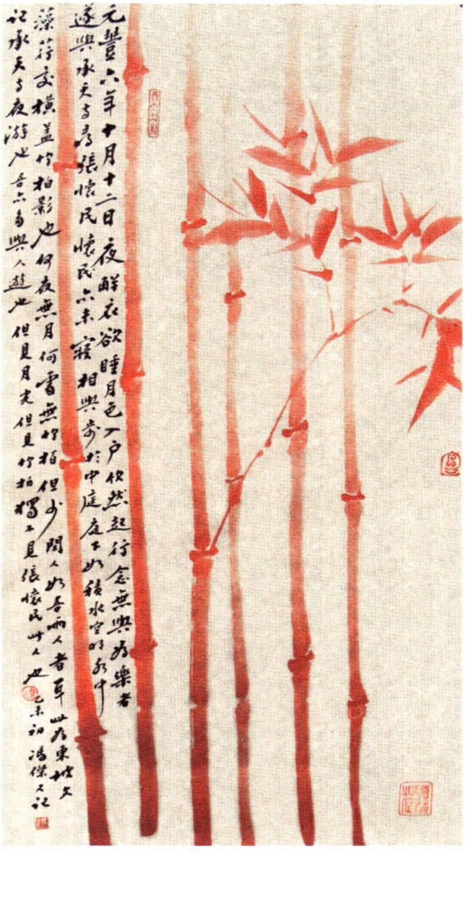
元豐六年十月十二日夜解衣欲睡月色入戶欣然起行念無與為樂者
遂與承天寺尋張懷民懷民亦未寢相與步於中庭庭下如積水空明水中
藻荇交橫蓋竹柏影也何夜無月何處無竹柏但少閒人如吾兩人者耳 此為東坡文
記承天寺夜游也吾亦有與人遊也但見月光但見竹柏獨不見張懷民此人也
乙未初 馮傑又記

月光曲
乙未秋冯杰

人为的因素，可我不能不承认我与城市之间永恒的距离，它让我徘徊不定，无可奈何。

我对城市的全部感情，仅仅是除了因为一个人才去怀念一座城市之外，心理上远远没有对乡村的亲近。这让我不能不感叹：城市非常好，可不是我的家。面对城市，我永远是一个局外的乡下人。

在我这个局外人的眼里，城市的摩天大厦与升值的股票成正比，飞鸟的空间被挤得越来越小，月光早已无栖脚的地方，也许城里人是从不奢谈月光的。现在是“偌大个城市，放不下一张茶桌”的时代，又焉能放下月光？城市里除了车后排泄的污气逐渐充实着有限的空间之外，你找不到感觉上认为恰当的地方倾听，更找不到地方去倾吐。恍惚城市的暖气片散发的温暖也远远没有童年时代乡下的寒冷来得真实。我认为城市里所有的花朵都是用精美的塑料制成的。

假如不是一种“乡土的缘”，我也许会与一个同样有“乡土感”的人在城市里擦肩而过。

我非常怀念那种时刻，我们在城市边缘偏僻的乡村小酒肆里，坐在油漆剥落的原色木桌边，共度曼妙时光；昏黄的灯光静静地洒下，木窗外隐隐飘来只有乡村才独有的气息。只有此刻，才是唐诗里那种“把酒话桑麻”的最好注释。

如今在城市里，当《诗经》里的菖蒲与荷花都可以在玻璃橱窗之中当作工艺品高价出售时，已经很少有人像我们这样去谈关于乡村话题；股票和黄金让人心跳，很少有人去飘着细碎小雪的黄河边，去采一束散发独特香味的蓬草，带到现代城市深处，把它插在孤独的瓷瓶中。现在，似乎是除了小孩子，已经没有人再问我某种草叫什么名字了。我骤然感觉到多少年曾经失去的那种东西，它在乡村的雾中又浮起，飘在童年长满嫩草的堤岸。那就是童贞的时光呵。

在城市，单纯地不带有功利与互相利用的心态坐在一起谈话的人越来越少，可以说现在钻石与珠宝到处都有，而那种有着“闲心素情”

至纯的人几乎难觅了。

众多的人都在为职权、金钱、目的、欲望去奋斗，去为之欢乐为之疲惫，在这个世界上，不知多少东西才能填满欲望的深渊。人怎样才能不迷失自己地生活在这个乱花迷眼的社会里呢?

我也不能自圆其说，其实，自己除了一些温暖的汉字护身之外，也是个一身贫穷的人。

与别的人相比，别人有的我没有；而我永远感到欣慰的是我拥有的别人不一定拥有，我贫穷得只剩下乡村的月光，而我富裕得也只有乡村的月光。当我连这唯一的财富也剩不下的时候，那我才是真正的一贫如洗啊!

如今，在城市去谈月光已经是非常奢侈与古典的事。我之所以富有，是因为还能与你相坐，在浮躁的城市里去谈宁静的乡村，假如有一天，这世界上连月光也都转身离我而去，那时，在那张原色的木桌上，还有谁倾诉，还有谁在倾听?

离星子三尺高的地方

我抬头望着天空
无边的巨石刻着磨损的文字
星斗什么也没对我显示
——帕斯

在世界上要找一个离星星三尺高的地方，根本是无法准确丈量出来的。不过肯定就是我们北中原夏夜的某一座屋顶。这是我唯一的答案。

少年时代我因北中原屋顶的高度而夜郎自大，坐井观天，满眼星光。现在亦这样。

那就是影响我一生的一方世界观。

一个乡村少年世界观多是在乡村屋顶建立的，那里有平原的高度。一边有植物的海拔，树的海拔，草垛的海拔，炊烟的海拔。一星知苍穹。

我们一个村里的84座屋子，一共分有两种屋顶："平顶"和"脊顶"。若有超出这两种样式风格的，便都接近圣殿皇宫了。为富不仁，与己无关，非本文所涉。

我家平顶、脊顶两种都有。

脊顶是主房，平顶一般是配房，让我说，更接近乡村实际需要的算那种平顶型房子，夏天可以在上面睡觉纳凉。夏夜的星星位置低得垂在额头，一颗颗在树缝里摇晃，混淆在露水里。看着看着，星从露水里升起，便就瞌睡了。到夜半，就被姥姥喊下来，是怕露水大，肚脐眼随着着凉。

那时，在村子里经常传来新闻：谁谁家的人在屋顶上昨晚掉下来了。

吸一口凉气之后，我就奇怪：好好的人，咋能掉下来？

姥爷也猜道，“可能是发癔症。”

就是梦游。那时，我最早知道黑暗里还有一个能够飞翔的词汇，叫梦游。是一种乡村的飞行方式。屋脊就是一种乡村飞行器。我十岁前也经常梦游，不同的是，脚踩坚实的土地，只在乡村树林和田野里穿行。

平顶屋脊的这一类建筑属现实主义，更有实际用处，可作一方空中晒场来用，在上面晒红薯片、萝卜干、红辣椒、豌豆、绿豆、大枣……它的风格显得平坦，干净，亮堂，四面通风。可以说是一方高悬空中的乡场，乡村的猪鸡们还觊觎不到。每到晚秋，红薯下来了，小山一般堆在院里，姥姥开始在下面切红薯片，我搬一张梯子，扤着一方柳篮，上下来回，往屋顶上输送，然后再一一摊开晾晒。暗夜里便是一顶白花花月光。薯干吸干月光，月光晒干后再运下来。那是乡村“地粮”。

平顶屋还有一个秘密，一如乡村秘籍：上面可以喂养鸽子，有聪明人家便放一盆白矾水，饮了矾的鸽子就开始从嗉里甩粮粒，甩完飞到野地，然后重来。人们扫起来那些小谷小米，用于过冬时喂鸽。有时还能自己掺到粮里食用。积粒成箩、积少成多的道理是从一方小平顶开始的。几近童话。

另一种是脊顶的，上面扣满了蓝瓦，晒红薯片就没有平顶的方便了，晒时只有往上面撒，比地下党撒传单更显吃力。

有一年，我在居住的黄河大堤下的小镇里，几个同学少年在月

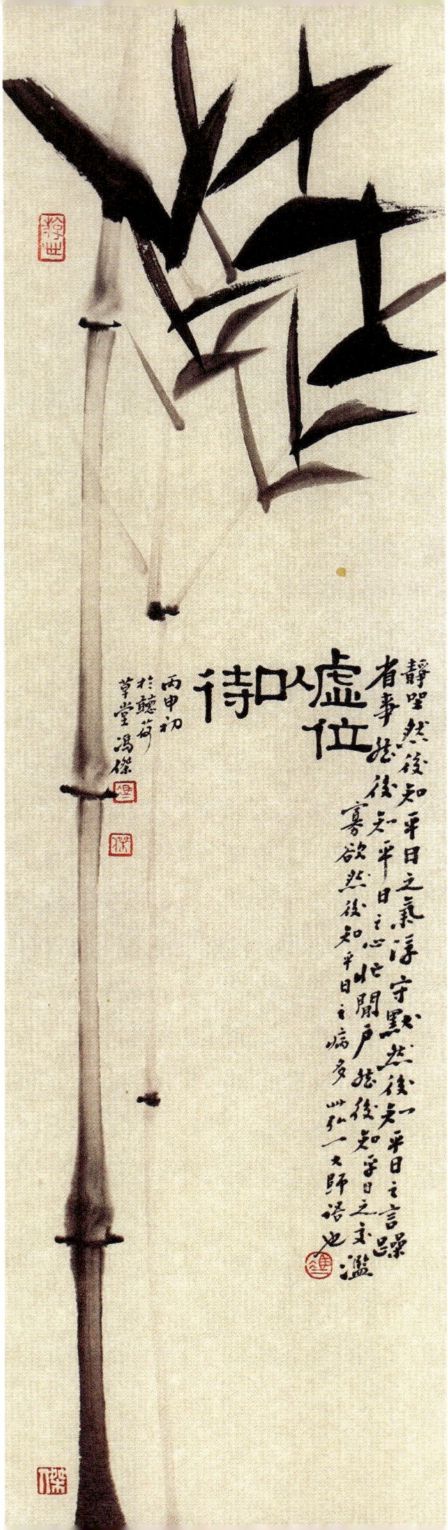
虛位以待
靜坐然後知平日之氣浮守默然後知平日之言躁
省事然後知平日之心忙閉戶然後知平日之交濫
寡欲然後知平日之病多
弘一大師語也
丙申初於聽荷草堂馮傑

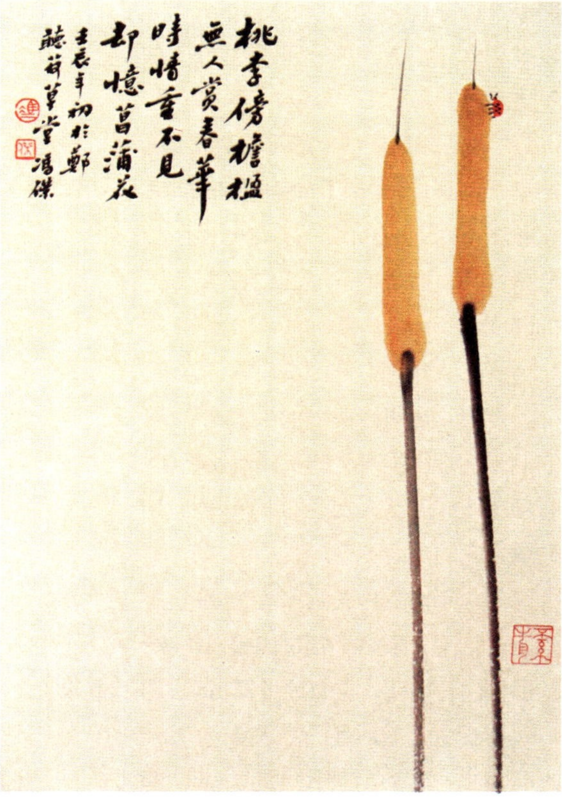
桃李傍檐楹
無人賞春華
時晴垂不見
却憶菖蒲花
壬辰年初於鄭
聽荷草堂馮傑

夜踩着脊顶上的瓦，去偷吃一家屋顶上晾晒的红薯片。对于少年而言，偷来的东西总是甜的，哪怕是一枚苦瓜。

第二天，主人家就按图索骥，便找上门来，对我妈说："一定是你家的孩子上屋顶了，一整夜里，我还以为是猫叫春呢。"可见我们当时的张狂状。

北中原有一俚语"三天不打，上房揭瓦"就是说的脊顶，平顶的屋就根本无法使用这一俚语，无瓦可揭，会像语文老师的批语——词不达意。

"猫足踩瓦"这个意象让我知道猫足的轻柔。多年后，我看到桑德堡却写道，"雾来了/踮着猫的细步/弓起腰蹲着/静静地俯视/港湾和城市/又再往前走"。桑德堡不是意象派诗人，却能写出典型的意象派作品。但是他只写芝加哥城市之雾的软，缺少了北中原屋顶上瓦的硬度。

那么大年纪，能把雾写软，这老头子已经不容易了，不可刁难。

初春，还可以在平顶屋上从容地拆去烟囱里搭的那些多事的鸟巢，它们影响烟囱里气流的贯通，使鸟巢隔绝了底气，言论不能畅通。而脊顶屋上民间艺人安置的那四只六只或八只对称的飞鸟，则是凝固的砖雕，它们永远不动。

有一年，我再去看那座老屋，它早已倒塌。一地青苔。残存的平顶上，划下一条蜗牛爬过的银白，像一块古玉走过的痕迹。姥爷门口的那棵白石榴花，吃惊地张着嘴，却在静静看着我。

平顶的瓦屋，是一方晒梦场。少年时代，还是神端坐的一方小场地啊，像一方青色荷叶，在放一颗大露水。

三十年后的一天深夜，在故园的某一座屋顶之上，我铺了一个薄薄的梦，睡在上面，于是，一颗露水模仿着三十年前的旧样子，便悄悄又上升来了……

虱说新语

有一种朋友，在我童年时，就对我极为钟爱，它过多地给了我从父母那里所得不到的关怀，它除了搞个小动作让我无偿捐献点鲜血之外，似乎想不起它有什么大的罪恶或政治上的过错。

这就是多少年前不辞而别的“虱”。

如今，除了汉字里有一个像风却又少了一面墙的丑陋的符号外，“虱”这个小小的生动的精灵对于现在的孩子而言，恐怕早已陌生，如听童话，起码我家的孩子不知为何物。当我给小儿子讲起这世界上过去曾有一种叫“虱”的东西时，儿子反问道：

“狮都是用大铁笼养着的，咋能藏在裤裆里呢?”

以为我在讲传奇。

自有人类以来，虱就一直藏在人的裤裆里，一如“久经考验”的亲密战友，它对人类形影不离，一往情深，它不劳而获，它吸血致病。无论是单枪匹马的独胆英雄，或是聚众成群的乌合之众，它们的目的都是一样：损人为了利己，吸血为了活命。

咬人的也不一定全是虱，还有一种介于虱之间和虱算是近亲的家属，叫蚤。

虱饱餐后不动，你能将凶手捉拿归案，它给你外表一种憨厚之感；而蚤就不同了，它更老练一些，当你通缉它时，它甚至不服体育上禁用的兴奋剂也能当跳高冠军，恍然见它高高地一跳，就逃之夭夭。蚤比虱子更可恶，使你贼赃均拿不到。记住，这在人类中捉奸是大忌。

但是蚤在人们眼里起码比虱显得灵便机警。《水浒》里就有条好汉叫“鼓上蚤”的，若是称“鼓上虱”就显得笨拙不堪了，说不定在《水浒》里等不到招安就会早已落网的。张爱玲妙语“生命是一袭华美的袍，上面爬满蚤子”，就是说的这种蚤。这句里面实在有一种生命的叹息与遗憾，让我骤然觉得：短暂的永远是人生，漫长的永远是苦难。

虱的名目繁多，从种类上分，人有衣虱、头虱、毛虱，动物有牛虱、马虱、狗虱，植物上有竹虱、榆虱……如果按社会上“排名不分先后，按姓氏笔画为序”的规律排下来的话，保证得比公布中的党政要员名单长得多。

虱个子虽小，在中国古代，却是高士们“扪虱而谈”时的道具，这一境界可非凡俗夫子所能做得到的。

魏晋时的桓温是大将军，带兵去攻打苻坚时，与隐士王猛相坐而谈统一天下，双方谈的话题当然也无非是些诸如当今“东欧解体，海湾战争”之类的大事。

当时像隐士王猛这样的知识分子待遇不会过高，没有冷气空调与桑拿浴之类的卫生设施，平时免不了身上生满虱子。王猛就一边在裤裆里摸虱抓痒，一边谈笑风生。那种不拘形迹的交谈方法，显得不亢不卑，任其自然，可谓理想的谈话形式，已达到旁若无人、四海皆空的境界。

后来，书中还记载有宋神宗与王安石谈论朝政时虱子也出现过。王安石不修边幅，胡须上有虱子在爬动，皇上看到了便笑，王安石行若无事，继续汇报。

到了宋徽宗时代，皇帝玩艺术误国了。他身陷五国城；在给旧臣信上写道“朕身上生虫，形如琵琶”。真没想到，宋徽宗在落魄时，还能来一句“黑色幽默”。如工笔里忽然来一笔写意。

我上初中时，看美国作家斯诺在《西行漫记》一书中，记着在红色延安窑洞边虱子的出现，他与毛泽东谈话时，诗人气质的毛泽东还一边在裤带上找虱子，这真可谓神来之笔。我认为是一种大家风度，非凡手莫为。那一本厚厚的红色革命书里，其他的革命行为我没记着，我就只记下这一小小灰色细节。

可见虱子是一种重要角色，如果把这些人扪虱而谈的举动都换成高举着“路易十三”“人头马”之类的名贵洋酒，西装革履，口中振振有词，哪还能体现出独有的风姿与坦率的气度呢?

西哲罗素在《婚姻与道德》一书中说明西方古时思想，讲到西方教会也认为“虱子被称为神的明珠，爬满这些东西是一个圣人必不可少的记号”，这里和东方古人有异曲同工的美学观。照这样推理，如今那些总统之类的大圣人们，是否一个个身上都爬满了“明珠”？不过总统身边的保镖过多，这个结论我实在无法去验证。

还有更妙的，是“文化之虱”。古代有人夜卧，闻被下有数人齐念杜牧《阿房宫赋》。声急而小，急开被视之，无他物，惟得大虱十余。我想这些虱们一定都是文学爱好者。

虱子还有一个天大的军事秘密，据说拿破仑就是让虱子打败的。法国科学家研究，导致拿破仑军队溃败的原因不是严寒，而是虱子。遗骸研究发现，超过 30% 的士兵死于虱子的传染而产生的高烧。虱子比拿破仑个子要高。

在我的印象里，在我最早的乡村学识中，虱这种东西，不知怎么和日本人联系起来了。

我外祖父在抗战期间，在北中原为日本人带路时，让“皇军”用东洋刀背把袄肩上的棉花都劈飞了。多少年后他还给我讲这段“小日本”的故事，那时我就忽发奇想：虱子如同日本人，我们中原乡下的虱子是否也是爬过 1937 年 7 月 7 日的卢沟桥，一同和日本鬼子来的?

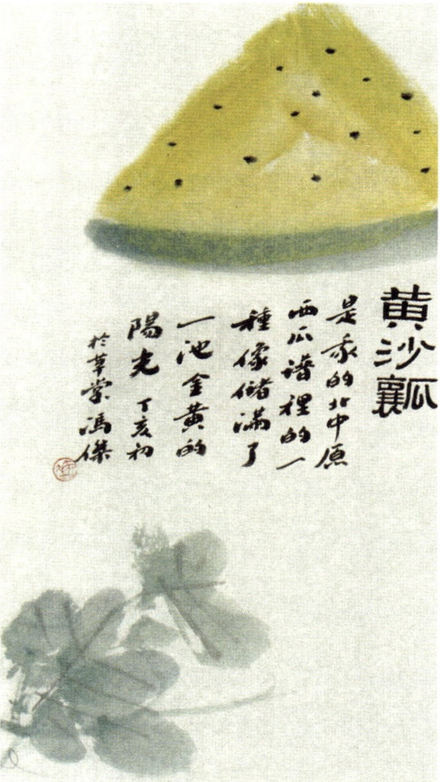
黃沙瓤
是我的北中原
西瓜譜裡的一
種像儲滿了
一池金黃的
陽光 丁亥初
於草堂馮傑

带来丑恶与恶心。以至后来我在家中养的小猪身上捉虱子时，每捉一个就叫“又抓一个鬼子”。

那时，我用手先在小猪肚子上挠一下，它会哼一声，再挠，再哼，最后小猪将会躺在阳光里，任你在它身上尽情剿匪。记得每头猪身上最高纪录能捉 80 个左右，大概有一个加强连的兵力。

其实虱是无国籍的，不仅仅是“国粹”，外国也有，俳句大师松尾芭蕉就有句“蚤虱横行，枕畔又闻马尿声”，记的是寄宿农家人马同室的情景。

可见，天下虱子都是一样：咬人、咬蛋。

有时人也会咬虱。褚人获编的《坚瓠集》中记有吃虱的妙文：“清客以齿毙虱有声，妓哂之，顷妓亦得虱，以添香置炉中而爆。客顾曰：熟了。妓曰：愈于生吃。”风度绝倒。

张艺谋有个在国际上获过大奖的电影《红高粱》，里面就有将捉到的虱子放进嘴里以牙还牙的影头。获得外国人的满堂喝彩。那是跟猴子学的。

至于这“生猛海鲜”的虱味如何，吃者多无交代。不过史料上自有记录。李时珍提前回答了，在《本草纲目》中作为一种药记得详细：气味咸，平。

不信者可一试。

以后这种“吃虱的古风”会不会成为一种时尚逐渐蔓延开，像一种“寻根文化”现象而重返舞台呢？一位常把米饭烧煳的烹饪大师对我判断道：目前看来，这种可能性不太大。也不敢保证以后。

在现代文明的今天，即使谁再有风度地长虱、吃虱、玩虱，恐怕也不会超过“魏晋之士”吧。艺术也是需要时代背景。

因为虱的横行与生活水平高低成反比，现在人们多已与虱子作别，在北中原乡下，我姥姥有谚：“穷人长虱，富人长疮。”大概就是对这种道理的概括。如今，你见过哪一个公司的大老板和董事长的衣领上有虱子？

我在两岁时，不讲卫生，奇脏无比，那时虱便与我主动交上了朋友。我们乡间贫穷俗陋，乡下人在冬天的阳光下以捉虱为对抗时间无情流逝的一种手段。阳光下，被人发现的虱子像偷奸被捉者，匆匆沿衣缝而逃。后来，我读到过阮籍论虱的妙喻实在精彩："行不离缝际，动不敢出裤裆。"便知道阮籍也一定在竹林里捉过裆中之虱。

到了五岁那年，我身上的虱子长得出类拔萃，登峰造极，远远比我所识的字要多。

我外祖母自有办法：

在一天晚上，脱去我唯一的那一条老棉裤，捆扎在炕上，支起铁锅，炒了满满一锅滚烫的细沙，然后，把热沙往我的两个裤管里一倒，扎口后开始闷。我在炕上闭着气听，不大一会儿，那里面就砰砰啪啪地乱响起来了，如炒一锅小黄豆。

如今我生命这一袭华美的袍也爬满了虱子，往事苍茫，我多想再听到炕上那一场令人怀念的"战争"，哪怕仅仅听到一声冷枪。

子在川上曰："虱者如逝，不舍昼夜。"

补遗：

那一年冬天，在贫瘠的乡村小学，生物老师讲完达尔文的进化论，向学生提出一个问题："同学们回答，最接近人类的动物是什么？"

我旁边一个正打盹的同学叫宋四豆，这时醒来，抢着高声回答：

"虱子！"

麦田守望者

> 黑夜给了我黑色的眼睛，我却用它寻找光明。
>
> ——顾城诗句

北中原乡村猫头鹰的声誉，习惯上名声不佳，尽力不落好，大概属“谔谔之士”之列。

最早让猫头鹰进入文学的是我们河南籍作家贾谊，贾作家会抒情，在汉代写过一篇楚辞《鹏鸟》，写的就是猫头鹰。是最早的“鸟儿问答”。贾作家托人与鸟对语，抒发自己怀才不遇的郁抑不平之情。这种笔法有破绽，最易给人留下小辫子可抓。

小时候，我在最早乡间接受的大众文化生活，就是在乡村马厩，境界不同，性质上相当于当年北平林徽因家的“夫人艺术沙龙”。我那时在马厩里收集到许多关于“四”的民谣，如“四黑”“四白”“四松”“四紧”“四大”“四小”之类鄙俗小调。其中有个“四难听”就与猫头鹰有关：“拉大锯，打磨锅，秃鹫叫，猫走窝。”

所谓上榜的“四难听”都是集乡村噪音之大成。“拉大锯”，声音单调无味（如今已被现代化电锯取代）。“打磨锅”，枯燥刺耳。“猫走窝”则是猫闹春做爱。那声音歇斯底里，像如今城市夜总会常常闹腾到后夜半，惹得让人类也效仿。至于这“秃鹫叫”，说的就是我乡村的猫头鹰之声。象征黑暗，神秘，刺耳，诡奇。

乡村还有个说法：不怕猫头鹰叫，就怕猫头鹰笑。

就是在午夜，黑暗涌动。有一道声音，那是死亡的气息坐在鸟翅上悄然来临。

我知道，有些动物因背景不同，有着中西方印象之异，譬如蝙蝠，中方认为是福相，西方则是凶鸟。猫头鹰也恰恰相反。这实在有点冤枉了这只好鸟。但据说东方的日本却视它为吉利和幸福的代表。鲁迅曾说自己的文章属于“枭鸣”，猫头鹰倒是鲁迅人格意志的象征，以批判的方式拯救和重建着中国文化。

它其实是我们乡村自然与大地上的守护神，有统计数字说。一年下来，一只猫头鹰要吃掉上千只老鼠。我看过美国作家塞林格的名著，台湾版译成了《麦田捕手》，大陆版则叫《麦田里的守望者》。我觉得，这些名称都是应该冠给我故乡的猫头鹰才恰如其分。

猫头鹰在北中原大地上无声地飞行。

它穿过暗夜，给予大地白昼般的丰富与想象。

我在北中原树林常见到的有两种：长耳鸮和灰林鸮。因为昼伏夜出，还有一些别名笔名，叫夜猫子、咕咕喵，乡村有个歇后语，“武大郎玩夜猫子——啥人玩啥鸟”。说人心里有鬼，就是这人“心里有咕咕喵”。这时飞翔的猫头鹰大概都属贬义。

长耳鸮和灰林鸮在乡村飞行。前者黑喙金眼，有明显的耳状羽和花纹醒目的胸部。体羽底色以棕黄色和棕色为主，头和背还杂有白色沾棕的斑点，尾上具有不完整的横斑。后者灰林鸮多在乡村树林穿行，它能发出两种叫声，一种是一长一短的尖锐声，“科屋科”，用于炫耀或彼此联系。另一种则是模仿其他鸮类“兔护特护”。在宁静的林间，我觉得它多带有自演自唱的娱乐性质。

平时我画的多是第一种不爱说话的长耳鸮。属静默之鹰。

“文革”期间，有个画家因画睁一只眼闭一只眼的猫头鹰惹过一身骚。被认为是恶毒攻击蔑视藐视社会主义。因为不满，才会有此相。画如心声！

腥风血雨的年代，当权者更应该把猫头鹰一个个都抓到监狱大笼子里关起来，不让它们在这最深沉的黑暗里穿行。到了我画猫头鹰的年代，可以在案头随便使用调剂颜色了，不至于因画鸟而惹鸟祸。暂时远离鸟事，却又无法超越另一种鸟事。

国画常用颜色是十二色：其中赭石、三绿、花青、藤黄、钛白，外加水墨，都可以用于渲染勾画猫头鹰的元素。

猫头鹰入画也实在可爱，样子笨拙，羽毛蓬松，还易于在纸上发呆。许多人都让我画过。在当地，我曾是一家民间环保协会一员，协会里的朋友手中都抚摸着我砚池里的一只猫头鹰，然后，制个小框，挂起来，头可以转动 270 度。田野不让猫头鹰飞翔，可以在墙壁上飞翔。

我还画过厚厚一本《十二金钗》册页，不是美女，是十二只猫头鹰，一页卧一只。题款时，均为先人的名句。借过顾城的诗“黑夜给了我黑色的眼睛，我却用它寻找光明”，借过徐志摩的诗“最是那一低头的温柔，像一朵水莲花不胜凉风的娇羞”，借过王观的宋词“水是眼波横，山是眉峰聚”，都是艳词，一时让我颠覆了，便忽然出彩。

想想，这些诗其实当初都该写给猫头鹰的。

首届河南作家书画展在郑州举办时，我画了两幅猫头鹰，四尺宣的题名“五虎将”，小斗方题名“避邪图”。我题的“避邪图”文字最好：“此鸟可避疫，避鼠辈，避雀噪，避虫鼓，又可避鸟人也。”最后一句妙语，缘于世界上“鸟人”太多了，后来开展，下面站的人比墙上的鸟多。许多作家点名，都要我画这个象征意思的猫头鹰。一礼拜共出手大约十只。

有一次我为一位诗人画好一张，另一位小说家见后非要交换。我就解释道：“给你的这幅比他那幅肯定要好。”

“为何？”

“你这张是公的，他那张是母的。”

“你还有这本事？”

君生我未生
我生君已老
君恨我生遲
我恨君生
早恨不同
時生日〃與
君好
唐人無名氏詩也
補五年前舊畫
馮傑又記

“公的睁左眼闭右眼，母的睁右眼闭左眼。”

“何以见得?”

“男左女右。”

这胡说自然让人挑不出毛病。说得小说家睁大眼睛。

我说“空口无凭，这话就题写画上。”众人起哄，于是，猫头鹰身边便有了另一种落款。

诗人后来知道，心中不平，三天后往我手机上发了一首诗：“一肚学问无处涌，信手作画猫头鹰，送与朋友避晦气，冯杰放屁都带腥。”收到后，我只觉得赞扬我，诗也是好诗，接近“元白体”，但后一句诗就有点接近科幻题材了，显得小家子气。马上又给诗人补上一张“闭左眼”的。猫头鹰事件才算扯平。这世上你可得罪政治家，千万不要得罪诗人。

在黄河边的王堤乡，我有一个对民间环保执着的朋友，叫石喜钞，郑大毕业后未婚，专注环保。他的村名叫“雨淋头”，一个在地理上显得湿润的名字。他在自己小村的槐树林子里，观察、保护了五年猫头鹰，那是一个二十多只的大群体，偕老带幼。村里原来闹鼠，因猫头鹰的出现，那些鼠辈一时销声匿迹了。

等我今年秋天去到雨淋头村造访看到时，已剩十来只。人走到树下面，猫头依然鹰不慌不忙，眼珠子骨碌转动一下，270 度，再闭眼，貌若闲暇。也不飞走。人鸟相处到这步，也实在不易。

后来有一天，我看到在村头枝上静静伫立的猫头鹰，忽然，一头跌落下来一只，死了。可能是误吃了田野上食农药的老鼠。

再后来，那一群猫头鹰在一个黄昏，莫名其妙地悄然消失，大大小小，翅膀擦着星星，陷入茫茫无边的暗夜，了无痕迹。像雪走失于宣纸，像墨融入了墨中。

以后鼠辈出洞，伸趾，露须，散步在大地，又开始在乡村横行。并不全是因为猫头鹰消失的缘故。

散帖（二题）

杨凝式掐着韭花写《韭花帖》

梦中，就开始闻到韭花之香，醒来时恰恰有人叩门，童子道："官人，有人送来韭花。"

推开窗，圃外几畦韭花亦新绿，就立在案头，试墨、挥毫。

在一帖手札之上，韭花开得如此爽朗，字里行间透出绿意，字们一个个显得新鲜可口，能吃的。帖上便下起了一场细雨，是五代十国的古典细雨。新雨的气息，旧墨的气息，一时弥漫在那样醉生梦死的年代。

这个人是杨凝式。

杨凝式是个很有意思的人，在五代那个动荡年代，几朝皇帝都给他官做，不知是苦于政治动乱的险恶，怕人抓住把柄，或压根儿就没有把做官当成什么鸟事，他时常给人留下的印象是装疯卖傻，恣肆狂，人称杨风子，风疯相通。除了佯狂放浪与形骸之外，更多是挥毫题壁，洛阳城里的寺庙墙壁，甚至断垣残壁也不放过，到处都有他洋洋洒洒的字。这是行为艺术。若放到现代在墙上乱涂乱画，警察一准罚款。好在那是个风花雪月年代，说不定那时执勤的警察也是个如我一般的三流写手或准文学爱好者，看着正乱写乱画的杨风子只会嘿嘿傻笑。

壁是他最好的天地，以至他留下的墨迹不多。能在丈二大壁题字谁还想在三寸小笺上写蝇头呢？这种人的书法只能留在风雨里，风雨里的字是与时间同步的，同烟同云、同雨同苔、同泪同血，最后，都了无梦痕。

有意思的人自然会写出有意思的帖，譬如这《韭花帖》。

在书法史上，这一丛韭花以章法疏朗而开得满书余香，让人合不住。后来米芾也看到了，于是米芾开始发痴。在艺术天地里，能让米芾看上的人不多，他连上一辈的颜、柳也不感冒，称二人为丑怪恶札之祖。但他对杨凝式大加赞许，击掌道："杨凝式如横风斜雨，落纸云烟，淋漓快目。""天真烂漫，纵逸类颜鲁公争座位。"

这是米芾之言，艺术家一痴，就显出几分可爱。

韭花因为有杨凝式入帖从而摇多姿。

我父亲在世的时候，每到韭花时令，同母亲一道，他们择叶、掐花、晾晒，装到罐子里，再一层层摊上细盐。一坛韭花够我们全家能吃上一冬天。

我也发痴，有时会在不经意时候，忽然会因为引申，而涌起一种巨大的悲怆。譬如这一粒小小的韭花，在杨凝式帖中摇曳的韭花，看似从容，其实不小心把眼泪都能辣出来。

韭菜的剪法

"韭"这个字形很有意思，长长短短，横竖都是发的韭叶子，难怪《说文》里这样解释"在一之上，一地也"。如果倒着看，压上一个盖子，就该是不发芽的韭黄。

韭菜以春天最好，夏天就苍茫了，人到中年才恍然，出名要早。古人的"春初早韭，秋末晚菘"讲的都是及时，说的"时间和速度"成正比。在讲物理。《政和本草》里说治消渴饮酒无度时，可以吃韭，

獨觀
在一個無草木心的年代我只有和自己玩
壬辰年初夏題舊畫客於鄭
馮傑記

“韭苗日吃三、五两，或炒或作羹，无入盐，但吃得十斤即佳。过清明勿食”。这哪里是治病？说的是过生活。

先人命名一种植物总怀有一种愿望，“韭”乃“九”谐音，《尔雅》说“一种久而生者，故谓之韭”。《诗经》里最早出现“万寿无疆”这个字眼，就是与“祭韭”有关。只要有韭根埋下，不必年年播种，它是一种内含毅力的植物。母亲从老家挖来些许韭根，就种在盆里，地上，有时等到做饭下锅时，才忽然想起来剪。

我们乡下剪韭的一个方法实在高妙，不用镰刀、菜刀，认为那样剪出的韭菜会带有“铁腥气”，用碎碗磁片来割，这样割的韭菜原色。

那么多人与韭有缘，苏轼“青蒿黄韭试春盘”，他调制了三种颜色，上菜。陆游的是“雨足韭头白”，是一种诡奇意象，白头的韭啊。郑板桥的“春韭满园随时剪”，他向往闲适。韭菜能在文学史上发芽，都与吃有关。其中要数杜甫的那一把韭菜最鲜。

杜甫《赠卫八处士》是杜诗精品。“人生不相见，动如参与商”，“夜雨剪春韭，新炊间黄粱”。我每每读时，叹世间苍茫。那种时空交错的感觉，杜甫有，我也有。韭菜肯定也有。

雨夜留客剪韭，是古时诗人的一种习惯，朴素不失雅致。相当于现在诗人找个理由要四个小菜一捆啤酒喝到天亮。

所谓“剪春韭”，不是室外活动，而是回归室内的一种烹韭方式，如果你以为是手持一盏马灯或电筒，到半夜菜地下刀剪韭，那就错了。

我告诉你古人“剪春韭”的方法，步骤如下：就是一手拿一束韭菜末端，将另一端放在清盐水里煮。然后剪掉末端，最后投入凉水里，这样烹出来的韭菜味道清脆可口。

就这么简单。并不是唐诗别解，也不是我误读，我家来人时从来就是这一古风。

脸谱

这里说的不是厚脸皮，是豫剧脸谱。

豫剧的花脸，是一种独具风格的创造，只有中原传统剧种与这种艺术联系起来，才相得益彰，珠联璧合，能使脸谱为豫剧增添绚丽的光彩与独特的风味。纯粹的中原戏就该配这种纯粹的中原艺术，倘若“罗密欧与朱丽叶”或“天鹅湖”里的西洋淑女出场，也带上这种面具，高唱“西皮流水：“奴家——来到——小城西——”，那便是相声小品。

如谁想作为一种艺术的颠覆，也不妨尝试。

豫剧的脸谱，最早受秦腔、京剧影响，加上传统中原本土文化浸染，逐渐成现在这种完美的形式。早期的豫剧脸谱，设色构绘比较简单，仅有象鼻、竖眉、淡设几种画法，配上传统的舞姿，显得古朴可亲。可惜脸谱的艺术是一个被人遗忘的角落，许多民间豫剧脸谱随着岁月正在一一消逝。

我最早见到一种脸谱是在童年。

那是在北中原走村串乡捏糖人的民间艺术家所为。农忙后，这些艺人便开始为了生计一个一个进入角色。货郎鼓点刚住，便围上来一群人，你看不清他的十指是如何在翻飞，瞬间，指缝中便流出来张飞、包拯、唐僧、牛魔王……最后用食色画上脸谱，一个个栩栩如生，乡党便齐声喝彩。那乡间的艺术家这时就越发卖弄了，唾沫星四溅，带着煽动性的诱惑，在我们面前晃晃：

鬍子的故事 童年鄉村戲臺
的燈把鬍子都燃着了 丁亥

"叫你家大人来吧，一升黄豆，就能换十只糖人。"

外祖父在我的无赖纠缠下，小心翼翼地从低瘦的粮囤中盛满一升黄豆，看了看，又倒出些。但我在那边早已与民间艺术家快速成交了这笔生意。甲方发货，只等乙方付款了。

为了能使糖人多玩些日子，外祖父严肃地说："糖人不可吃，牛魔王会在肚中作怪。"

不幸的是，脸谱糖人不久就被一一分而食之，我只感觉牛魔王除了有糖中掺假的红薯粉味外，全无一丝妖气。且口感极好。

第二天，货郎鼓又在村口敲响，鼓点密集，刚刚收住，便被我与外祖父以不同的目的轰走了。

不知脸谱的人总以为上面剪纸般的装饰错综复杂，其实豫剧脸谱也有一定的规律，脸谱的色彩与图案都有象征意义。一位草台班子领班给我介绍：

脸谱的黑色象征着勇敢、正直、刚强不阿。小时候中原乡下每唱包拯戏，人们就喊"黑老包上台啦——！"就来源于脸谱的印象。

红色象征着忠实耿直，豪爽气派。电影上这个角色大都是正面人物，须有部级以上的职务。但关云长的红脸恐怕更多是得之爹妈遗传基因的染色体。色彩的审美也是有距离的，红脸只可在舞台上大放光彩，假如台下谁是红脸，就不妙，人们往往会把这种现象和吵架或酒糟鼻子联系在一起。母鸡下蛋后也脸红。

白色则表示邪恶阴险。大家常说的"洁白如玉"，在这里行不通。画白脸谱的角色常常是曹操、秦桧与严嵩。后两人就不说了，前面的曹操是个大英雄，不知怎么也糊里糊涂地染上这种色彩。我小时候在北中原听乡村妇女对骂，往往是"小白脸"反驳"白面奸贼"。

蓝色象征妖邪。

绿色象征草莽侠盗，青面兽杨志这类好汉就是这种面谱。

金银色则象征着神仙佛祖之流，这颇有"老子天生就是有钱人家”的意味。

最不妙的就是赭色，这种颜色往往很委屈地涂在兵丁、酒徒这类下三流者的脸谱上。

各种角色的人物赋予他们的脸谱图案也不同。王彦章因为是蛤蟆精变的，脸谱上就画个绿蛤蟆图案。豫剧“铡朱温”里的黑大汉，因为日可断阳，夜能断阴，脸谱就半黑半白。“四平山”中的李元霸是雷公下凡，脸谱中嘴画成雷公锤，并有火焰图案，像石油公司天然气一般冒火。

不能不提阎王爷的那副老脸，阎王的脸谱大都森严可怕，但豫剧“阎王乐”中的脸谱画得是一半欢乐一半凶恶，这是“半是海水半是火焰”的现象。阎王爷尽管掌握生死特权，但地狱与人间之事大都一样，都有哭笑不得的事情，以至阎王爷也有黔驴技穷的时候。发愁与郁闷。

脸谱还有其他的特征，如孟良放火，脸谱上便挂上个火葫芦。娄阿鼠鼻子上画个老鼠，以表示尖薄。杨广额头上爬上黑蜘蛛，代表阴险恶毒。霹雳火秦明的脾气不好，干脆画上火苗。若现在伊拉克总统在豫剧中出场，我觉得脸谱上应画一枚“飞毛腿”核导弹。

脸谱还充满着变形与夸张艺术之美，像孙悟空、猪八戒，就画成猴图与猪图。

最有意思的恐怕就是申公豹，他的脸谱上有一个娃娃图。传说申公豹能割头换项，这本事让现代优秀的外科医师也自愧弗如，把小伤口治得化脓扩大已是现代庸医们的家常便饭。那次申公豹与姜子牙打赌，钓鱼用直钩的姜老一向有着幽默天才，换项时，他偷偷让仙鹤将阿申割下的头叼走。瑞士表眼看时辰快过，仙鹤这才不慌不忙，从云中把头抛下。移头换项这一招本该是一件趁火打劫的快活，温度不能凉了，速度要来得比受贿时更快，不得有一丝怠慢。申公豹怕头已过时安不上，乱中出错，一时将头安反了。

这种现象在豫剧舞台表现时，就干脆在脸谱上画个娃娃头，以示纪念这次事件中老申的不幸失手。

那时，我在乡村舞台上还知道另一个关于脸谱的逸事。

马王爷大家公认的是三只眼，小时候在中原，优秀的民间艺人常在脸谱上作功夫文章。那时在民间看戏，一些功夫好的演员在马王爷出场时，常把另一只眼画在纸上，顶在靴尖，出场时观众误为演员少画了眼睛，便为之哄然。哪知他不慌不忙，亮个相后，用脚往上一踢，脑门上忽地贴上第三只眼，那种炉火纯青的技术让人喝彩。看来，马王爷果然还是马王爷。

不过这种真功夫在现代舞台上早无人敢露了，万一失手，岂不丢脸？

豫剧无穷的魅力，除了唱腔外，恐怕与脸谱还有着密切的关系。什么时候我能再看到那种童年的糖人脸谱呢，那曾是我记忆中的一张脸谱。

在舞台上能戴脸谱，在另一个更大的人世舞台上，哪一副脸谱是假，哪一副脸谱又是真？

乡村屠宰场

乡村小学是土路，土路对过，坐落有一个屠宰场，一个配种站。两者相邻，倒有点生死相连的意味。象征一种轮回。我开篇先说屠宰场，这叫出生入死。说书人的引子。

少年时代看到美国作家辛克莱的《屠场》一书，原先以为全书充满号叫的声音，是写杀猪的，像写我们这里最好的操刀手“扁一刀”那样。后来我翻遍全书，没见作家出场具体地去执刀杀一口猪。是说人间另一座屠场。知道当作家得会绕弯子。

挠钩

杀猪前使用的第一道铁器。

挠钩呈铁质，前面有一弯钩，作用是挂住猪的下巴，便于往外拉。被挂住的猪就等于人下了判决书或当代官员的“双规”。屠手跳入猪圈，挥钩逐猪。众猪惊恐，纷纷躲避，往墙角挤拥。持钩者如赵子龙挺枪入无人之境。这印象让我后来想到电视新闻上警察逐人的一个画面。本身就是一场不成比例的较量。

终于，有中榜猪。

当挠钩挂住一腔猪时，其他躲避的猪会停止逃避，转头相救，纷纷前去攻击，去咬那柄挠钩。这一点猪与其他家畜不同，显出助猪为乐之风。还彰显出人类面对抗争的萎缩。

前拉后拥，俩人把猪拉到木架子前，由另一屠手抓住猪后腿，吆喝一声，借力就抬上架子。躺在架子上的猪开始拒绝，挣扎，号叫，像就义前勇士的胡乱呼声。北中原乡下有一个形容声音的歇后语："磨盘压着猪耳朵——除了无人声，啥声都有。"这时猪的声音是混合体，包含有哀伤，干号，无望，绝望，不甘心。还有喊破喉咙也无救的撕心裂肺。

天堂都说是好，但人从不愿去，猪同样也不愿光临。

紧随着，一位屠手挥起一截敦实的枣木杠，"噗"地打到猪耳跟后，我们叫"闷头杠"。猪昏，操刀下去，喉管放血。刀是专业用的"砌刀"。一个明亮的动词。刀是好钢打造的。

"一刀劈开生死路，双手启开革命门。"每到春节，乡村屠宰场两边墙墩上曾贴的一副对子。上联是说杀猪，下联就离题远了。在寒风里，还常常没有横批。就像一个人没有眉毛。

紧血

放血时，架子下面放置一方粗糙的大红瓷盆，里面温水搅盐。捏一撮。

猪血凝固、加热、成型的过程，叫紧血。

最后，再一刀一刀切成方块，像历史书上老师边讲边画的"井田制"。凝固的血块里含着一个个小气泡，是猪将一生所有的叹息凝固下来。叹息也是有形状的，叹息的化石只有在血里才能凝固下来。半小时前一条红色的河流还充满生机在流淌，生命勃动。河流在挡不住的暴力里，一时骤然干涸。

“猪天生就是挨刀的。”屠手“扁一刀”稍歇，一边用一块肮脏的抹布擦刀上鲜血，一边抽烟。他是我同学的哥。

血液洗尘，做污染企业工作的人最适宜定期吃猪血过滤，这是村里一个在辉县水泥厂上班的大人告诉我的。不过我们家买猪血更多是冲着价格便宜。一毛钱一斤猪血，这样还舍不得常吃。母亲常配绿菠菜同炒。乡村有个称呼，叫红豆腐。

“吃猪血，拉黑屎”是形容事情立竿见影的一句乡村歇后语。果然如此。

猪血放完了，猪的后腿踢腾一下，回光返照，四周归于平静。对于猪而言，恍兮惚兮，更像一场当场毁版的春梦。一边有人叫喊：“——上捅条!”

捅条在穿行

世界上凡是具有“实用主义”的便利、机巧、多端，人类都能想到，譬如刑具，譬如“捅条”。这是即将出现的铁器之二，专门用于屠宰过程中捅猪。

一条两米长、筷子粗的捅条是钢铁混物合质的，它润滑，光洁，流畅，上面闪出一层油腻的光泽。一根平常的铁器在手工作业的冷兵器时代，能混到充满光泽这一步，实属不易。可谓老而成精。不知它已穿越丈量了多少公里长的血肉。

收藏行里曾有“养玉”之说啊!比喻得有点惊心。

一根捅条的目的只是为了在猪皮下穿成一条条气道，便于往里吹气畅通，让猪肚尽快鼓胀起来，速成将军肚，下一步才好刮猪毛。

这有点相当于中医学里的“打通脉络”一说。

屠刀手“扁一刀”收烟，用胶鞋踩灭，在猪后腿处轻轻用砌刀割

名猪也
莫愁前路無知己
天下谁人不識君

一口子，开始将捅条贴着猪皮下去捅条。一时，纵横捭阖。

吹猪的技巧

吹猪不比吹牛，吹牛是形而上的，有点抽象，好吹也相当难吹。而吹猪则是现实的，凭的力气和技巧，却更难吹。

捅条纵横捅完之后，就开始有专人来吹猪。

嘴贴到猪后腿划开的那方刀口上，吹一口，随即用手握紧猪腿，防止泄气，急忙外吸一口新鲜空气，伏上再吹，如此反复。没有大胸怀是干不成此事的。猪肚慢慢鼓起，一边有人用棍子一边敲打，猪肚发出嘭嘭之声，如擂闷鼓。这时，才看到几只肥硕的虱子在上面匆忙穿行。前途未卜。

最后，用一麻绳系牢，才算完成“吹关”。

下一步就开始入锅刮毛了。

刮猪

干燥的树根在大灶里燃烧，毕剥毕剥作响。这时烧热的开水冒着腾腾热气。人一出手，就会烫得哧哧哈哈。水必须热，水越热越好做活，不然刮不掉猪毛。就会像一次不成功的理发，顾客是会挑剔的。

吹得肚圆的猪被稳稳抬到一方大锅里面。

乡下有一俗语，骂人叫“死猪不怕开水烫”，未尝不是一个褒义词呢？说的就是此时的大境界。刮去毛的猪，在热汤里彰显着自己的白白胖胖。它已超度，早已是百痛不侵，百念不思。

如果真有想法和遗愿的话，也许猪期待着世间轮回。它想道，什么时候用这方式也去整治一下人?

一方沸腾的大黑铁锅，盛着一腔静静的白猪。

开膛破肚

有一年我坐朋友的一辆名车到开封旅次，我不识名车，觉得天下四个轮子的车都一样。在过黄河大桥收费站时，被前面一辆货车倒车时轻轻撞上，车盖子前脸上面陷个小坑，主人心疼得要跳黄河，进汴京的第一件事就是先修车，能称得上顺坡下驴。

当车行的师傅打开那辆名车的盖子时，那一瞬间，让我想起当年屠宰场一腔猪肚里的内容。赤橙黄绿青蓝紫，可谓乱七八糟。

再好的名车也轻易不可打开示人，以免让人失望，就像名人的肚里，外裹名牌，内装恐怕都是一些弯弯绕，小鸡肠肚。除了天空、大地博大，世界上劳斯莱斯、凯迪拉克、宝马以及真假大总统、准总统，统统亦然，不可内窥。

写文章有凤头、豹尾、猪肚之说。

杀猪便有猪头、猪蹄、杂碎之分。

杂碎

最后，我看到了内部的杂碎，这里说的是真正猪杂碎。尽管每一个时代的政治、社会、体制里都有“杂碎”。杂碎时代。

在北中原，说“杂碎”是骂人的意思，它与杂种、杂毛、杂乱是近义词。我们那里有一道小吃，却沾了杂碎的光，叫“五香杂碎汤”，就是专门集杂碎之大成，化腐朽为神奇。你去晚了还喝不到。干咽唾沫。

一套杂碎包括猪头、肚、肝、心、肺、脾、小蹄子、大肠、小肠，外加一条猪尾巴。从猪头开始，到猪尾结束，承转起合，这是一套完整的“猪杂碎”。机构健全，组织完整。

猪杂比肉便宜，春节前央求父亲在屠宰场预定一套猪杂，春节前肉食供应紧张，到后半夜也未见到，困得昏昏欲睡。后来知道的猪头早被公社书记截走。

父亲说，以后再不买猪头了。果然那是我和父亲唯一一次。在这个世上，我知道除了猪杂碎之外，还有另一种杂碎。

猪尾属一套猪杂中最小的单位。姥姥后来还告诉我一个单方：小孩子嘞猪尾巴可治流嘴水。这是“哈喇子与猪尾巴”，属另一个学术话题，此处不表。

松香与猪头

松香的功能除了可以焊锡时作辅助使用，还可以调节乡村乐器，如弦子、胡琴、二胡。草台班子在我们村演戏前，我常见后台乐器班的人先往马尾弦上抹松香，调弦。刺刺啦啦的颤抖，带松香的声音。而屠宰场里熬一大锅松香，是为了粘猪蹄、猪头、猪尾上未刮净的猪毛。猪毛与音乐无关与松香有关。

调弦子时松香是黄色块状，熬猪头时松香是黑色汁状。从固体到液体，最后凝固时像沥青。屠宰场不杀猪时，我们还偷过那锅里沥青状的松香，捏鸡，捏狗，或猛地哈一口气，急急粘身上一个冬天未洗的黑垢。

松香在锅里正暗流一般融化。

等松香在锅里沸滚时候，才可将猪头、猪蹄一一下锅。方法是提猪耳朵左右蘸松香汁，取出立即浸在凉水里晾凉，冷却后揭下松香面膜，猪毛一一粘掉。顿时一方猪头干干净净，慈眉善目，宛如做一次最后的美容。

上架

上肉架是最后一道工序，意味着出场与展示。你操刀手艺再好，不上肉架子终是锦衣夜行。架子上有一排铁挂钩，一晃就哗哗啦啦，金属的声响像寒冬夜行人撞击着冰块。

挂钩呈“S”形状。挂钩与挠钩不同，前者上下结构，后者左右结构。屠手一手提挂钩，一手抱半扇猪，发一声喊，便将百八十斤的半扇猪肉一一挂上架子。

质量检查员开始盖章，在成猪上，用蓝颜色印油。白底蓝章。

盖章是一种公信，表明此猪无病，属合格肉，只有打章的猪才能在集市上出售，畅通无阻。像在美国领了绿卡。乡村集市上未盖章的不明猪统统都要由乡村税务所没收。要么是病猪，要么属非法屠宰。

乡村集市早晨，一排木架上高挂着一扇扇杀好的猪，白白的，净净的，都拥有绿卡，猛一看那大面积的袒露，竟像三十年后的一场裸体时装秀展览。

余音

除非偷偷去看，姥姥是从来不会让我去看杀猪的场面，姥姥说，世上活物都有一个“小秀命儿”。杀猪是“坏秀命儿”的事。姥姥一辈子佛心。我们自己家里养的猪，每年到春节杀过之后，我姥爷从来都不吃一口的。他说“这猪都养一年啦”。

在乡村，我知道许多与猪有关闲余话题，都是我姥爷告诉的。

我在县城考高中那一年，姥爷在乡下卜一卦，那卦叫“肥猪拱门”。姥姥问，姥爷解释道：“这次不用再复习了。”

《农政全书》里有肥猪法：麻子二升，捣十余杵，盐一升，同煮。和糠三升，饲之。立肥。恐怕这是最早的速效添加剂。相扑运动员还可参考。

治病法：割去尾尖，出血即愈。若瘟疫，用萝卜，或梓树花，与食之。不食难救。后一句我认为是画蛇添足。却让我想起当年屠宰场猪圈里的猪尾巴——都曾被剪掉，那是怕猪之间互咬。

据说当今屠宰业已工业自动化，不那么血腥，猪也不受那么多痛苦。想想，恐怕也幸福不到哪里。再猪道主义也是与血肉有关的屠宰。

这么多年，乡村屠宰场最有名的屠刀手一直是“扁一刀”，我上小学的时候，常见他穿着没膝的黑胶靴，在乡村屠宰场灌满泥血的土地里“噗嚓、噗嚓”走动。杀猪利索，炉火纯青，游刃有余。一刀便妥。他说过一句话：“我不杀猪，你们能吃上肉吗？总不能谁吃谁杀！”

有一年他双手提刀颤抖，当啷落地，他才封刀。

那一年村里楝花开放，半天紫云，正是立夏时节。“扁一刀”夜里突然暴病死了。邻居说他死前竟像猪号叫了两声。戛然而止。

村里人叹道：“报应。他杀生太多，猪也会告状。”

乡村晚自习·手艺

一颗大红枣，三间屋盛不了。

——外祖母的谜语

通向学校的乡路上，点燃一路参差不齐的小灯。感觉灯光也有重量，一块块，能叩响乡村黑暗。

为了和邻村的学校较劲，暗自比升学成绩，除了晨读，我们的学校还要上晚自习。学校没有电，又不能像课本里说的威虎山上土匪那样，点上满堂灯火通明的“松明子”。老师就想出一个惠而不费的主意：让我们人人带上自己家的灯上学，一人一盏。近似红灯会。

老师最后强调一句“不准借光”，大家都笑。

来上晚自习时，一屋都是灯盏，像一池荷花在暗夜盛开。

灯五花八门。有带柴油的、煤油的还有带豆油的、蓖麻油的、棉油的。相同的是一束束灯焾子发出浓浓的浊烟，在教室里弥漫，灯光仿佛都是一页一页揭开的。多年后让我想到，恍然在一个杏黄色的梦里，那可是讲“晚唐之风”的好意境，可惜语文老师你错过了。

到第二天，就会见到别样的景致：不分男女，两个鼻孔都是黑的，像两只并列空口朝下的烟囱，是上晚自习煤油烟熏的。

夜風吹來寒燈斜
癸巳悟夔
馮傑記

同桌是个女生，第一次上晚自习来时，竟两手空空。女生个子矮，瘦瘦的，黑黑的，倒像一盏缺油的草灯。老师问原因，她支支吾吾，在灯光里，一定脸红了。灯光替她脸红。

后来我知道是她家里穷，两个妹妹也要上晚自习，家里没有多余的油灯。我就要求她和我同用一盏灯。其实也简单，我把灯不放在左边，放在课桌中间就行了。同学分男女，灯光是不分男女的。

两天后她觉得不好意思，和我悄悄商量，非要求自己得出一半煤油。说这样心就平静了，不然老是像沾了我多少“光”一样。她说时胸脯一起一伏的。

能沾光的事我自然就同意。

这样，她两天提来一个油瓶子，在课桌下，提前往灯里续油。我翻着课本，一回头，灯光里看到她长辫子的影子，像一根麻绳。

同用一盏灯被班里同学知道后，成了别人背后的新闻。前排的一个外号叫“张大麻子”的同学不酸不咸地说：“合灯算啥？干脆合锅算了。”

只听忽地一声，像一只飞翔的大乌鸦，同桌女同学就把手上的一本《政治》书砸到一颗大麻子头上。灯灭了。

尽管被《政治》书砸了，老师课下还是批评“张大麻子”话语阴暗，政治思想觉悟不高。我却隐隐想让这颗大麻子再说一次。

后来我觉得点煤油灯就是费事麻烦，整理时满手油烘烘的。灯焾子在跳，心也在跳。想一想，那就最好点蜡烛，但点蜡又没钱买，干脆自己做蜡烛。母亲那时在小镇机械厂里一家被服社做衣服，临街的车间里有十多台缝纫机，在平常的时光里，那些机器在不知劳累地“咔嚓咔嚓”响着，好像一群人往前赶路一样，日夜不停。

我记得车间里摆有大块大块白色的蜡坯，那是为了打磨棉线，我就悄悄来到母亲做工的车间里，捡拾一些打磨线剩下的小蜡坯块，装在怀里带回家，还唯恐让车间主任知道，扣我妈当月的工资。我看到青砖墙上贴的条例里就有一项，叫“上班不许带孩子”。

找一把铜勺开始熔化蜡坯，蜡的熔点低，极好熔化，即使流动的蜡水滴到手上也不至于烫伤。伸出手指试一试，倒像现在美容店里的揭一层面膜。

然后用煤火捅条在沙土里上下插洞，一个一个插均匀后，每一个都放下去一个带绳的纸底子，作中间的灯捻，倒蜡水时将灯捻拉直即可。

第一批蜡烛出厂了。它们面庞粗糙，含杂质，不透明，且个子粗细高低不一。但，却是我自己造的。

一支支蜡烛带到乡村学校的晚自习课上，逐渐升高的烛光里却不含杂质，它们光芒纯净，比以往混浊的煤油灯都亮。世界上，自己的蜡最亮。

同桌的女生再也不和我同享一盏灯光了，这时我才知道，灯光有性别，果然是也分男女的。她早已有一盏用罐头瓶做的灯，盛满清亮的蓖麻油。灯捻纤细，在柔和的灯光下，她专注地翻看课本，辫子垂落，旁若无人。

我选出一支自己造的纯白蜡烛，递给她一支。她对我正色说：“我有自己的灯。”

第二年春天，乡村小学通电了。电线比麻花都粗。

一个邻居大人说我有本事，说我在学校不但会逃学，会写检查，还会做蜡。大家都笑。后来我知道，做蜡在北中原口语发音是“坐蜡”，形容事情做砸了、做糟糕了、失败了、丢人了，在我们那里，就叫“坐蜡”。

多年之后，在一个黑暗的城市停电时闲聊，说到这则旧日烛事，我太太鼻子哼一声，半是惋惜半是嘲讽：“你应该在那些蜡烛上刻上‘冯记’俩字，也给我留一颗。”

刺猬皮之歌

以刺猬为师
——引自周梦蝶诗句

七岁，也是刺猬般扎手的年龄。我第一次知道刺猬是在七岁上学时。哎呀，那竟是刺猬？

赵小宝他爷是小镇里唯一一位中医，留一副山羊胡子。我从门缝里看，整天坐在那间草气浓郁的药房里，四壁满是药屜，他像一只胡蜂坐在幽暗的蜂巢。有一天上学前，我在他家闻到一股诱人的香气，小宝告诉我，是他爷在煮刺猬肉。第二天他家西墙上果然多了一张“告示”，钉出一张刺猬皮。像挂了一疋小蓑衣。

在我们北中原时光，刺猬是组成黑夜的一部分。

童年夜晚经常赤脚而行，不小心就会趟着一位在忙着走夜路的刺猬，它立刻缩成一团，谦虚地滚在一边，让路。刺猬的家多设在村边麦秸垛之下，或旧年的草垛。在乡村之夜，会看见一匹匹刺猬在月光里匆匆穿行，每一根刺上都戳上一颗晶亮的露珠，露珠里又装载星星。刺猬忙自己的事，与“他人”无争。有刺亦是自卫。

姥姥说过，刺猬还是财神，通灵招财。我家养过几次刺猬，除了门口浓郁的刺猬尿之外，并没有见过它招宝进财。后来闹鼠，干脆就让刺猬捉老鼠，替代猫。未见具体成绩，又未见老鼠，说吓跑老鼠更准确一些。

刺猬灵异，可以把地洞一直打到地心里，打出地浆。或掏出震源，破坏地震。我经常这样想。姥姥给我讲刺猬逸事，说刺猬上树，落枣，再下来，打滚，刺猬皮上便沾满一颗颗枣子，就满载而归，够它们一家老小吃上一个冬天。讲的肯定是童话。在乡村释梦里，一般梦见刺猬，次日必定发财。即使炒股也不在话下，满眼见红。忽然又想起现在有的股市竟像一团刺猬，抱着扎手，扔不舍得。

北中原还有一种制花馍的风俗。每年到春节前，姥姥都要领着我们蒸“花馍”“花糕”，蒸的有面蟾蜍、面蛇，其中最多是面刺猬。面刺猬肚里装几颗红枣，用绿豆作眼，嘴边再衔枣瓣，最后用剪刀在上面剪出一根根锋利的面刺。但遇热必化。

出于少年时代惜物情感，我至今没有吃过真正的刺猬。它让人想起一种竞争中的尴尬，北中原有一个歇后语“狗咬刺猬，无处下嘴”。就是说的这种窘相。后来，一个食客告诉我刺猬的另一种吃法：用泥巴裹着刺猬在火上烤，待烤熟后连泥带刺一起剥掉。就像烤一只红薯简单。有一年我在广州餐馆，他们关爱我说“上一碗刺猬汤吧”。我就立即如坐刺猬，急忙谢绝。

可见世上那么多关注刺猬的人，并不仅仅是为了一张刺猬皮。

刺猬喜静，独处，怕光，避喧，昼伏夜出，行动迟缓，有点像国际作家创作坊和国内作家创作高级班学员的习性。

我们家乡的刺猬对大地充满认同感，它经过田野每一种有气味的植物，就会立即嚼咀后涂抹到自己的刺上，让身体尽快保持当地气味，以便像作家写文章一样，讲究前后文风一致。它在月夜披着自己那一方哗哗响的蓑衣，穿越夜雾里的乡村公路，为昆虫、为草根、为果实、为绳索、为生计奔忙，这“乡下小地绅”从不计较未知的后果，狐狸、猫头鹰都是刺猬的天敌，无论天上地上，都在暗处跟踪、关注、笼罩，而更大的天敌是人类日新月异的现代化进展。在纵横交错的光柱里，它张皇失措。刺猬往往被夜行穿梭的各种车辆轧死，我经常看到乡村公路上留下一张张辗碎的刺猬皮。像暗夜残花，像公路上一面面不和谐的补丁。

刺猬在文学作品里偶尔出现几次，多与寓言有关。李时珍说，刺猬能跳入虎耳朵里，置虎于死地，刺猬却怕听鹊叫，见鹊即自仰腹受啄。鹊叫一如蜜语，像情人枕头风。我分明看到李时珍一边开药方一边在讲故事了，为了让患者心情轻松。

刺猬与狐狸处世风格不同，狐狸是千变万化的智者，拥有千招。刺猬是以不变应万变的仁者，十招鲜不如一招灵，刺猬一辈子就用一招，它不学有术。老虎的屁股摸不得，刺猬的屁股同样摸不得。人类就喜欢摸对方的屁股，唯独不喜欢自摸。这是人不如刺猬的一点。

刺猬取暖的故事，是讲万物生灵必须懂得距离之美之妙。这是两只刺猬多年来友谊能永远保鲜未闹翻脸的原因，不至于因思想路线不同最后分道扬镳。克有鲜终。

狐狸这一生知道世间很多秘事，常怀有心事；但刺猬只知道一件大事。刺猬的理念是把复杂的世界归于简单。刺猬从不囤粮，冬眠就像睡一觉那么简捷。

我更喜欢刺猬的笨。干自己的事，不妨碍别人。有一年雅兴忽起，要给自己书房起一“芳名”，筛选掉许多，最后我想叫“刺猬堂”。上口，亮堂。就要让名人题字。

给开起名预测公司的一位高人一说，他一愣，以为耳朵出了毛病，“啥？侍卫长?”让人以为我刺人后还想耍聪明。毕业于名校的媳妇也反对，以为这是一种拒世的象征。

后来我只好撤去番号，我想这等好的堂号应该留着，让鲁迅、柏杨、李敖这类大家把玩吧。杂文家挂这堂号肯定避邪。

在北京著名的“798”艺术工厂，那一次正好赶上一场一家美发公

距离美
癸巳初記於鄭 馮傑

司的聚会，我荣幸接触几位先锋前卫艺术家（实际他们作品没有他们外形“酷”），刚见面我就暗笑，那一刻竟想打个乡村呼哨，原来整个舞台上那发型就是照着刺猬留的。城市艺术家在模仿我们乡间刺猬。

我一直就知道，在我周围一定藏着许多匹刺猬。刺猬依然披着一张张蓑衣向前独行。

去年秋末，我在太行山里小住几日，一天在山路上，看到一个山地少年担着一个笼子，在转弯处支杖稍息，笼子里一共五只刺猬。山地少年说是山刺猬，自己捉的，要送山下饭店，如果我一共能出一百块钱就卖我，不再下山，要不是狗日的老师交学费用钱急，在山下一张刺猬皮都能卖到四十元。

“叔叔你不知道，山刺猬比山下的刺猬好，山刺猬肉壮阳。”

这常识我真不知道。莫非这孩子也看出我的腰虚？现代信息能如此发达？

看着笼子里惊恐的刺猬，又看看眼前镇定的少年，我犹豫后还是带笼买下。可是五只刺猬对我实在无用，我也不想一只一只补阳。提着笼子上山后，我看那少年远走，四周无人，悄悄打开盖子口，就看它们的造化了。刺猬交头接耳，犹豫一阵，一会儿一一消失，轻松得像五片叶子落在山林。山下墙上少了五张刺猬皮，山上肯定多了五只或不止五只的刺猬。

晚上我住的那家主人听后，击掌叹道，刺猬肉倒不好吃，只是可惜了那五张山刺猬皮。

恍惚赵小宝他爷在门缝里坐着。记得小宝他爷当年说过，刺猬皮又叫异香，还叫仙人皮。我一直记着。我七岁时见到墙上第一张刺猬皮像一张广告，三十多年之后，我才读到一首《刺猬皮之歌》，我整理父亲的藏书，是《药性歌括四百味白话解》里的一首。比我的诗写得都好。

歌曰：刺猬皮苦，主治五痔，阴肿疝痛，能开胃气。

会大于集·记录一种景象

请赐我们以双翼

让我们满怀赤诚

返回故园

——荷尔德林《帕特莫斯》

解释或说明

“集会”是乡村物质或精神的交流场地。“集”和“会”是并列单词，属于两个乡村词语概念，分离而不混淆，不像现在，“集会”必须合在一起，是一盆语言糊涂浆，成了“结党营社”的象征，具体操作前还得向有关部门提前申请。

而我们乡村的“集”是集，“会”就是会。从时间上讲，集长，会短。五天举办一集，十天举办一会，雷打不动。或拖沓，或简洁。

“集”的特点有点接近露水，往往又叫露水集，它是一种短暂，草叶上的露水，太阳一出就散，后来还引申到露水夫妻。“会”则大都持久，时间概念上是从太阳出来，到夕阳西下为止。在乡村的长度单位上，会大于集。

我们这里的是老集会，波及北边浚县，南边封丘，有时黄河对岸山东曹州卖耿饼的商客都要坐船横渡，船上落一地柿饼霜。

傻三孬

集会从南到北，有半华里长。像漂浮在乡村时光里一条打结的草绳。集尽管人流不长，草绳却有点“粗”。集会上名声最大的一位赶会人叫“傻三孬”，正当壮年，真名不详。

在这里，傻三孬的名声比一个乡村集会都大，那时村里谁家的孩子夜间闹人，母亲会吓唬孩子说“傻三孬来了”。像止咳灵药一般特效，孩子就立即止住哭声。

傻三孬特长是会“欻”，在乡村集会上，他欻馍，欻烧饼，欻油条。凡是能吃的，他都会欻。

在北中原方言里，“欻”是动词，含有“强行抢走”的意思，就是出其不意出手，抢走对方的东西。

傻三孬傻，但对嗅觉却出奇灵敏，每一丝脏乱的头发梢上都布满味蕾。那时集会上炸油馍，打烧饼，买肉的摊子前最怕有傻三孬消瘦的身影出现。有的摊主也会挥刀吓唬，傻三孬不怕，嘿嘿笑笑，还继续站着，盯着馍摊子再看，直看得主人心里发慌，有的沉不住气，会用筷子叨一个小油馍头，打发他走。他抹抹嘴角的油后就移到另一个摊位上。

傻三孬有自己对食物的热爱方式。有时抢走食物后傻三孬怕别人追回，会一边跑一边往馒头上吐唾沫，以示占有。即使别人撵到缴获，嫌脏，也不会再要那馒头。

并非十拿九稳，他也有失手时，会被失主抓住一拳打翻在地，围上一圈帮闲腔的人揍他。傻三孬挨众人一顿揍仅仅就是为了一块馍，那时刻他会一边挨打一边往嘴里塞。

傻三孬大概是孤儿，要么就是像孙悟空那样从石缝里蹦出，我们没有听说过他爹妈是谁。乡村没有集会时，我见他就蹲在街道晒暖，找虱子，与世无争，集会到来，才是他的张扬之日，也许傻三孬比任何一个商人都渴望集会。就像现在的明星渴望舞台。

傻三孬让派出所里的三个民警也挠头，无可奈何。抓过，捆过，打过，放过，就是不改。令三个民警更尴尬的是：傻三孬他还时常盼上午 11 点前抓起来，最好能关到中午，这样可以白管一顿饭吃。面条，有卤。

在我们北中原那个年代，每一个乡村集会上似乎都有一个类似傻三孬式的乡村人物，在一条草绳上穿行，为一张空荡荡的大嘴，他们在熙熙攘攘的乡村集会里游走，点缀着集市话题，那无关紧要的一点乡村暴力，让平庸单调的集市上有了一点点公开的反叛精神。像草叶上一滴生动的露珠在滚动。

多年后我给小孩子们讲“欻”馍，大家以为是在听某一本童话书里的某一段落里的某一章节。

问，为啥不去吃肉？

掌鞋匠

掌鞋匠一副络腮胡，太浓密，竟像戏台子上挂襻的假胡子，集上都叫他黑胡子。黑胡子的鞋摊就摆在我们家门口，有锥、针、钳子、锤、丝线、顶针。支一张“丁字形”鞋架子，是铁质的，将旧鞋套在上面修理。

我经常蹲在鞋匠前面，看他修鞋。有时冬天，能看到他胡子上冒汗或结霜。因为家离得近，吃饭的时候，我会拿一块玉米饼或红窝窝（高粱面馍）跑出来，边吃边看他纳鞋。他用丝线作纳底绳，纳得嗞啦嗞啦的响，还不时将针在头发上抿一下头油。说“利针”。

他看着我，奇怪又认真问道：“你爹有工资，属于有法儿的人家，咋也让你吃黑馍？”

馍屑便受惊掉下来了，落在鞋摊上。我脸一红，不知如何回答。那时大家一年四季不都吃黑馍吗？

在乡村集会上，那么多鞋子像小船一般入了港又出航，在他面前穿来穿去。让我认识许多鞋子：羊皮鞋、牛皮鞋、猪皮鞋、胶鞋、雨鞋、解放鞋、趿拉板儿（我们对一种木屐的称呼）、凉鞋、布鞋、棉鞋、棉靴、球鞋、绣花鞋、圆口鞋、方口鞋、虎头鞋、老头翁（对一种棉鞋的称呼）。我眼花缭乱。

鞋匠坐在自己的鞋铺前，稳稳端坐。面对一摊烂鞋子，像个船长。他说治国家就像修理鞋子，一双一双的来。他从没有弄混乱过一双鞋子。

有一天，扔到鞋摊子上一双女式红雨鞋，鞋主人让黑胡子修理，一个多月，早已修理好，两个月过去，仍没人来领取。就这样，黑胡子已等有半年时间，无论是五天一集，还是十天一会，每次黑胡子都会把那一双红雨鞋带在身边，生怕某一天鞋主人在人群中忽然冒出来，找他要鞋。

他记得那女人有股淡淡雪花膏味，是这个乡村小镇人没有的。

“听说你是当兵的，退伍还有抚血金呢？”有一次，我听一个要修鞋的大人伸着脚，闲问道。

那时我还不知道啥叫“抚血金”。问我爸，父亲说也没听过。又问人，才知道是“抚恤金”。

记得那时鞋匠的模样，苦苦一笑。纳鞋声嗞嗞在响，如果用牛皮绳纳鞋，就比一般丝线要贵。见他仍旧往头发上抿一下针。后来我听到顾客问的次数多了，黑胡子显得尴尬相，会急急地说："站错队了，活该。"

黄昏，集会的人群与乡村乌鸦一块散去，鞋匠也要收摊离开，他是张庄人。集上最后回家的人这时才会看到这样一景：黑胡子拄着双拐，下面空荡荡的，两只脚已被齐齐打断。

有人说，那时间该是在1938年的台儿庄。

刻字的

在乡村邮电所旁边，置一方木桌，刻字匠戴镜，在专注刻字。有人问他话时，他就手依旧握刀，身不离桌，从眼镜片上面看人，露出白眼，形象像当时电影里的账房先生。记得账房先生一般都是搞笑的反面小角色。

我那时比桌子高一头。如果这天不上学或一直不散会，我能一整天趴在那里。他也不赶我，紧一句慢一句地和我聊天。

他告诉我梨木纹丝细，章料一般使用梨木，刻出字不碎。梨木章刻一个字一毛钱，也有用塑料、骨质刻章的，下刀吃力，比梨木章料贵，一个字另加收一毛钱。他刻的章形式上一般为手章，又叫名章。刻公章就复杂一些，需要单位出一张证明信，他才敢刻。

乡下有人来赶集会，多借机到邮电所领亲戚汇来的钱，要刻一名章，当时政府没有给公民颁发身份证，中国每一个公民都是身份不明的未名者，是大地行走的蚂蚁。如无手章证明，在邮局是取不出钱的。有人就站在刻章桌子边等，急催，刻章匠头不抬，会说："先去赶会，回来就成。"

见他先不慌不忙在章料上打格，在格里用小楷毛笔写字，都是反字，最后才操刀刻字。

我回到家也模仿一试，写好一个反字后，放在镜子里一照，便看到是正字。

这一年冬天，人民公社要分救济粮，不是所有人都能得到。但也简单得很，由公社政府在一张卡片盖上一方圆章，就可到粮食所领到粮食。

黄昏，刻字匠的一个亲戚找到他，为了第二天领一袋面粉，让刻了一个假章。刻字匠最后反正是刻了，盖在纸上，盖了两次，把原章毁了。后来仍被发现，他那亲戚一绳就勒出来了。逢十又会，刻字匠正常来到集会上，刚坐定，就被公社派出所来人逮走了。

人们感到奇怪，一个小刻字匠，值得那一绳吗？别弄错。

刻字匠心里却知道是咋回事。

以后集会上的人再到邮局领款时需刻手章，只好都到十八里外的县城去刻。回来后都说，县城里刻字连刀，没有他刻的字干净，亮堂。

那年，看我在桌前站的次数多了，他正好闲着无事，就免费为我刻了一枚小章，说，“你以后长大领钱用。”天哪，那都到猴年马月？

小章是红的，像颗樱桃。

白铁皮

集会上只有一家做白铁活手艺的，叫匡小银，匡城老户人家，是我小学同学，十岁那年就退学了，跟随他爹学打白铁皮活。他爹是村里祖传的铁皮匠，有名的“白铁匡”，打了一辈子铁活，不想让手艺失传。退学那天，他对小银嘱咐道：“一技在身天下行。”

以后，我们就说小银在“打活”。

在小镇集会的语言里，“打活”是一个乡村暧昧之词，相当于性交。我们都说，小银学的是“打活”，他听到后就不高兴。会咕嘟着嘴，撅得都能挂上书包。

后来也没见小银像他爹说的那样“天下行”。我每次上学，见小银在集会上铁皮屋里，低头忙碌。周围一片叮叮当当金属声，声音都高过一间铁皮屋。

小银主要做活的种类如下：铁桶、铁盆、铁碗、铁门、铁皮柜、铁架子、铁簸箕、铁烟囱、铁窗棂、铁箱子等等。他说，凡是铁皮活他都会做。

有一天，我们偷看一本黄色课外书，在书中看到，说西方“贞节带”都是铁皮做的，上面还挂一把铁锁，由将军出发前拿着。大家就问小银，会不会做铁裤衩？“做那干啥？”小银瞪着眼，奇怪地看着我们。大家就轰地笑了。

他以为笑他技低，小银脸红，立即谦虚地说：“现在还不会，将来能学会的。”

大家笑得更紧了。

这一年冬天，小银干了一件轰动集会上的事，他用一张白铁皮，闷着头，仔细敲打了一个多月，先从鼻子敲起，然后脸，然后是身，最后，竟打造了一座完整的毛主席塑像，引起小镇轰动。集会上的人路过时都来铁皮屋看。那毛主席像全身发光，该凸就凸，该凹就凹，棱角分明。一张简单的铁皮，硬是把老人家的神情风采打造出来。

来看稀罕的人多了，自然影响生意，他爹开始埋怨，说毛主席像再好，也换不了钱。

小银说：爹，你懂啥？

后来证明他爹对，果然不像铁桶那样能卖钱，毛主席像肯定卖不了钱。他爹后来出了个主意，由小银把铁皮像献给人民公社了。书记沉思，看看，说好。连说三声。

以后，不管风吹雨打，毛主席日夜站在公社大门里，挥着手，向集会上熙熙攘攘的人群观望，致意。

赶会的人都说，真能，那是西头打白铁皮的小银敲的。

柳树与瘸子

从东到西，整个集会上的人无论卖菜、卖鸡、卖粮、卖黄米、卖布匹、卖马，都是为了一个目的——卖钱，只有一人例外，在做免费赔钱的买卖，他是一个瘸子，小柳庄的乡村赤脚医生。

每次乡村集会上，瘸子早早都来，骑一辆旧自行车，穿过半个街，单单把草药摊子摆在公社门前那一棵大柳树下。摊子上摆的云南白刀伤药、草药、膏药、眼药、胶布之类简单的几样。最后在柳树上绑一把红旗，旗上写有“为人民服务”。

一般在集会上摆摊子，人们多不会主动到公社门前，怕收税方便。瘸子是免费服务，瘸子不怕。

我每次放学都蹲在那摊子前看，我那时年纪小，怕瘸子是圈套，最后要钱，不敢要药，只见乡下有的人向他要药，他果然每次都送上不要钱。有一次，我大着胆子，小心翼翼问一包拉肚子药，讨了一副，握在手中，走了好远还往后看。他真的不要钱。

瘸子是集会上唯一一个怪人。

后来他们村里一个大人来赶会，闲聊时对我父亲说，一个集会上，只有瘸子才是做的大买卖呢，他目的就是想利用自己是赤脚医生，要博得一个“为人民服务”的好名声，好娶一个媳妇。

后来终于还是绝望了，把自己也赔了进去。

瘸子成了集会上一个亮点。公社书记表扬，说是全社的好典型。说了几个对象，人家都点头称是，说小伙子思想好是好，都嫌他腿瘸。

这一次又说一个，那姑娘就冲着他心眼好，思想好。看来这次准成。瘸子一切集会上的努力没有白费。双方说好在集会上西头见面，集会都快散了，那女子还没出现。后来女方捎来信，那姑娘又拒绝了。她嫂子说：你是过日子的，和人过，一辈子你不能和“思想”过吧？

从集会上归来，瘸子半道就跳河了。自行车躺在一丛蒲草上，那面红旗在一边被风吹开，像一地火苗。

瘸子能做到这种行为已经不易，他治好集会上许多人的小病，他自己的大病没治好，他的目的没有达到，到死也没有娶上媳妇。

瘸子死了几年，乡村每次再集会时，我看到他原先占的那个位置，没有人占，那棵柳树下空荡荡，像作文课只写上一个大题目，下面没有内容。柳树上面长满了木耳，是一颗颗倾听的黑色耳朵。

笆斗

在北中原，编笆斗不叫编，叫“握”。编簸箕也不叫编，叫“捆”。属动词专用。

集会上“握笆斗”的一共四家，“握”得最好的手艺人叫马十斤。十斤是人名，据说他生下来时上秤，十斤高高，就当了名字。大人们都说，看这孩子富态相，日后一定有福。

马十斤却一直“握笆斗”。

编笆斗必须用黄河滩生长的一种柳条，叫簸箕柳，它枝条修长，柔韧，匀称。北中原不产茶，我们就采簸箕柳叶替代茶，色泽金黄，好看，像童子尿。柳笆斗的用处最广，除了平时日用盛物之外，生小孩子“过百岁”这天，主人家会扤着一只笆斗，装满豆芽，在村中挨家挨户送，叫“扎百家根”。这样孩子才能扎根长大。不然扎根不稳是关系到江山社稷的大事。

那一天，必须扤一方笆斗。

马十斤编的笆斗匀实，紧密，耐用。在集会同行上抢眼，别人的笆斗一只卖五元，十斤的一只笆斗要卖六元。

每个集会上马十斤都要来。我常见他拉一车笆斗、篮子、箩筐等农具，笆斗车上坐一个小女孩。马十斤带一把篾刀，一束牛皮筋绳，一边在下面握笆斗。两不误。

为了要一个男孩，他媳妇又偷生二胎，计划生育被罚款。十斤对我说，乡里的龟孙们罚了俺足有三大车笆斗钱呢。

他怕失去一个能卖笆斗的集会，两天前，出门赶集，等到他的小孩子在家“过百岁”这天，仍没回来。媳妇在家等一只笆斗，好装豆芽送人。孩子的“百岁”都过完了，还没见丈夫来，媳妇就骂。

五天后才知道，这天集会散了，十斤去大堤东村给人送笆斗，晚上回来在黄河大提上被坏人“劫路”，遇害。那时，集会上经常传出“劫路”的事。凶手后来被抓住，在派出所里交代：抢了马十斤十元钱，一车五十个笆斗。

“日你娘！十块钱就把人害了？”审讯员拍着桌子。

“他用笆斗砸我。”

税务站长

从南到北，村里就一眼井。从东到西，集会上就一位税务站长。

在北中原的税务机构里分局、所、站，到我们的集会上，最大的税务官就是站长。

税务站的站长姓李，都叫他李站长，是当兵转业回来的，税务站平时在集会上的任务是“割资本主义的尾巴”：抓卖馍的，卖油条的，卖花生的，然后把他们的篮子一一没收。屡教不改的要“游街”示众。

“游街”就是捆住双手，胸前挂一方白纸牌子，上面写着名字，在一条集会上来回游走。严重的还要敲锣吆喝，喊叫自己犯的罪状。

有一天，乡村世道忽然颠倒了个，李站长贪污公款被抓，也要游街。

税务站长游街那一天，一条集市都轰动了，昔日卖馍者，卖油条者，卖烧饼者，纷纷唾他，往他身上扔土坷垃。

这些小贩子没敢想到，昔日在他们面前曾踢摊砸篮、耀武扬威的人，也会有今天，就像他们当初被游街一样。

游了三天街，公社查账组的人仍不放过，还要继续往深处挖。还准备了一面铜锣。

税务站长只觉得把人都丢到祖宗那里了，当天晚上，骗过公社的看守人，一口气跑到集会东头唯一的一眼井口台，倏忽不见。一眼望去，井边仍是一地月光。

第二天集上，第一个挑水的人下桶打水，水桶沉不下后就听到惊慌喊道：“有人跳井啦!”

那天早上，我起来后，看到村东边井台沿围一群人，我就壮着胆子往井口里探首，井水幽深，像悬挂一个掏空的大树洞。我看见一个人背伏水上，漂浮在井里，身子都泡膨胀了。

那是我第一次看到死人。一天里我都没有吃饭。

在乡村多种自杀中，跳井从来是祸害众人的事情。

人们淘了三天井，队长骂了三天。

卖蒸馍者

集会上卖馍是禁止的。属“资本主义尾巴”里的一条小尾巴，该割掉。

因为不能光明正大地卖，卖馍者多在挄的馍篮子上盖一块土白布，再立一根筷子，筷子上插一馒头，叫“样馍”。是做一种身份的暗示，相当于现在的广告代言人手中的品牌。

卖馍者想售出，又怕对方是税务站的税务员没收走，只好隐隐藏藏，既怕买者不知道，又怕别人发现。后来我读白居易的诗，有“犹抱琵琶半遮面”的句子，我就首先想到乡村集会上的卖馍者。

有一次，我想吃好馍了，就用卖酒瓶的一毛钱，在大堤上找到一个插“样馍”行走的卖馍者，他看我是个孩子不像探子，卖我一个馒头，恰好被公社粮所一个会计看见后，他告到我父亲那里，回家就被我爸狠狠打一顿。我一直恼恨告密者。

卖馍者经常被税务员追赶，有时篮子里的馒头撒落一地，引得集会上有人乱拾。后来乡村集会上有投机者，专门跟在税务员后面，单等乱中拾馒头，趁火打劫。在战争年代，这些人肯定是发战争财者。

有一次卖馍者被抓，是个屡教不改者，税务站长决定让游街。

这次游街没有挂牌子，李站长别出心裁，让卖馍者在胸前挂两串馒头。一晃动，像画本里武松胸前的那串一百零八颗佛珠。

从西到东，在街上正游走，忽然，一个黑影一闪，像劫法场的侠客，是傻三孬从人群中跳出来，只见他出其不意，欻到卖馍者胸前那一串馒头就跑。

乡村庄重严肃的教育事件一下子岔题了，显得富有舞台戏剧性。大家先是一怔，之后，集会上的人都笑。一条草绳都在笑。

卖雁者

卖雁者多和卖鸡的、卖鹅的、卖扁嘴（鸭）的摆在一块，固定位置一般在集会中间的小十字北口。带翅儿的都聚集在一起，相当于编《四库全书》里的“禽部”。

卖雁者骑着自行车，后座两边驮的都是大雁，每次带二十多只。雁肉丝粗糙，有草腥气，不好吃。卖雁者私下说，可掺到马肉里，当马肉卖，不是行家吃不出来。

卖雁者是芦岗村人，黄河就从他们村周围流过。黄河边每年冬天都过雁群。我的同学经常拾雁粪喂猪。记得过雁队多时，那雁鸣声能叫响一夜。我夜半撒尿，还听到头顶雁叫。

1970 年的大雁还未列到保护鸟类级别里，捕雁是北中原黄河边一种农闲时的营生。他们捕雁有两种方法：火铳，夹子。

火铳远距离时使用，得自己配火药。火铳危险，最怕“坐铳”（就是火铳自炸）。

常用的是设连环铁夹，选择好一个雁群停宿的沙滩，十几个铁夹子埋在一起，伪装后撒上沙土，粮食。为使被夹住腿的大雁飞不走，夹子中间得有绳连在木棍上，插在地上。

雁是有群体感的鸟类，抱团，一只大雁被夹住，其他雁群哀鸣不止，会纷纷营救或喂食，这样，周围会有更多的大雁踩中铁夹。捕雁人利用雁的这一习性，设此诡计，万无一失。

集会上一只死雁和一只活鸡价格差不多。在乡村的阳光下，那些闭目的雁头闪着幽蓝的光泽，几乎垂落在地。我围着自行车上死去的大雁，往往趁卖雁人不注意时，偷偷拔去上面几支长长雁翎。

那时，我姐和同学在家踢毽子，雁翎能“扶毽子”用。缝在一枚铜钱上，雁翎比鸡翎粗。

反标事件

集会上最让我们惊心动魄的其实不是傻三孬欻馍，而是突然出现的“反标”。

“反标”就是反动标语，反动口号的简称。任何一次“反标”事件对于我们这小小乡村集市而言，不啻是一次小小地震。是这条草绳上悬挂的炸弹。

在我们的集市上一共出了两次“反标事件”。前一次是在集会人员最少的西头小学校，正是上早操时刻，有人发现反标，几个老师迅速扑上前去，用衣服挡住电杆上的“反标”。主要怕扩散，再毒害学生。校长要求知道的小范围不得外传，但反标的分子早起化学反应，已在空气中弥漫，整个学校已迅速知道。好长一段时间里，我们说起来这事还气跳，神秘，脸红，紧张。尽管谁都不知道“反标”的内容。

后一次“反标”与我有关。

公社宣传委员会在我家门口立一个大报栏，三米多高的牛毛毡报栏，下面贴报纸，及时传达中央精神，最上面还筑巢卧麻雀，我们常在上面掏麻雀。这次是十天一会，集会上只有几个卖鸡蛋的老太太，还没过多人上市。有人警惕性高，忽然在报栏上发现“反标”。公社立即来人，反标被一张大纸遮住，报栏前围着一圈识字的人。

发生地点在我家门口，公社人员首先要从学生查起，他们对我父亲讲了道理，要检查我的作业本，对笔迹进行鉴定。中午我还没放学，家里的一些作业本被公社人员拿走。

我姥姥当时不知道啥叫“反标”，看到这么多人在忙乱，又与我有关，吓得心都跳出来了，为我担心。

后来检验出来的结果是：我的字写得好，工整；反标上的字差，潦草。我被排除在外。姥姥这才松一口气。

但是，要是有人左手写反标呢？我那时暗自担心。

在一個唯利是圖的年代拜金主義至上衡量人的價值是以所擁有物質多少而定的了難進入清寂與守定大境難不開熱鬧喧囂得其手段就無限放大得其小感覺就沾沾自喜擁有着小得意就認為得大境界也
小得意圖
丙戌年初秋
馮傑製

集会上的“反动标语”，一般都出现在路边报栏，电杆上，远远没有现在性病和办证广告频繁。乡村集会上隔三岔五就出现一次的“反标”，就像发疟疾一样，让人恐慌。

反标的性质以公社书记定性为准，上至反毛主席下至骂公社书记，他说是反标就是反标，我们永远不会知道其中的内容。到现在我也不知道。

内容神秘，永远不详。

一点注释

人民公社后来由村改为乡，后来乡又升为镇，再后来，政府文件规定：镇长在一个地方连续工作九年，还可以享受副县级待遇。坐在台上虽说不是县长，却也能找到准县长的感觉。像背心改乳罩，级别不一样了。

一条街道在变长变粗。街道上的政府像一方小舞台，在演着一出出戏。尽管称呼在变，乡村集会未变，仍在五天一集，十天一会地进行，依然是集长，会短。

乡村集会除了保持我上面记录的景象之外，又增加了不少新内容，与时俱进，今年秋天我专门来赶集，多了美发厅、按摩室、电脑游戏室、麻将室、电脑维修部、中国联通手机代销店、铁通、移动、夫妻保健用品店。

当年公社书记的三儿子叫李生兴，三公子在村西头开了一家“振兴饭店”，除了吃一碗热腾腾的烩面，芫荽随便撒之外，饭后还可享受三十分钟的“小姐按摩”服务，一共才要三十元。

这饭店开得富有创意，人们一边剔牙一边回味，都说：物美价廉。值！

一张 1975 年的报表

语屑

公社收购站始建于 1958 年正月，比我大整整六岁。就是说，里面前来光临的第一批具有原始股资格的废品都要比我大六岁。废品的资历比我老，它们与我相比，皆属资深废品。

公社收购站为乡村供销社二级机构，属国营性质，共计三人：一名站长，两名站员。门口一棵楝树。人员待遇可谓旱涝保收，大家可以在树下不慌不忙一边剔牙一边过秤。

后来政策调整，个体户增多，供销社旧风不改当年，仍坐地收购，对废品不再“礼贤下士”了。士还为知己者用也，何况废品乎？于是废品总量急剧下降。到现在，国营基本都已转换成民营。有一次聚会，宴席上有个衣冠楚楚的先生出场，介绍自己就是“收破烂的”。我原认为这是成功人士普遍的谦虚美德，后来知道竟是一方“破烂王”，资产数千万。三杯过后尽开颜，有人想作以对比，就问我这“人类灵魂工程师”身价多少，我当时心怯，就说：顶多值一小车废品。

世上只有无用的人，从来没有废品，我认为所谓“废品”，都是放错地方的有价值的东西。譬如我的诗歌和 1975 年收购站的三斤乱麻。

以上皆属饶舌。接着说我手中这一张 1975 年结算账簿和延伸出来的“废品物语”。

废铁 5350 斤

铁类：多以马蹄铁、旧犁铧为主。兼有铁锅、铁铲、铁锹、铁箅、铁盖、铁皮、铁钉、铁锭、铁块、铁顶针。小到一枚纤细得看不见的剔牙的铁签。

从小学到初中再高中的八年里，化学课我从来就没及格过，但我知道铁的元素符号是“Fe”，工业上叫黑色金属。语文书上形容一个国家政权强暴或部队精锐，叫铁蹄、铁骑。有一次，我逃学时被老师抓住，老师竟给我加上了一块铁，用了一句“铁证如山”，铁在这时肯定是正义的化身和象征。我接触最早的美术作品是潘天寿先生的一幅山水，缘由就是上面一句落款：“雨后江山铁铸成。”多年后想想，那一“铁”字用得妙，比我老师修饰山时用得好。据《长垣县志》称，我多年生活的小城原有九座牌坊，功德坊，贞节坊。大炼钢铁年代，党和政府号召全国要炼钢铁，要烧石灰，顺道就把贞节牌坊捎带使用了。100 度高温，贞节牌坊也受不了，青白颜色，但最后都是上等的好石灰。

后来资料证明那一年炼的钢铁都不成功，根本造不成飞机，大多炼成了炉渣（想想，离人渣肯定为时不远）。

铁与雨水约会，必将生锈，往事斑斑，器物赭红，像一场旧日的爱情。

1975 年那一年，蜗牛，铁锈，白线，这些意象在一件铁器上让我同时看到。像后来我看到米罗的画。

杂铜 820 斤

黄铜、青铜、红铜，等等。铜从来不按姓氏笔画为序，只按价格高低依次排列下来，有这一页账表为证。

我有一个亲戚，该喊他表舅，村里人都叫他叫升牛。在他不短不长的60年人生世界里，他一个花甲经营了一个丰富的全铜世界。有一天，这舅竟对我说过世上还有白铜。我以为他胡说。30年后，我在西藏竟忽然看到白铜装饰。白铜是金属里的白莲，面容干净，心底纯粹。

他经常骑一辆“永久”牌自行车，在打击“投机倒把”的70年代末，在北中原乡间他如鱼得水，像一尾滑腻的泥鳅自由游走于人民的汪洋大海之中，其他不收，专业收铜，后来村里都叫他“铜升牛”，这有点像古人称“贺梅子”“郑鹧鸪”的美誉，一个人专业或学术上精通了，就会有文学上的“借代手法”。

话说这有古称的“铜升牛”每次来我家，自行车把上都挂几串在乡村收购的“开元通宝”。远远看，像挂几串晾干的小柿饼。乡村铜价三元一斤，开元通宝是铜，于是开元通宝三元一斤，我就如此类推：大唐盛世自然也三元一斤，千金散尽还复来的李白也三元一斤，唐明皇三元一斤，杨贵妃三元一斤。在我们这个豫鲁冀三省交界偏僻的地方，导电的铜与当时的文化大革命局部绝缘。

有时到中午，屋脊上传来干燥的鸡鸣，这表舅就要停在我家吃饭，到炊烟升起的晚上还要住在我家，第二天继续在乡间游走。车把上的“开元通宝”响起唐代的声音。

有一次他下榻在我家，趁他短暂的午睡时间，我偷偷从那一串铜钱上扣下一枚字迹清晰的“开元通宝”。他的呼噜声一高一低，平仄不一地摊在凉席之上，我却紧张得把那枚铜钱在手里都暖温了。

我姐高兴，就鼓励我再扣一枚，两枚就可以做一副沉甸甸的毽子，插上鸡翎，像寒冷冬天的一羽火苗。

废铅和锡 180 斤

在我经验里，铅和锡都是沉重有分量的金属。一个人到 70 岁之后才敢使用“铅华洗尽”这一词来叹谓。七岁之前只有用铅笔写字的资格。

我还知道铅和锡在金属里都极为“压秤”——就是体积小，分量重。“狗蛋大一点，竟有五斤?”这是我常听收购站麻站长的口头语。他表示对眼前重量的怀疑。

人民公社经常不定期地组织民兵练兵演习，主要为了打击美帝和苏修两个帝国主义的侵犯。每次打靶过后，我们能捡到许多子弹头，运气好时还能捡到锃亮的步枪子弹壳。

在 1975 年的孩子们中间，有一天流传了一个秘密：步枪的子弹头里有铅和锡。让我们逃学找到理由，到田野里疯狂地寻找靶场遗落的子弹头。

马寨村一个孩子听到后，就偷了他爹几发子弹，他父亲是民兵连长，弹药库就在他家。自己开始了“取铅工程”，用一把铁錾子“冲”一颗子弹，忽然炸响了，紧接着失去一个指头，后来外号叫“九指”。长大了就开始爱面子，夏天多么闷热，还穿长袖，常见他缩着手，一副怯怯的样子，再急也从不出手。

“六个指头挠痒——多了一道”，这一成语我从来不敢在他面前说。我尊重完整，同样我还尊重残缺。

废橡胶 1525 斤

大多是汽车轮胎、拖拉机轮胎、马车轮胎。

镇上，有谁家里的女人做鞋，会鼓励男人去到收购站拿几片轮胎

我姥爺在鄉村年年
種蒜，秋後辮成
蒜辮子掛在牆上
他去逝後三年
我要立一面石碑
紀念，我在上面寫
碑文時故鄉的石
匠告訴我在石上面
用蒜擦一下字會更
顯那一時刻滿眼辣
出了兩行淚 馮傑

底，割下一层，可以做鞋底，弹性，耐磨，还有花纹。

这一年下过一场雪，大队菜园里的白菜一夜间被人偷走二百多斤，队长是位复员军人，脸膛长得像一截炮筒，倒是粗中有细。他来破案，准确无误抓住作案者，是村里一位光棍汉，掀开一方挡风的草苫，见他正在漏风的屋里用铁锅在白水煮白菜，一边哼哼豫剧。

队长给书记介绍经验时，说：主要是根据雪地上的脚印，他穿的鞋底是东方红拖拉机轮胎底。

果然。

在村里下雪天偷东西，可以按图索骥，寻着脚印找到家，我认为这是橡胶轮胎的一项致命缺点。

破布、破鞋，累计共 8060 斤

收购的旧鞋有棉鞋、夹鞋、解放鞋、球鞋。皮鞋、高跟鞋最少。这些鞋们不被人最后穿成烂鞋是不会光临到收购站的。但是来收购站卖破鞋的人从来不说是来“卖破鞋”，只说“卖旧鞋”。

这年初春乡村集会，我和同学们放学，要从镇西头穿越镇东头。人多，在集会上大家都挤散了，忽然一声喇叭响，我惊呆了，看到眼前这样景象：一双破鞋挂在一个女人脖子上，她被人架着，在集会上游街。一双破鞋在胸前像一双漏底的小船，荡来荡去。集会上这时是早春三月，春风扑面。

集会上的女人是我的一个小同学的母亲。

对于乡村女人而言，破鞋是乡村一个带有污辱性的符号，即使解掉，也是背上另一种无形的“红字”。

后来听大人们说：她男人去世多年，为了四个孩子的口粮，她听到召唤就到公社宋书记屋里去，刚好这一天县里来检查工作，被人发现。宋书记这时义正词严地说：她想拉革命同志下水。

论分量，那一双收购站里捡出来的破鞋顶多八两，八两却是一个女人一生的负担，能把一个乡村女人沉沉压死。

废纸 2690 斤

多是小学课本、作业本、旧账表、日历、报纸，报纸又分《人民日报》《光明日报》《解放军日报》《参考消息》。麻站长说，他还在里面捡到好几本八成新的《毛主席语录》，放在案头，《毛主席语录》是无价之宝，怎么能卖呢?

同样订的一年报纸，最后一份不少拉到收购站，就有人卖钱多，有人卖钱少。只有麻站长知道卖报纸也有窍门。就是提前在中间的一张一张报纸上淋水，得有耐心。最后过秤，十斤报纸就能达到十三斤。但又不能淋水过多。发现肯定要拒收。

公社来了一辆车子，拉来一车旧报纸，又是李秘书亲自来。李秘书经常来卖单位里的旧报纸，李秘书从部队专业，当过文书，一副好文笔，文章还上过“河南内参”，但他有个习惯，最善于背后“咬蛋”（小镇上把背后诬陷人叫咬蛋）。小镇上许多人都在暗等时机。麻站长就认为过去这李秘书曾经咬过自己的蛋，影响自己升迁。

麻站长看到李秘书把一张《人民日报》踩在脚下，双脚正好踩着上面登的一张毛主席像，把毛主席那一张富贵脸踩成了一个四分五裂的大花脸。

麻站长牢牢记在心上。

这一天，公社正在召开批判会，恰好正差一个反面典型，大家干脆就把李秘书充了数。大家知道都有这个事情，只有李秘书不知道，大家认为李秘书家的成分是地主，他是故意踩毛主席的脸，发泄私愤。

杂骨 1870 斤

几架骨头山垒得高高的。猪骨、牛骨、马骨。羊骨、驴骨、骡子骨。有一架身份不明，最后麻站长断定：大概是骆驼骨。有人起哄：麻站长，可别是虎骨吧？

骨类里数羊头骨最常见，骨山上不小心掉下来一个羊头骨，里面就会爬出来无数条吸骨髓的蛆虫。像白色散乱的碎银。

杂碎骨收购站一般不收，大家主要是嫌零乱费事，存放时间长就会消失掉了。杂碎骨不好，但是杂碎骨熬出来的汤好，浓郁，小镇上人人爱喝。

三十多年之后，我邀请一位书法家朋友和我当地的政府官员饮酒，升平歌舞，大家在交流酒的多种喝法，喝着喝着，就醉了，书法家是性情中人，就指着他们，说：

"——你们都是一锅杂碎。"

那时，我就想起 1975 年那些散乱的骨头里爬满的碎银一般的蛆虫。模仿流星。

麻头、绳索 280 斤

据说蔡伦造纸的原料大致如下：破布、老套、麻头、渔网、绳索、布帘、旧棉都在这个范围里。

收购站麻站长同样清瘦，恰好又姓麻，也像一截麻绳。他养活五个孩子。有一个叫麻胜利的老四还和我小学同学，每当流鼻涕时就用袖从容地一擦。老师说：你名字还不如叫麻利呢。

闲时无聊，麻站长爱和两个部下开玩笑。一天，捡起一截麻绳，他抻了抻，比画说，结实，这绳还能上吊用啊。

不料却成了一截谶语。

这一年晚秋，有人向公社党委告发他贪污收购站公款。第二天就要查他，要组织全镇批斗，小小的收购站像一片冬天来临前的秋叶，在发抖。笼罩在惊恐之中。

黄昏时分，他最后又一次贪污了公家一条三尺长麻绳，利用权力免费选了最结实的一条，把自己轻松地挂在收购站门口的那一弯楝树杈上，在地球吸引力的正确指引下，终年 52 岁。上墙定格。

收购站依旧收购，门口那一棵楝树伐掉了，以后群龙无首。

还是语屑

这是一份 1975 年供销社废品收购站报表，笺上头还有一句毛主席语录“要节约闹革命”，红字。是在城东古玩街一叠旧报纸里飘下来，它发黄，脆弱，像时光里一只断翅的灰蝴蝶。风一吹，就融化了，簌簌落下的碎屑都是旧事。无法收拾。

豆腐万岁

小葱拌豆腐，一清二白。

——乡村俗语

立体·绝版豆腐

童年在小巷，每到下午整点，尽头会梆子一敲，响起一声“豆腐热——”。我急急出门，小贩从豆腐车上端出一小块方豆腐，我蹲下或站着，是像吃熟柿一样吸，吸完付五角钱。小贩继续吆喝，声音在小巷尽头瘦去。这种豆腐清热败火。他不多做，一天只做一大屉豆腐。我一直奇怪，为何不叫热豆腐，偏叫“豆腐热”？将豆腐一词倒装。可惜如今无处可问。三十年前，那块“豆腐热”早化成月光，无可复印，已成绝版。

世上豆腐成千上万，童年那一块豆腐最甜。豆腐是什么？豆腐是立体的乡愁。

误·豆腐演义

话说天下豆腐，做了必吃，吃了必做。一个人一辈子可以不当总统，但不能不吃豆腐。

中国四大发明世上尚有争论，豆腐却为认可的国粹，能称第五大发明。豆腐家常，发明者却是西汉淮南王刘安。豆腐的起因源于一次“误读”。有一年我还曾专门到安徽拜访过豆腐。西汉提倡简朴，贵族不许用金属器皿，大家就只有纷纷在吃上下功夫。这位刘邦之孙不像他爷有兴邦济世理想，更像文艺协会主席，整天炼丹求道，不惜重金广招方术之士，与号称“八公”的八位方士登北山而造炉，炼仙丹以求寿，于是光膀子开始磨制豆汁，又以豆汁培育丹苗，不料炼丹不成，歪打正着，豆汁与盐卤化合成一片芳香诱人、白白嫩嫩的东西，这真是烹饪史上一次美丽的错误，像错版邮票般升值。刘安无意中成为豆腐的老祖宗。

但是中国豆腐史上并不是刘安做豆腐最好。豆腐运动一直是一场有始无终的全民参与。

最高指示·豆腐人物列传

苏东坡善食豆腐，任杭州知府期间，亲自制作东坡豆腐。陆游也挽袖开始做豆腐，他编《渭南文集》中还记载豆腐的烹调。袁枚为求豆腐制法，曾为豆腐三鞠躬。唐代大和尚鉴真，东渡日本，带去豆腐制作方法。后来皇帝与豆腐也有联系。康熙南巡苏州，新赐大臣的不是金玉奇玩，而是颇具人情味、乡土气的豆腐。蒋介石用餐不奢侈，一盘青菜，一碟豆腐，最喜吃的是奉化臭豆干。毛泽东年轻时常去吃长沙火宫殿的臭豆腐。后来回长沙特意去吃一次，说：“火宫殿的臭豆腐还是好吃。”在唯我独尊时代，好事者把这句当成“最高指示”，写在照壁上。火宫殿的臭豆腐遂成全国第一。

以上是历史里漂浮的白花花的豆腐。眼前的这一块豆腐是我村里远门一位大伯，他做一手好豆腐，叫“豆腐王”。当年城里两派红卫兵打仗，一方让他连夜做一百斤豆腐，支援革命，未做完要批斗，他不堪欺辱，夜里喝了一瓢点豆腐的卤水，第二天死了。锅里还有熬好的最后一锅豆腐。像一池惨淡的月光。

他有一个有出息的儿子，后来出国在东京当教授，日子过得滋润。一次回国，他对我竟说自己在异域全靠做豆腐立足。我说：日本不是也有豆腐吗？门口川菜馆还有日本豆腐一道菜。“那能叫豆腐？”他瞪我一眼，“那只是失败版的鸡蛋羹。食之无味，弃之可惜。振兴豆腐，还得靠咱中国。”这一精彩结果倒是他爹当年也没想到的。

想想也是，一夜工夫，就能把一颗颗黄豆变成白白的方块，翻手为云，覆手为豆腐，有点像玩魔术。我一拍案：下次我干脆跟你出国去磨豆腐吧。

他说：你这是典型的豆腐嘴，有点松。

咏·豆腐党与革命

有一次吃过豆腐，看到于谦那首著名的诗“粉身碎骨浑不怕，要留清白在人间”，这哪是咏石灰？分明是豆腐颂。

豆腐的软往往衬托革命的硬。天下之柔，莫过于豆腐，但天下之刚，也莫过于豆腐。豆腐小道，不能兴国，却与一个朝代灭亡多少有点关联。在那位曾于东京做豆腐的师傅眼里，清朝就亡于豆腐。我慢慢道来。

李石曾是晚清重臣李鸿藻的公子，与他爹保守思想不同，李石

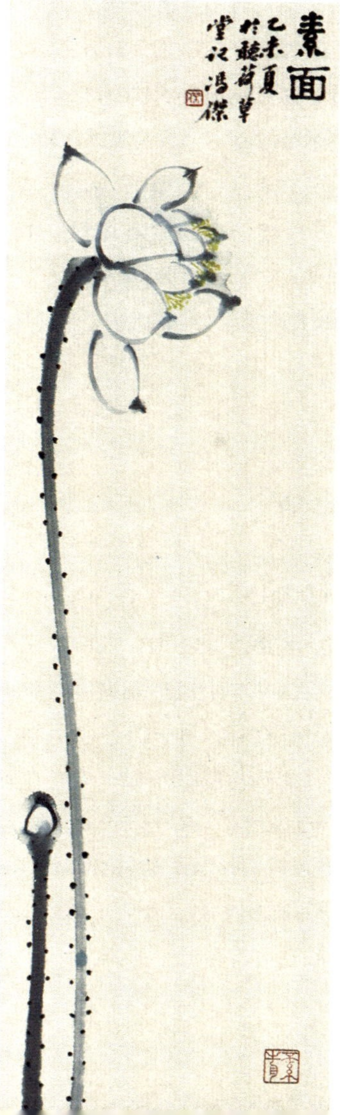
素面
乙未夏
於聽荷草
堂江鴻傑

曾时尚新潮。晚清时他到巴黎开一家豆腐公司。为了保持这一国粹正统纯粹，豆腐公司从师父到小工，一律由国内豆腐乡带来，这一国粹让洋人大开眼界，终于尝到了什么是真正中国豆腐。李石曾大发洋财，挣的钱比豆腐房都高。以后开始在政治上不安分，资助孙中山的革命党，据说，只要孙中山没钱花了，只管拍电报去，A 字代表一万，B 字代表二万，C 字代表三万，款就会从巴黎的豆腐房源源寄来。他父亲所效忠的清王朝覆灭，多少有一点豆腐的功劳。一物降一物，卤水点豆腐。后来中国青年留法勤工俭学，那些在法国搞共产革命的人，一个个都成了中国历史上翻江倒海的人物，而这些人的留法资金，一部分就来源于豆腐。革命在豆腐上，就差有“豆腐党”一说了。

革命斗士最后的风采也与豆腐有关。豆腐一时成了革命道具。金圣叹最后说：黄豆与胡椒服，有豆腐味。瞿秋白临刑前从容写道：中国的豆腐世界第一。豆腐刚柔并济，老子写《道德经》时可惜豆腐尚未出笼，如果有，老子一定热爱豆腐。《道德经》体现的就是豆腐精神。

葱的加入·豆腐精神

故乡有句口语：“小葱拌豆腐，一清二白。”豆腐成了做人的标准。

豆腐是平民象征，在我们北中原，最能养家的是做豆腐。好学易操作。头天晚上做，第二天早上就能卖钱养家糊口。村里最现实的是“豆腐路线”。夜里想了千条路，早起还是卖豆腐。豆腐软柔，却悲天悯人。简朴莫如豆腐，奢侈也莫如豆腐。萧红在小说里写人物，“不过了，称二斤豆腐去。”豆腐成了一种生活标准，底线和象征。

豆腐淡泊，豆腐素心。豆腐精神最符合环保理念，在世界上动物保护主义和素食主义大兴的今天，它能以植物蛋白代替动物蛋白，让世界和谐共生，豆腐是一个榜样。上世纪末以来，世界饮食界兴起一股引人瞩目的“豆腐热”，高蛋白、低脂肪的豆腐食品越来越受到世人喜爱，成为科学界一致推崇的美味保健营养佳品。

我预测到，在世界未来的十年里，最具有市场潜力的商品不是汽车、电视、电脑、电子等尖端产品，而是中国人的手工豆腐。所以，你得抓紧做豆腐。

豆腐之质变

我统计过，豆腐古称小宰羊、菽乳、脂酥、黎祁、犁其、来其、没骨肉、鬼食等，名称好到天上了，像元帅晚年胸前挂的一串花里胡哨的勋章，储满荣誉和记忆。

我擅长的是清炖豆腐，我太太的代表菜是菠菜炒豆腐、炸豆腐、卤豆腐。坊间还有一种，将豆腐切成厚二分的长方块，用平底锅温油两面煎，表面发皱，号称“虎皮”，虎皮豆腐。可见世上拉大旗做虎皮者披的都是一张豆腐皮。我们小城常做的是豆腐脑，不能想，想一下都流口水。还有一种豆腐叫豆花，当垆的肯定叫豆腐西施。豆腐面前是非多。我还见过一种绿毛豆腐，简直像一章恐怖小说。我拿手的是做一种“泥鳅钻豆腐”，将一块鲜豆腐置于凉水，逐渐加温，外热里凉，几只泥鳅会往里慢慢钻。最后调料，原汁原味。后来知道这是虐物的一种，我便收敛不做，改为凉拌豆腐，返璞归真。绚烂之极归于平淡。

针 · 秘笈豆腐的鉴别

当然，以上必须是好豆腐，腐败豆腐肯定不行。鉴别豆腐好坏比鉴别人要容易得多，还不至于去“望、闻、问、切”，仅看一块豆腐上的水纹成色即可。看人你绝对从外表看不出忠奸，何况人类又有大奸若忠一说，有人共事多年才知道身边是放一颗定时炸弹而不是一块豆腐。豆腐无心机，永远表里如一。我姥姥在乡村鉴别豆腐的方法最妙不过，是我家祖传秘笈，还能称得上禅意盎然：

用一枚她平时用的缝衣针，在离豆腐30厘米高处立住，轻轻松手，让针自由垂直下落，如果针能插入豆腐，则为优质豆腐。准得很。多年之后，我还故弄玄虚地号称这叫“缝衣针高空坠落鉴别大法”，可惜那时还不兴申报吉尼斯世界之最。

臭名昭著

最吊诡的是另一种豆腐：武汉臭干、北京“王致和”臭豆腐之类。百米之外，我闻之如临大敌，敬而远之。一个赏识的美食家开导我说：不吃臭豆腐？那你算白活了。

我知道天下好文章不好写，把文章写得臭天下同样不容易，就像制臭豆腐。正宗臭豆腐制作极其讲究，先选上乘豆腐坯，加卤、发酵，再配料精调，才会有较好色泽和味道，能否制出味道鲜美的臭豆腐，整个制作过程对温度和湿度的控制极其讲究，马虎不得。像作家写一篇臭文章，臭豆腐的制作流程也较繁杂，大约需要数日创作，甚至更长时间才能结尾杀青。

最喜嗜臭的是大师章太炎，他人为求其字，费尽脑汁，最后送臭豆腐一罐，章大师大喜，在臭豆腐气息中，上书“五族共和”。

臭豆腐风格永远是“远处闻着臭，吃到口里香”，这有点像政府官员的腐败和不廉洁。任检察部门如何敬业，吃到口里别有一番风味。臭豆腐总体特征是：外臭内嫩、香辣可口。正宗臭豆腐不仅是某地风味小吃，在全国都有名气。可谓“臭名昭著”。

这一块有点意外

豆腐好处多多，我只是豆腐代言人之一。有人和我开玩笑，如果成立豆腐进步党，又民主差额选举，我有当首任豆腐主席的可能。有次到广州出差，在一位女士前说道喜欢“吃豆腐”云云，我说的次数多了，她嗔怒地看我，说让我讲话尊重女士一些。

我莫名其妙。后来有人告诉我：在我们这里，偷摸女人的胸脯就叫“吃豆腐”。天哪，我来自乡下，哪想到过这一块好豆腐？

看来，任豆腐情结再浓，并不是所有人面前都可以张扬豆腐精神的。忽然想起童年一句北中原歇后语：“麻绳捆豆腐——没法提。”

讲土语的酒

钵·司空图

“买春”就是买酒，这时千万不能用“卖”，一字之差，谬之天地。“卖春”与色情有关，笔误的后果肯定是第二天“扫黄打黑办”对你严重的关注。政治误读一般都大于文学通感。

我少年时在北中原乡村看司空图《二十四诗品》，看到关于“典雅”那一章，就有“玉壶买春，赏雨茅屋”句子，是描绘雅士们的生活原状态。饮酒的环境是“座中佳士，左右修竹”。最后，大家开始很有学问很有风度地在知识的海洋里发酒疯。现在官员、商人酒后一般是洗脚、按摩、桑拿等等。是心境退化。

根据这一题意，我曾画过一幅《买春图》，画店的老板听到，就肯定是一张春宫画，没打开就给我一笔款，说要挂起来。这真有点拔高了我。

在村里，二大爷平时把买酒只叫灌酒、打酒、置酒、筛酒。二大爷就是不说“玉壶买春”。

二大爷不知道司空图。

司空图也不知道二大爷。

双方在时空里扯平。心息相同。

缸·公鸡蹦

以高粱、大麦、豌豆为原料制造的白干酒，村里俗称蒸酒。“公鸡蹦”是滑县一种蒸酒名字，最后酒糟淋醋，醋糟喂猪，猪再喂人。明福寺酒坊造的“公鸡蹦”最醇，名声最大，是本土乡色酒。过去寺里有两个和尚，一大一小。一个小和尚偷喝。师傅说：据说只有这样，经才能念得好。

好色的公鸡喝了大概也会头晕，把持不住，有了想法，就要蹦一下。公鸡蹦的原意是往母鸡身上蹦。含有性侵犯意识。俗词。就不如说“饮酒亦壮英雄胆”含褒义。酒作坊于 1998 年在安阳市工商局注册商标。就叫“公鸡蹦”。

这是酒名来历考。

一个村子有成色并且滋润，一个村子能像一棵树在生长，不是雨水来临，不是政策倾斜，而是有酒贯穿，有“公鸡蹦”在蹦。

罐·一毛辣

用晒干的红薯干制造，浓烈，属于“怒发冲冠”的那种酒，该归入“满江红”系列。在乡村里这种酒的价格是一毛钱一“小提”，“提”是乡村盛酒的一种容器，铁皮裹就。就像一盎司是 31 克左右，一行诗是稿酬八毛。“一大提”容量大概二两，“一小提”容量大概一两。

一灌酒有多少提？我数学不好，没有计算过。

二大爷是我村里最著名的善饮者。李白说的“唯有饮者留其名”，就有写二大爷的嫌疑。他小时候就偷喝酒，在村里博得外号叫“放倒瓶”，长大后更能饮，叫“放倒缸”。60 岁以后，则开始是“一提”“一提”的喝。英雄末路。主席总统经理董事长都有这一天。

得了肝病，还嗜饮。村里一共有五家烟酒代销店，他老婆就对每家代销店的主人嘱咐：凡是他去买酒，一律不卖。

“那要是二大爷死去活来非得喝?”

“就每次只准卖他一提。”

二大爷每次回家仍醉醺醺，后来知道他五个代销店轮番去饮，每家一提，五家一共就一斤。用加法。

这一年冬天，二大爷倒在代销店酒坛边不起，店主认为他又醉了，将他扶起，却是扶不起，感到他身子早已发僵，手里捏一小酒杯，尚温。那是一泊凝聚的酒魂。

店主说：二大爷倒地的地方，三年都留酒香。

我知道，那是商人用的一种奸诈夸张说法。奸商大于酒。

瓮·冰堂春

平时我们又叫状元红、双红酒、红蒸酒。主要原料是黄米、小麦、红冰糖、红曲、当归、肉桂、甘草、党参、砂仁。配酒师告诉我：每100斤酒加1斤药料，最后把冰糖熬汁，每100斤酒配冰糖10斤。详细比例秘而不宣。这酒在我们北中原一带流行。

民国初期，滑县老城有酒店十余家，著名的有源远刘、聚源陈、北正兴、海泉涌。自产自销。聚源陈店两边对子是：“名驰冀北三千里，味压江南第一家。”

冰堂春是一种文化酒。乾隆《滑县志》载：“宋欧阳修守郡日建，尝造酒，名冰堂春。”《滑县志》里引用陆游《老学庵笔记》说：“滑县冰堂春，为天下第一。”

民国《重修滑县志》载：“苏轼送修之子宪主簿赴韦城，有诗云：‘使君已复冰堂酒，更劝重新画舫斋。’盖当时守滑县者已复造冰堂酒也。”韦城就是我童年生活的留香寨村北临的妹村。归高平镇管辖。

我姥爷赶高平集卖自家农产品，在集市上常喝冰堂春酒。有时赶会回来摇摇晃晃，在乡风里微醺。

端的真是好（宋代普通话）！苏轼和我喝过一样的酒啊。只是，我没有和苏轼写过一样的文章。

坛·酩馏

叫起来猛一听，吓一跳，像是“名流”。当下许多人物事物都是如此冒充。

追究到最后其实是一种蒸酒，以黍子为原料，以泥罐封口。西头老曹家酿制的最好，纯粹得能把二大爷最后一口喝死。老曹家酒不兑水，说，从明代俺都不兑。村东李家酒兑水，像李家的人品。

粮管所王寿增所长善饮，专饮老曹家酒。每次必醉。秋后一天，一只狗舔食了王所长吐出来的一桌上好酒菜，王所长醉了，狗也醉了，都躺在门口。

1980 年左右，我们村一共出了两个诗人，都在县报和《蒲公英》杂志上发过作品。有个诗写得比我好的乡村诗人叫胡超白，字梦仙，他说我是他的弟子。胡诗人属于“诗歌合而为事作”的诗人，触景生情，不到七步，口占一首：

要喝酒，
往西走，
喝酩馏，
是好酒。

醉倒王局长，
再醉一条狗。

都说好读，押韵，这才是诗。李家人捎来话说，如果中间肯改成一“东”字，他就供诗人一年好酒。但胡诗人有气节，认为自己诗好，就是不改。

大家又对比说，我写的根本就不是诗，句子看不懂。胡超白先生的才是诗，如果在唐代，就属“元白”体，能和白居易坐在一起推敲句子。我只有一边站着，端酒。

尊·状元红（存目）

冰堂春别名，属乡村极品。同中有别。有乡土学者考：当地为儿子结婚而酿所藏的酒叫状元红，为女儿出嫁所酿的酒叫女儿红。滑台旧事。

都是储存的醇梦啊！一存就是二三十年。

斗·土酒的心愿

北中原乡村土酒装在坛子里，五年，八年，十年，一百年，在时间里等待，有的悄悄消失，最后剩下一个空瓶子，只憋一口气。像一个作家写了一辈子书，著作等腰，最后只留下一个书名。或一个虚名，像我。

在月夜里，乡村土酒有一肚子话语要讲，好酒不会言语，不会抒情，就只有通过一个个醉鬼尽情表达出来。借物言志。这是一种文章的写法。

醉话是人与大自然交流的一种亲近方式。它几近天籁，几近知音。哪个地方产的土酒让人喝醉，饮者就要用那个地方的方言来说酒话，这才是水乳交融。这种难度如此唯美，这才是每一坛土酒密密埋藏的心愿。

红薯的人道主义

红薯很好吃，我很爱吃，
最好以后每人在粮食中配给一部分红薯。
——毛泽东 1958 年 7 月 1 日《河南日报》

请耐着性子，先来细读以下文字：

我爱红苕，小时候，曾充粮食。明代末，经由吕宋，输入中国。三七零年一转瞬，十多亿担总产额。一季收，可抵半年粮，超黍稷。原产地，南美北。输入者，华侨力。陈振龙，本是福州原籍，挟入藤篮试密航，归来闽海勤耕植。此功勋，当得比神农，人谁识？

单从文风上看，千万别以为这是一名乡村会计的年终统计报表。我如果说这是一首词，并且叫《满江红》，你一定会大跌眼镜，我再说作者还是位居“鲁郭茅，巴老曹”之二的大作家郭沫若，你就更不会相信。

不信也得信。

晚年郭沫若迈着“南书房行走”的步伐，把玩的大都是此类文艺，哄“皇帝”玩。这是1963年郭沫若为“纪念红薯传到中国三百七十周年而作”。那一年我还没出生，可见红薯比我大得多，等到我此时去写这一篇红薯文章时，已经43岁了，也该是红薯传到中国403年了。薯到中年啊。

红薯来到中国的经历极为精彩，简直如一出传奇小说，我就听到三种民间版本：

第一个说法：有一陈姓华侨，于万历二十一年（1593）从菲律宾将薯藤挟入小篮子内，航海七日，地下党怀揣情报一样，秘密潜回福建，开始种植，以后在中国四处传播。

第二个说法：一个人在吕宋岛（也是菲律宾），取薯蔓缠入缆绳中，涂上青泥，避过检查，得以渡海，传到中国。使用瞒天过海之计。以上两个都与菲律宾有关。

第三种版本更是情节跌宕起伏，近似我们北中原民间艺人说的“评书”：话说红薯原产自交趾，就是今天的越南（交叉的脚趾头，就是红薯的形状），严禁外出中国，违者致以死罪。一个叫林怀兰的中医，遍游交州，因其医治一关将有效，就被推荐去医治国王之女。看好后，国王赏赐熟番薯，林怀兰就要求生番薯，林先生是有心计之士，咔嚓咔嚓咬了几口，就留下半截藏起来，急急告辞，这怀薯之人要归回老家。

过关时，关将盘问，林怀兰便从实告诉，要求其私自放行。关将说：“我受的是君王俸禄，将你放行这是不忠，然而我感谢先生之德，违背了又是不义。”这真是一团矛盾。自己解不开，他干脆跳到水里死去就解开了。评书最后要的就是这效果。这关将倒像中国易水边那些燕赵慷慨悲歌之士。

林怀兰回来后，遍种于粤，后人纪念他，还建立了薯公庙祭祀，让人感慨的是，他旁边配以那一名关将。民众感恩，“人民的眼睛是雪亮的”。

我觉得这一则红薯来历写的不是“薯”，是写的“人”以及人道主义，倒是一出话剧题材。关于红薯这道题也许还有更多解，传到我这里，只记录以上三种答案。以阴谋的形式，造福国家。

红薯来到我的北中原，它不像山药和土豆，山药面庞沧桑，土豆的表情丰富，一个个皱眉或舒展，喜悦或哀伤。相比之下，土豆显得丰富多彩，红薯则是另一种形象，外表倒心平气和，更显出一种乡村的澹定。

我看到徐光启在《农政全书》里，将薯总结为“十三胜”：

> 一亩收薯十担，一也。色白味甘，于诸土种中，特为夐雄绝，二也。益人与薯蓣（冯注：就是山药）同功，三也。遍地传生，剪茎作种，今岁一茎，次年便可种数百亩，四也。枝叶附地，随节作根，风雨不能侵损，五也。可当米谷，凶年不能灾，六也。可充笾实，七也。可以酿酒，八也。干久收藏，屑之旋作饼饵，胜用饧蜜，九也。生熟皆可食，十也。用地少而利多，易于灌溉，十一也。春夏下种，初冬收入，枝叶极盛，草芜不容，其间但须壅土，勿用耘锄，无妨农功，十二也。根在深土，食苗至尽，尚能复生，虫蝗无所奈何，十三也。

他说的这可都是些好词，一个人的档案里若能填上这样的评价，那简直是十全十美了。要么是圣人，要么是假的。但红薯就能，且做得货真价实，不是“十三不靠”。

红薯对我们北中原人而言，更是功德无比，那是生命里的地粮。当年河南政府那些投机的官员为了讨好领袖，大刮“共产主义浮夸风”，饿殍载道，是一块块小小的红薯，养活了北中原人，让我感恩红薯。

红薯做生活里的主粮，梗、秧、叶子都可食用，红薯一般生吃，

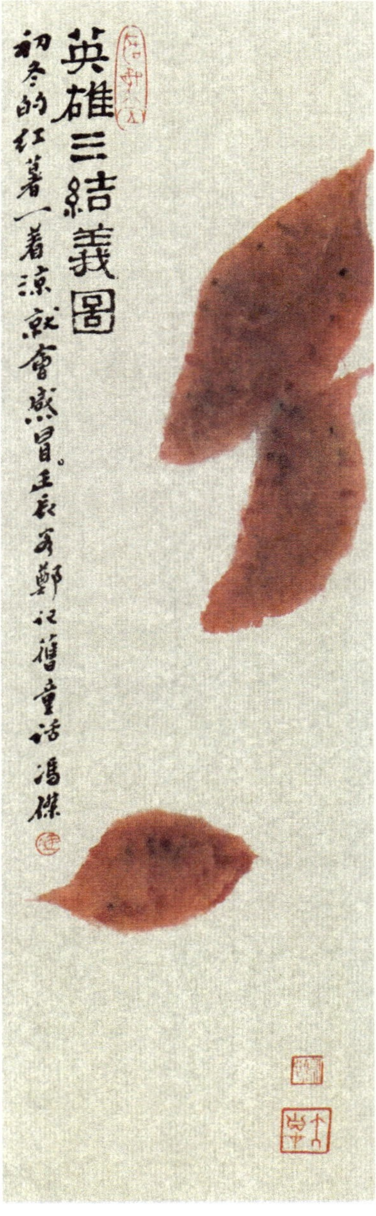
英雄三結義圖
初冬的紅薯一着涼就會感冒。壬辰寫鄭以舊童話 馮傑

煮吃，蒸吃，还晒成红薯干，下在锅里，或磨成红薯面，做饸饠面、窝头。姥姥还用红薯叶蒸菜馍，叫“揣”菜馍。

乡下人在形容人比喻人时，有个俗语——“红薯屁还没放尽，就想装城里人”，是调侃那些忘本之士，可见红薯有“气贯长虹”的作用。现在城里人却偏偏要装“乡下人”。

天下之雅是不同的，若天下之俗，到骨子里则都是一样。

我家曾在黄河大堤下一个叫孟岗的小镇居住近二十年，每到冬天，从黄河边的乡村都要送来上千斤的红薯当口粮。寒冬，有时我正在夜半睡觉，会被窗外冬夜里滴落下来的“晃啷晃啷”马铃铛声惊醒，那铃声敲打着寒霜，像黑暗里碎碎的亮光。还有马匹不时打出的喷嚏声，那是从乡村拉来一大马车红薯。

我起来拿手电筒一照，马鼻上一层白霜。

红薯一下子吃不完，父亲就在院里挖个地窖，让它们在里面过冬。母亲晴天就开始切成红薯片，挂了满满一院子。余下的红薯兑换成粉条。

后来别人都说红薯如何好吃，我父亲就第一个反对，他当年吃红薯就“吃伤”过，他说，看到红薯就烧心，反胃，冒酸水。现在我想起，那是艰辛生活给他留下的痕迹。

父亲曾得过胃溃疡病，这可能与当年以红薯为主粮有关。父亲服了好多年药，记得有一种叫甲氰咪呱的药，止酸。

童年的一天，我到镇上“人民公社”去参观，看到展览室桌子上站着一个庞然大物，竟是一块大红薯，牌子上标有“90 斤”。乡村农技师介绍经验说，刚开始时长几个秧，最后把几个秧柠到一起合成一棵，再拼命上粪。

下面牌子上有文字，说这是“革命的果实”，一年去弄这一个“成果”，包含执着，钻研，略带有展示自我价值的心机。

据说所谓气质都是童年形成的，我除了没有书卷气、金石气、英雄气、名士气这类好气息之外，一生贯穿着红薯气，也许气到永远。

我第一次在西藏，因为高原反应，饮食不适，在拉萨街头正头昏脑涨。忽然，闻到一丝烤红薯香，顿时豁然开朗，就像一条细细小绳子牵着我，便寻着那香气找去，拐了几个弯，终于见到一个烤红薯的铁皮炉子，立一个红薯脸膛般的汉子，急急称了两块。边吃边与那摊主聊，他是南阳人。

汉子说，河南的红薯是天下最好的。

说这话时背后就是布达拉宫，红白相间。他说话时一点也不胆怯。

吃了红薯，高原反应轻些，立刻妙若仙丹。

对红薯，童年是充满珍惜的。有一次我在深圳一家宾馆吃早点，对面坐的一个外国女人让我大开眼界，她是如此食薯的：她先用筷子上下左右分开，只吃中间的部分。这时露出我的井底之蛙面目，她这种方式我小时候可是不敢做的，我吃时连红薯皮剥厚扔掉，姥爷都是不允许的。

红薯贯穿到现代，已让人们熟视无睹，平常得不会都去心存感念了，红薯才一个个睁着红红的眼睛，那是在忧伤地注视着原本属于它的苍茫大地。四百年前，它曾是一方异族，融入另一片新颖丰厚的土地，四百年后，它竟成为主人，大地的主人。

附一：我母亲炸红薯糕的方法

先将红薯洗净，煮熟后与黏面揉在一起，盘成条状，压平，切成方块，再粘上芝麻，放在油锅里，用文火炸，捞出来后晾凉就可食用，是童年时走亲戚的用品。

母亲又把这些红薯糕称作“三刀”。我问：为什么叫三刀？母亲说：就是用刀在糕上轻轻切三下。

附二：这首诗是我写，和郭沫若先生不一样。不见得比他好，也不见得比他差，两者无可比性。

红薯物语（诗）

拥有自己的气质谦卑质朴
它穿着红衣服
接近土地和雨抵达农业这一词汇中心

感激热爱或者遗弃抱怨
红薯用口语和方言在地下流动
那些大海的信息渗透纤细根梢
成为大地的毛细血管
用自己的手势触动
表达未知的另一个世界

每年秋霜涌来　尘埃落定
红薯一张张平静的面庞
是童年时自父亲的马车上所看到
映着干枯的寒霜冻红或带着羞涩
红薯一颗颗无序地走下马车
挤满我家空旷的院子

有几颗红薯没有跟上来在路上落伍掉队
像北中原乡村那些早早退学的孩子

2006.12.5

纸说，看到红

我家有三棵杏树，都是当年姥爷领着我母亲栽植的，培土，浇水。其中一棵叫“看到红”。

这种称呼是以杏色来命名的，说是杏熟时肤色的鲜艳，它就穿着那种颜色的衣服。在外村卖杏时，因色泽好，这种杏总是最先售完。即使被挤烂，色泽不改，分明有一种“果木气节”。多年来我一直想画出来这种颜色，用于在纸上抒情，十二种颜色里都没有调得到，杏黄色概括不了它。真不如直接拓一颗大杏上纸去，那样颜色最准。

纸说，看到红。

它语气简单，到位，抢眼，深入，最先看到，就叫“看到红”。语言没有绕弯子，属于一种“直接的写作”。当今作家恰恰缺少这神韵，才一个劲去文字注水。

透析颜色属于一种上好的眼力和敏锐的感觉，二五眼不行，必须不亚于狙击手百步穿杨或打兔子。

早六点到七点的曙色，晚六点到七点诵经时的佛教黄色，两者相加，就是我说的“看到红”色。我们村里的鸟总是挑选鲜艳的果实下嘴的，有点像男人观色。所以高处最鲜的熟杏最易被聪明的鸟早早关注。等我能攀到时，枝头只剩下精炼的杏核。颜筋柳骨，杏核就是骨头（核我们读音胡）。

杏熟时节大人们都到田里割麦，我的任务是去田野“看杏”，这种职务一般都是孩子和老人这类“老弱妇孺”去做。就是在杏树下面用竹筢镂上一层土印，如果有人去摘杏，自然要留下脚印。假如有人真去采摘也没办法，顶多不饶人的“小树主”骂两句完事。多年后想想，这只是一种乡村道德上的自觉。放到现在肯定不管用。党章比竹筢厉害得多。

我们小孩子偷杏自有经验，去偷完杏时会倒退着走，把身后留下的脚印用小手左右复原。大地平静如初，瓢虫也守口如瓶。

最吃惊的是，有时第二天早晨，杏树下赫然留下昨夜獾狗光顾的蹄印，乡村有一种叫“人脚獾”的小动物，嗜杏，蹄子像小孩子的脚印。真正的“小蹄子”。套用凤姐当年骂人话。

梦见杏是好事。

姥爷说过一种民间经验，“桃养人，杏害人，李子树下埋死人”，果实品德的排行榜。果类里面桃性最好，排第一，上学读的课文上常说“蒋介石下峨眉山摘桃，窃取了胜利果实”，就没有说他“下峨眉山摘杏”，可见杏口感次之。杏味酸，有大热，大人从来不让多吃，童年我吃杏最多，每天四五十个，结果上火，经常鼻子流血。

吃酸杏能使“牙倒”。一个人如果童年吃杏过多，就易腐蚀牙齿，诱发龋齿，我们叫“虫吃牙”。45 岁那年我一口气让名医拔掉三颗坏牙，找不到病源，想想，可能就源于童年留下的一个微妙的伏笔。童年的隐伤大多要在中年复发，到老年愈显严重，人生意识之中，永远有一种“舍近求远”情结，譬如记忆，愈是童年愈是清晰，老糊涂。牙医说我是胡扯，当下的三颗坏牙与 40 年前远方的好杏断然无关。

古人爱用杏入文化，今人也拙劣模仿，有一年路过白道口乡一个村子，我竟看到墙上赫然刷一条标语，上写“感受杏文化，了解性知识”。我是一头雾水，从写作难度上讲，这跨度显得有点太大，下车一问，竟是村里村委会利用杏乡的优势在普及生育知识。

馮傑
记

造势这就有点今不如古。“杏花天”是先人必作的诗文，铺排一种空间艺术。宋人叶绍翁“一枝红杏出墙来”是千古名句，让以后优秀不甘寂寞的女人同声讨伐，但他是抄袭唐人吴融的“一枝红杏出墙头”。属文人大忌，古人已无法打架了。“嫁杏无期”是论大龄女子的。“杏花村”是说酒。我姥爷还说，《三国》里的道医董奉游走民间，医好患者后，不接受红包，只让人在村中植杏，小病一棵，大病数棵，蔚然成林。“杏林”就成了一种职业象征。我们村里的中医家，后山墙上刮一面锦旗，上绣“杏林春暖”四字，就是说医道妙手回春的。

在乡村四季花榜上，杏花最是平淡，是一种不争强好胜的颜色。不管它议，只管自开。每到初春，杏花的密度能把整个村庄淹埋，连尖锐的鸡鸣之声也只能从花缝里仄仄冒出来。宋朝人说，端的是好看。

曹雪芹写道“杏帘在望”。不知全掀开还是半掀？

在《圣经》希伯来语里，杏还有“儆醒，守望”之意，就是说吃杏还会让人觉悟而不犯错误，可杏却知道，我们童年犯的错误比乡村的草垛都高。

世界上杏树种类有三千种，我家有一种。杏树在中国有四千年历史，杏树在我家有六十年历史。“看到红”树还在，栽树的姥爷和母亲都不在了。四十年后，我读到德国诗人策兰的一首诗《数数杏仁》：“数数杏仁／数数苦的让你醒着的／把我也数进去。”

我数的却是苦的那些。

草木恪守神约

那是春天
树木飞向它们的鸟
——（德）策兰诗句

每到阴历年前，附近作坊里的木版年画就开始在我们乡下散步。多是滑县木版年画，河对岸朱仙镇的年画也凑热闹，坐船，或蹚过河来。

主要是黄、绿、青、红。色彩贴在土墙上等了漫长的一年，几乎都睡着了，它们都在想着第二年的另一次轮回，接替自己的那一张版画吾是否认识？

三十年之后，一个艺人才告诉我，朱仙镇木版年画有一种神秘色彩，画面上使用的色彩多者九种，少者五种。我见到大都是后者。颜色是中药材加调二十多种辅料而成。

再问，就秘而不宣。参照资料，我悄悄记录下来些许皮毛。要知道，我除了只会调制文字的颜色，不会和师傅抢颜色的。文字只是颜色后面的落款。

苏木红·木质的颜色

苏木做家具，木质坚硬，纹质细腻，为深红水色。颜色的提取是把苏木块刨成刨木花状，放到水中，加矾、白灰等材料，开始熬制。再澄清。最后澄出来的红色就叫苏木红。鲜艳不褪色。沉木取色，想是这一秘方来自中原女人们的启发。

小时候记得姥姥梳头，坐在窗前，用木刨花泡的水，轻轻蘸一下。

我眼前的时间在动。

槐黄·少年颜色

一种黑槐树，花为黄色，可入药，亦可制颜色。出来的色是暗黄，近似金黄色，是年画的主调之一。我感觉《金瓶梅》就是一部伟大的近似金黄色的小说。还有九龙山上的岳云，四平山上的裴元庆，胯下坐骑都是槐花黄。一地槐花。

那些古典风度翩翩的少年英雄们啊。

葵紫·来自唇边

葵紫。这个名字好像专为乡村版画所用。也叫葵花紫。是说的向日葵籽皮肤的颜色。真不知道这种颜色是被艺人们如何发现搭配出来的，又如此来称呼。肯定与一次嗑葵花籽的过程有关。

看到。试用。有了名词的颜色。

穿梭在木版年画里的文官多用紫色，以表现人物的干练，有谋略。

版画贴到秋天，下面一篮茄子颜色也是紫的，却不叫茄紫。

广丹·在橘子的旁边

驱鬼镇邪的主要色彩。在这一方面，其他颜色力弱，大概都无此色的药效巨大。有的颜色能降魔，有的颜色小鬼就喜欢。可见选择色彩的重要性，大凡患有色盲症的人都不易从事捉妖工作。

如果找对比，广丹色近似于现代的橘红色。早六点晚六点的颜色。

我知道橘皮气息浓烈，煮肉时叫陈皮，放到枕头旁边清脑醒目。小妖说不定也会喜欢。三十岁出头时，我就碰到过一匹小妖怪。橘色。

铜绿

铜还是一种中药，我看李时珍《本草纲目》上描述过。下锅，煎熬。成液体的铜。饮服铜可以稳住地气，安神。版画上的铜绿是一种浓重的暗绿色。青铜加辅助的二十余种材料高温熬制而成。铜绿色在画面上用的地方最多，我看姥爷配房的厨屋灯台上，一幅小神马灶爷，就是一件目光凝神的青铜器。

植物色彩离手工近，是一种温暖的颜色。特点是对比强烈，时间是永不褪色。

看到这么多穿行在故土年画上的植物，让我想起一句：

——草木恪守神约。